Val McDermid

Luftgärten

Kate Brannigans zweiter Fall

Ariadne Krimi 1124
Argument Verlag
ariadne

Ariadne Krimi
Herausgegeben von Iris Konopik und Else Laudan
www.ariadnekrimis.de

Von Val McDermid bei Ariadne bereits erschienen

Lindsay-Gordon-Krimis
Die Reportage *(Ariadne Krimi 1013)*
Das Nest *(Ariadne Krimi 1021)*
Der Fall *(Ariadne Krimi 1033)*
Der Aufsteiger *(Ariadne Krimi 1059)*
Das Manuskript *(Ariadne Krimi 1105)*

Kate-Brannigan-Thriller
Das Kuckucksei *(Ariadne Krimi 1095)*
Das Gesetz der Serie *(Ariadne Krimi 1112)*
Abgeblasen *(Ariadne Krimi 1120)*
Luftgärten *(Ariadne Krimi 1124)*

Titel der englischen Originalausgabe: Kick Back
© 1993 by Val McDermid
Aus dem Englischen übersetzt von Brigitta Merschmann
© der unveränderten deutschen Übersetzung:
Fischer Taschenbuch Verlag GmbH, Frankfurt am Main 1995
unter dem Titel *Kickback*

Alle Rechte dieser Ausgabe vorbehalten
© Argument Verlag 2000
Eppendorfer Weg 95a, 20259 Hamburg
Telefon 040/4018000 – Fax 040/40180020
www.argument.de
Umschlaggestaltung und Satz: Martin Grundmann
Druck: Alfa Druck, Göttingen
Gedruckt auf säure- und chlorfreiem Papier
ISBN 3-88619-854-5
Erste Auflage 2000

1. Kapitel

Der Fall der verschwundenen Wintergärten. Klingt nach einer Sher-lock-Holmes-Geschichte, die zu schreiben Conan Doyle nie die Zeit fand, weil sie ihm zu langweilig war. Ich versichere Ihnen, ich war zusammen mit Conan Doyle dabei. Hätte das Liebesleben unserer Sekretärin nicht so dringend einer Elektroschocktherapie bedurft, wäre ich bestimmt nicht da hineingezogen worden. Was, wie sich herausstellte, vielleicht nicht schlecht gewesen wäre.

Ich kauerte hinter der wuchtigen Masse des Aufzugwerks, hielt den Atem an und betete, daß ich den richtigen Zeitpunkt erwischte. Mir war klar, daß ich bei Vohauls Killer keine zweite Chance haben würde. Ich erblickte ihn, als er aus dem Treppenschacht trat. Ich sprang auf und warf mich gegen einen der beiden schweren Fla-schenzüge, die an der Decke aufgehängt waren. Er schoß durch den Raum auf meinen unerbittlichen Gegenspieler zu. Im letzten Mo-ment drehte der sich um, sah ihn, duckte sich und ließ ihn pfeifend über seinen Kopf hinwegschwingen. Vor Angst wurde mein Mund trocken, als er mich entdeckte und drohend auf mich zukam. Ich schlüpfte wieder hinter das Aufzugwerk, um in seinem Schutz zur Treppe zu sprinten. Als er mir nachsetzte, stieß ich in meiner Ver-zweiflung den anderen Flaschenzug nach ihm. Er traf ihn seitlich am Kopf, die Wucht des Aufpralls ließ ihn über den Rand des Aufzugs-schachts in die schwarze Tiefe stürzen. Ich hatte es geschafft! Es war mir gelungen, am Leben zu bleiben!
   Ich seufzte erleichtert auf, lehnte mich im Stuhl zurück und drückte auf die Taste mit der »Spiel speichern«-Option. Ein Blick auf meine Uhr sagte mir, daß es Zeit war, Space Quest III für heute zu beenden. Meine halbstündige Mittagspause war vorüber, und mehr konnte ich mir in Abwesenheit meines Partners Bill nicht er-lauben. Außerdem wußte ich, daß unsere Sekretärin Shelley jeden Augenblick aus ihrer Mittagspause zurückkommen würde, und ich wollte nicht, daß sie zufällig hereinschneite und mich ertappte.

Wenn die Katze aus dem Haus ist, spielen die Mäuse Space Quest und so weiter. Für die Teilhaberin einer Agentur für Sicherheitsberatung und Privatermittlungen kein sonderlich geschäftsförderndes Verhalten. Auch wenn ich nur die Juniorteilhaberin bin.

In dieser speziellen Woche lief nur ich in diesem Theater. Bill hatte das Schiff zugunsten der Fleischtöpfe (oder sollte ich sagen Hummertöpfe?) der Kanalinseln verlassen, um dort im Auftrag einer Handelsbank ein Seminar über Datensicherung zu veranstalten. Was bedeutete, daß Kate Brannigan vorerst der einzige Aktivposten des Zweiergespanns Mortensen und Brannigan war, zumindest auf dem britischen Festland. Wenn man unsere Namen schnell herunterrattert, hören wir uns eher nach einem Komikerduo an, und nicht nach einer zweiköpfigen Privatdetektei, die es mit einem nicht unbeträchtlichen Anteil der Wirtschaftskriminalität im Nordwesten Englands zu tun hat.

Ich ging hinaus zu dem Wandschrank vor meinem Büro, der eine Doppelfunktion als Damenklo und Dunkelkammer erfüllt. Ich hatte noch zwei Filme zu entwickeln von meiner Wochenendobservierung des Labors einer Pharmazeutikfirma. Bei PharmaAce Supplies waren bei der Überprüfung des Lagerbestands Probleme aufgetaucht. Ich hatte zuvor bereits zwei Tage intern dort als Hilfsassistentin gearbeitet, lange genug, um festzustellen, daß das Problem nicht war, was sich dort während der Arbeitszeit abspielte; jemand schlich sich ein, wenn das Labor geschlossen war, und bediente sich. Anschließend drang er oder sie in die computerisierte Lagerbuchführung ein, um sie zu frisieren. Ich brauchte nur noch die Identität des Hackers zu ermitteln, was mir auch gelungen war, nachdem ich zwei Abende verkrampft hinten in dem engen Heck des neuesten Spielzeugs von Mortensen und Brannigan gesessen hatte, einem Little-Rascal-Lieferwagen mit einer Spezialausrüstung für Observierungsarbeit. Hoffentlich hielt ich hier den Beweis – für alle Zeit auf den empfindlichsten Film gebannt, der für Geld zu haben war – in der Hand, der den Seniorlabortechniker überführen würde.

Ich freute mich auf eine halbe Stunde in der Dunkelkammer außer Reichweite der Telefone, die nicht aufhörten zu läuten, seit Bill weg war. Es sollte nicht sein. Kaum hatte ich den Verdunkelungsvorhang zugezogen, als die Gegensprechanlage mich ansummte wie einer dieser scheußlichen Bohrer beim Zahnarzt. Das Summen verstummte, und Shelleys verfremdete Stimme ging auf mich los wie Donald Duck auf Helium. »Kate, ich habe einen Klienten für dich«, verstand ich.

Ich seufzte. Die Rache der Bösen Fee, weil ich am Bürocomputer gespielt hatte. »Kate? Kannst du mich hören?« schrie Shelley.

»Im Buch steht kein Termin.« Ein letzter Versuch.

»Es ist ein Notfall. Kannst du bitte aus der Dunkelkammer kommen?«

»Ich komm schon«, grummelte ich. Mir war klar, daß es keinen Zweck hatte, mich zu weigern. Shelley ist jederzeit imstande, eine Minute verstreichen zu lassen und dann unter lautem Hämmern an der Tür einen dringenden Fall der Rache Montezumas von den Speisen unten in der mexikanischen Taco-Bar vorzuschützen, wo sie sich einmal die Woche ein Mittagessen gönnt. Sie wechselt ständig den Tag, so daß ich sie nie bei einer Lüge ertappen kann.

Noch bevor ich die drei Schritte zu meinem Stuhl zurückgelegt hatte, war Shelley im Zimmer und schloß fest die Tür hinter sich. Sie sah leicht erregt aus, als sie zu meinem Schreibtisch herüberkam, ein Ausdruck, der auf ihrem Gesicht etwa so geläufig ist wie echtes Mitgefühl auf dem von Baroness Thatcher. Sie reichte mir ein Vertragsformular für einen neuen Klienten, auf dem bereits ein Name eingetragen war. Ted Barlow. »Erzähl schon«, sagte ich und ergab mich in mein Schicksal.

»Er hat eine Firma, die Wintergärten baut und installiert, und jetzt fordert seine Bank das Darlehen von ihm zurück, man verlangt, daß er sein Konto ausgleicht und verweigert ihm die Stundung. Wir sollen herausfinden, aus welchem Grund, und seine Bank dazu bewegen, es sich anders zu überlegen«, erklärte Shelley ein wenig atemlos. Ganz und gar untypisch. Allmählich fragte ich mich, ob ihr beim Mittagessen wohl wirklich etwas zugestoßen war.

»Shelley«, stöhnte ich. »Du weißt genau, daß wir so etwas nicht machen. Der Typ hat irgendwelche krummen Dinger gedreht, die Bank ist ihm auf die Schliche gekommen, und jetzt will er, daß ihn jemand aus der Scheiße zieht. Ganz einfach. Wenn nichts dabei herausspringt, hat es keinen Sinn.«

»Kate, sprich wenigstens mit ihm, bitte, ja?« Shelley als Bittstellerin war eine neue Erfahrung für mich. Sie bittet nie um etwas. Selbst ihre Forderungen nach Lohnerhöhung werden uns in Form präziser, wohlfundierter Memos präsentiert. »Der Typ ist verzweifelt, er braucht wirklich Hilfe. Er hat keine krummen Dinger gedreht, da gehe ich jede Wette ein.«

»Wenn er keine krummen Dinger dreht, ist er der erste Bauunternehmer, der ohne auskommt, seit Salomo den Tempel errichten ließ«, sagte ich.

Shelley schüttelte den Kopf, und die in ihre Zöpfe eingeflochtenen Perlen klimperten wie ein Glockenspiel. »Was ist los mit dir, Kate?« forderte sie mich heraus. »Fühlst du dich inzwischen erhaben über die kleinen Leute? Gibst du dich neuerdings nur noch mit Rockstars und Aufsichtsräten ab? Du erzählst mir doch ständig, wie stolz du auf deinen Dad bist, weil er sich bei Cowley vom Fließband zum Werksmeister hochgearbeitet hat. Wenn da draußen dein Dad mit seinem kleinen Problem säße, würdest du ihm dann auch sagen, er solle sich fortscheren? Dieser Typ ist kein hohes Tier, er ist bloß ein tüchtiger Bursche, der es durch harte Arbeit zu etwas gebracht hat, und nun will irgendein anonymer Bankmanager ihm alles wieder wegnehmen. Komm schon, Kate, oder hast du kein Herz mehr?« Shelley brach jäh ab, sie sah schockiert aus.

Und das war auch angebracht. Sie lag völlig daneben. Und doch hatte sie mein Interesse geweckt, wenn auch nicht aus dem Grund, der ihr vorschwebte. Ich beschloß, mir Ted Barlow anzusehen, nicht weil sie mich bei meinen Schuldgefühlen gepackt hatte. Nein, es reizte mich, den Mann zu sehen, der Shelley in die Rolle einer Löwin schlüpfen ließ, die ihre Jungen verteidigt. Seit ihrer Scheidung war mir kein Mann untergekommen, der ihre beneidenswerte Kühle auch nur um einen Grad erwärmt hätte.

»Schick ihn rein, Shelley«, antwortete ich knapp. »Mal sehen, was der Mann selbst zu sagen hat.«

Shelley stolzierte zur Tür und zog sie auf. »Mr. Barlow? Miss Brannigan wird Sie jetzt empfangen.« Sie lächelte geziert. Ich schwöre bei Gott, diese zähe kleine Frau, die bei ihren zwei Kindern im Teenageralter ein Regiment führt wie Attila, der Hunnenkönig, lächelte *geziert*.

Neben dem Mann, der im Türrahmen erschien, sah Shelley so zerbrechlich aus wie eine Giacometti-Skulptur. Er war gut einsachtzig groß und wirkte, als wäre ein Anzug ihm so fremd wie eine peruanische Panflöte. Dabei war er keineswegs massig. Seine breiten

Schultern verjüngten sich zu einer kräftigen Brust und einer schmalen Taille, ohne daß sich irgendwo die Nähte seines Konfektionsanzugs spannten. Man merkte gleich, daß er nur aus Muskeln bestand. Und als ob das noch nicht genug wäre, hatte er auch noch lange und schlanke Beine. Ein Körper zum Schwachwerden.

Schöne Beine, aber was für ein Gesicht. Vom Hals an aufwärts war Ted Barlow mitnichten sexy. Seine Nase war zu groß, die Ohren standen ab, seine Augenbrauen waren in der Mitte zusammengewachsen. Dafür hatte er freundliche Augen, von denen strahlenförmig Lachfältchen ausgingen. Ich schätzte ihn auf Mitte Dreißig, und davon schien er seiner Körpersprache nach nicht allzu viele Jahre im Büro zugebracht zu haben. Er stand unbeholfen in der Tür, trat von einem Fuß auf den anderen, und sein unsicheres Lächeln reichte nicht bis zu seinen sanften blauen Augen.

»Kommen Sie herein, setzen Sie sich«, sagte ich, stand auf und deutete auf die beiden höchst bequemen Stühle aus Leder und Holz, die ich in einem Anflug untypischer Freundlichkeit für die Klienten erstanden hatte. Er kam unsicher näher und starrte auf die Stühle, als habe er Zweifel, ob er hineinpassen würde. »Danke, Shelley«, sagte ich spitz, als sie weiter an der Tür herumtrödelte. Sie ging, ausnahmsweise einmal zögernd.

Ted ließ sich auf den Stuhl sinken und wurde – überrascht von der Bequemlichkeit – ein wenig lockerer. Sie verfehlen nie ihren Zweck, diese Stühle. Sehen grauenhaft aus, fühlen sich traumhaft an. Ich blickte auf das Formular mit seinem Namen und sagte: »Mr. Barlow, ich benötige zunächst einige Angaben, um festzustellen, ob wir Ihnen die Hilfe anbieten können, die Sie brauchen.« Shelley mochte ja ganz vernarrt sein, ich meinesteils gab ohne triftigen Grund nicht einen Zentimeter weit nach. Er nannte mir seine Telefonnummer und die Adresse – ein Industriegebiet in Stockport –, anschließend fragte ich, durch wen er von uns gehört hatte. Ich hoffte inständig, daß er uns aus den Gelben Seiten herausgesucht hatte, damit ich ihn loswerden konnte, ohne noch jemand anders als Shelley vor den Kopf zu stoßen, doch offensichtlich sollte die Ausschaltung von Vohauls Killer heute mein einziges Erfolgserlebnis bleiben.

»Mark Buckland von SecureSure meinte, Sie würden mir aus der Klemme helfen«, sagte er.

»Sie kennen Mark gut?« Dummerweise hatte ich die Hoffnung

noch nicht ganz aufgegeben. Vielleicht kannte er Mark ja lediglich, weil SecureSure seine Alarmanlage montiert hatte. In diesem Fall konnte ich ihn immer noch rausschmeißen, ohne den ansehnlichen Rabatt zu gefährden, den Mark uns auf sämtliche Hardware einräumt, die wir bei ihm ordern.

Diesmal ließ Teds Lächeln sein ganzes Gesicht aufleuchten und brachte einen jungenhaften Charme zum Vorschein, von dem ich schon zu Hause reichlich genug habe, besten Dank. »Wir sind seit Jahren gute Kumpel. Wir sind zusammen zur Schule gegangen und spielen noch immer gemeinsam Cricket. Als Schlagmänner bei Stockport Viaduct.«

Ich unterdrückte einen Seufzer und kam zur Sache. »Worin genau besteht Ihr Problem?«

»Es geht um die Bank. Heute morgen habe ich das hier erhalten.« Er hielt mir zögernd ein gefaltetes Blatt Papier hin.

Ich erbarmte mich seiner und nahm es. Er sah aus, als hätte ich ihm die Last der ganzen Welt von den breiten Schultern genommen. Ich faltete das Papier auseinander und kämpfte mich durch das umständliche Geschwafel. Es lief darauf hinaus, daß er auf ein Darlehen über 100 000 Pfund noch einen Rückstand von 74 587,34 Pfund und zudem sein Konto um 6325,67 Pfund überzogen hatte. Die Royal Pennine Bank wollte ihr Geld zurückhaben, und zwar dalli, andernfalls würde man sein Haus und seinen Betrieb pfänden lassen. Ihre Partnerfinanzierungsgesellschaft würde ihm noch gesondert schreiben, im wesentlichen, um ihm mitzuteilen, daß auch seine Kunden ihnen keine weiteren Darlehen mehr entlocken könnten. Und ich hatte gedacht, meine Bank schreibe schon muffelige Briefe. Ich konnte verstehen, warum Ted so fertig aussah. »Aha«, sagte ich. »Und haben Sie eine Ahnung, aus welchem Grund man Ihnen diesen Brief geschrieben hat?«

Er sah verwirrt aus. »Als er mit der Post kam, hab ich gleich bei der Bank angerufen, klar. Man sagte mir, am Telefon könne man die Angelegenheit nicht erörtern, ob ich nicht vorbeikommen wollte. Also sagte ich, ich würde heute morgen vorbeischauen. Es war nämlich nicht meine örtliche Zweigstelle. Alle kleineren Filialen unterstehen jetzt der großen Filiale in Stockport, deshalb kannte ich den Kerl, der den Brief unterzeichnet hat, nicht.« Er legte eine Pause ein, als ob er auf etwas wartete.

Ich nickte und lächelte aufmunternd. Das wirkte offenbar.

»Na ja, ich hab mit dem Knaben, der den Brief abgezeichnet hat, geredet. Ich hab ihn gefragt, um was es eigentlich gehe, und er sagte, wenn ich in meinen Unterlagen nachsehen wollte, würde ich feststellen, daß er nicht verpflichtet sei, mir Näheres mitzuteilen. Ein richtig kalter Fisch, das war er. Dann hat er gesagt, er sei nicht befugt, die vertraulichen Beweggründe der Bank für ihre Entscheidung zu erörtern. Tja, damit gab ich mich nicht zufrieden. Schließlich bin ich mit keiner einzigen Rate zu diesem Darlehen in Verzug, seit ich es vor vier Monaten erhalten habe, und die Kontoüberziehung habe ich im Laufe der vergangenen sechs Monate auch um vier Riesen verringert. Das habe ich ihm erzählt, ich hab gesagt, Sie sind nicht fair mir gegenüber. Und er hat nur die Achseln gezuckt und gesagt: Bedaure.« Ted war vor Empörung lauter geworden. Ich verstand ihn.

»Und wie ging es dann weiter?« half ich nach.

»Nun, ich bin leider etwas ausgerastet. Ich hab ihm gesagt, er bedaure doch überhaupt nichts und daß ich mich nicht damit abfinden würde. Dann bin ich gegangen.«

Ich gab mir Mühe, ernst zu bleiben. Wenn Ted das unter ausrasten verstand, dann war Shelley ganz klar genau die Richtige für ihn. »Sie müssen doch eine Vermutung haben, was hinter dieser Sache steckt, Mr. Barlow«, hakte ich nach.

Er schüttelte aufrichtig verblüfft den Kopf. »Ich hab keinen Schimmer. Ich habe der Bank immer fristgemäß gezahlt, was ihr zustand. Dieses Darlehen habe ich aufgenommen, damit die Firma expandieren konnte. Wir sind gerade in einen neuen Industriepark in Cheadle Heath gezogen, aber ich wußte, daß das Geschäft gut genug lief, um das Darlehen pünktlich zurückzuzahlen.«

»Sind Sie sicher, daß Ihre Auftragslage nicht unter der Rezession gelitten hat und die Bank Vorsichtsmaßnahmen ergreift?« spekulierte ich.

Er schüttelte den Kopf und griff nervös nach seiner Jackentasche. Schuldbewußt hielt er inne. »Darf ich rauchen?« fragte er.

»Nur zu«, erwiderte ich und stand auf, um einen Aschenbecher für ihn zu holen. »Was sagten Sie noch gleich? Über die Auswirkungen der Rezession?«

Er tippte sich nervös mit der Zigarette gegen die Lippen. »Nun, offen gestanden, wir haben nichts davon gemerkt. Ich erkläre es mir so. Leute, die ursprünglich ihre Häuser verkaufen wollten, haben den Plan wegen des Preisverfalls aufgegeben und sich statt dessen entschlossen, Verschönerungsarbeiten ausführen zu lassen, Dachgeschosse auszubauen und derartiges, wissen Sie. Na ja, viele stehen auch auf Wintergärten, als zweites Wohnzimmer, besonders wenn sie Kinder im Teenageralter haben. Ein Wintergarten mit Doppelverglasung und einem Heizkörper ist im Winter genauso warm wie jedes andere Zimmer. Das Geschäft läuft um diese Jahreszeit eigentlich besonders gut.«

Ich zog ihm noch aus der Nase, daß er auf den Anbau von Wintergärten an neuere Eigenheime spezialisiert war, in Wohnsiedlungen, wo die Vertreter für Doppelverglasung von jeher scharenweise einfielen und sich eine goldene Nase verdienten. Insofern hatte er lediglich eine Handvoll Entwürfe in einigen Standardgrößen anfertigen müssen, wodurch sich seine allgemeinen Unkosten auf ein Minimum reduzierten. Er konzentrierte sich zudem auf ein relativ überschaubares Gebiet: den Südwesten von Manchester bis hinüber zu der Trabantenstadt Warrington, dem Zentrum kleiner Eigenheime im Nordwesten. Die beiden Vertreter, die bei ihm beschäftigt waren, brachten mehr als genug Aufträge herein, um die Fabrik mit Arbeit zu versorgen, insistierte Ted.

»Und Sie sind absolut sicher, daß die Bank Ihnen keinerlei Hinweis gegeben hat, warum man Ihnen den Kredit kündigt?« wollte ich noch einmal wissen, weil ich nicht glauben mochte, daß reine Bosheit dahintersteckte.

Er schüttelte unsicher den Kopf, dann sagte er: »Na ja, er hat etwas gesagt, das ich nicht verstanden habe.«

»Können Sie sich noch an den genauen Wortlaut erinnern?« fragte ich in dem Ton, den man bei einem besonders begriffsstutzigen Kind anschlägt.

Er runzelte die Stirn, während er sich zu erinnern versuchte. Es war, als sähe man einem Elefanten beim Häkeln zu. »Nun, er meinte, es gäbe eine ungewöhnlich hohe, inakzeptable Verfallsquote bei den Neuhypotheken, aber das war alles, mehr wollte er nicht sagen.«

»Bei den Neuhypotheken?«

»Leute, die ihre Häuser nicht verkaufen können, nehmen häufig eine Neuhypothek auf, um an ihr Kapital heranzukommen. Sie benutzen den Wintergarten als Vorwand für die Neuhypothek. Allerdings verstehe ich nicht, was das mit mir zu tun haben soll«, klagte er.

Ich war ebenfalls nicht sicher, ob ich es verstand. Dafür kannte ich einen Mann, der es garantiert verstehen würde. Ted Barlows Story riß mich zwar nicht vom Hocker, aber den Fall mit den Pharmazeutika hatte ich schneller abgeschlossen, als ich vorausberechnet hatte, daher sah es in dieser Woche nach einer Flaute aus. Ich dachte, es würde mich schon nicht umbringen, mich einen oder zwei Tage mit seinem Problem zu befassen. Gerade wollte ich Ted bitten, Shelley eine Liste seiner Kunden aus den letzten paar Monaten zukommen zu lassen, als er mich endlich aufhorchen ließ.

»Ich war so sauer, als ich die Bank verließ, daß ich beschloß, einigen der Leute, die eine Neuhypothek aufgenommen haben, einen Besuch abzustatten. Ich fuhr ins Büro zurück, holte mir die Namen und Adressen und fuhr rüber nach Warrington. Ich fuhr zu vier Häusern. Zwei waren komplett leer. In den beiden anderen wohnten völlig Fremde. Doch – und das ist das Verrückte an der Sache, Miss Brannigan – nirgendwo gab es einen Wintergarten. Sie waren verschwunden. Die Wintergärten waren einfach verschwunden.«

2. Kapitel

Ich holte tief Luft. Ich wußte, daß es auf dieser Welt Menschen gibt, die von Natur aus unfähig sind, eine Geschichte so zu erzählen, daß sie in gerader Linie vom Anfang über die Mitte bis zum Ende verläuft und alle wesentlichen Punkte enthält. Manche von ihnen erhalten einen Literaturpreis, und ich habe nichts dagegen. Hauptsache, sie kommen nicht zu mir ins Büro. »Verschwunden?« wiederholte ich schließlich, als klar wurde, daß Ted sein Pulver verschossen hatte.

Er nickte. »Genau. Sie sind einfach nicht mehr da. Und in zwei Häusern traf ich Leute an, die Stein und Bein schwören, daß es dort niemals einen Wintergarten gegeben hat, jedenfalls nicht, seit sie vor einigen Monaten eingezogen sind. Das Ganze ist mir ein völliges Rätsel. Deshalb hatte ich ja gedacht, Sie könnten mir vielleicht helfen.« Shelley hätte sich auf den Rücken gerollt, wenn sie Ted Barlows vertrauensvollen, flehentlichen Blick gesehen hätte.

Mich hatte er nun auch am Haken. Ich habe nicht oft Klienten, für die ich ein echtes Rätsel lösen soll. Ein weiterer Pluspunkt war, daß ich Ms. Supercool eins auswischen könnte. Es wäre unbezahlbar, Shelley dabei zu beobachten, wie sie sich für Ted Barlow förmlich ein Bein ausriß.

Ich lehnte mich in meinem Stuhl zurück. »Na schön, Ted. Wir kümmern uns darum. Unter einer Bedingung. Da die Bank Ihnen den Kredit gekündigt hat, muß ich Sie leider um einen Vorschuß in bar bitten.«

Er war mir einen Schritt voraus. »Reichen tausend Pfund?« fragte er und zog einen dicken Umschlag aus seiner Innentasche.

Ich nickte verblüfft.

»Ich hatte mir schon gedacht, daß Sie Bargeld haben wollen«, fuhr er fort. »Wir Bauunternehmer können immer ein paar Schillinge in bar auftreiben, wenn es sein muß. Ein Notgroschen sozusagen. Auf diese Weise ist dafür gesorgt, daß die wichtigen Leute auf jeden Fall ihr Geld bekommen.« Er reichte mir den Umschlag. »Nur zu, zählen Sie es, ich bin nicht beleidigt«, fügte er hinzu.

Es war alles da, in gebrauchten Zwanzigern. Ich drückte auf den Knopf an der Gegensprechanlage. »Shelley? Kannst du Mr. Barlow, wenn er geht, eine Empfangsquittung über eintausend Pfund in bar mitgeben? Danke.« Ich stand auf. »Ich muß mich hier noch um ein, zwei Dinge kümmern, Ted, aber ich würde mich gern heute nachmittag in Ihrer Firma mit Ihnen treffen. Paßt es Ihnen um vier?«

»Prima. Soll ich Ihrer Sekretärin eine Wegbeschreibung geben?« Er klang fast eifrig. Das versprach ja noch sehr lustig zu werden, dachte ich, als ich Ted hinausbegleitete. Er steuerte so zielbewußt auf Shelleys Schreibtisch zu wie eine Brieftaube.

So sehr ich auch von Ted eingenommen war, in dieser Branche hatte ich früh gelernt, daß die Sympathie, die man für einen Menschen empfindet, keine Garantie für dessen Ehrlichkeit ist. Daher griff ich zum Telefon und rief Mark Buckland bei SecureSure an. Seine Sekretärin hielt mich nicht mit irgendwelchen Märchen über frei erfundene Sitzungen hin, Mark freut sich stets, von Mortensen und Brannigan zu hören. Gewöhnlich springt dabei ein netter kleiner Verdienst für ihn heraus. SecureSure liefert einen Großteil der Hardware, die wir als Sicherheitsberater empfehlen, und trotz des kräftigen Preisnachlasses, den er uns gewährt, erzielt Mark immer noch einen ordentlichen Profit.

»Hallo, Kate!« begrüßte er mich, und seine Stimme war mit der gewohnt übertriebenen Begeisterung aufgeladen. »Sag nichts, laß mich raten. Ted Barlow, hab ich recht?«

»Du hast recht.«

»Ich bin froh, daß er auf mich gehört hat, Kate. Der Typ sitzt ganz schön in der Scheiße, und das hat er nicht verdient.« Mark klang aufrichtig. Aber das tut er ja immer. Das ist der Hauptgrund, wieso er es sich leisten kann, in einem Mercedes-Coupé im Wert von siebzig Riesen durch die Gegend zu fahren.

»Deshalb rufe ich dich an. Nichts für ungut, aber ich muß überprüfen, ob der Typ sauber ist. Ich will nicht, daß mich nach drei Tagen plötzlich irgendein Bankangestellter ins Gebet nimmt, weil unser Mr. Barlow eine Vorgeschichte hat, bei der einem Hören und Sehen vergeht«, sagte ich.

»Er ist rundum sauber, Kate. Ein grundanständiger Kerl. Er gehört zu den Menschen, die in Schwierigkeiten geraten, weil sie zu ehrlich sind, wenn du verstehst, was ich meine.«

»Ach komm, Mark. Der Mann ist Bauunternehmer, Herrgott noch mal. Er kann einfach so tausend Pfund in bar auftreiben. Das ist doch nicht sauber, nicht im üblichen Sinne des Wortes«, wandte ich ein.

»Na schön, dann weiß das Finanzamt vielleicht nicht von jedem Schilling, den er verdient. Das macht doch noch keinen schlechten Menschen aus ihm, oder, Kate?«

»Also laß die Reklame.«

Mark seufzte.

»Na schön. Ted Barlow ist einer meiner ältesten Freunde. Er war mein Trauzeuge, beim ersten Mal. Bei seiner Hochzeit war ich Platzanweiser. Leider hat er eine schreckliche Hexe geheiratet. Fiona Barlow war eine Schlampe, und der letzte, der es erfuhr, war Ted. Vor fünf Jahren hat er sich von ihr scheiden lassen, und seither ist er arbeitssüchtig. Er fing als Einmannbetrieb an, hat eine Weile in

Ersatzfenstern gemacht. Dann haben ihn ein paar Freunde gefragt, ob er nicht einen Wintergarten für sie bauen könnte. Sie wohnten nämlich in richtigen Spekulantenparadiesen, Wimpey, Barratt und so weiter. Sie brachten Ted dazu, diesen Wintergarten im viktorianischen Stil zu entwerfen, ganz aus Buntglas und PVC. Und was der Affe sieht, will der Affe haben. Die halbe Wohnsiedlung wollte einen, und Ted hatte seinen Einstieg ins Wintergartengeschäft. Inzwischen hat er sich eine richtig solide kleine Firma mit einem sehenswerten Umsatz aufgebaut, und er hat es ganz ohne krumme Touren geschafft. Was, wie du weißt, in der Heimverschönerungsbranche verdammt ungewöhnlich ist.«

Trotz meiner angeborenen Skepsis war ich beeindruckt. Was auch mit Ted Barlows Wintergärten passieren mochte, es sah so aus, als habe nicht er die Finger im Spiel. »Was ist mit seinen Konkurrenten? Könnten sie es darauf anlegen, ihm ein Bein zu stellen?« fragte ich.

»Hm«, machte Mark. »Auf den Gedanken wäre ich nie gekommen. Er ist nicht wichtig genug, um eine der ganz großen Nummern zu stören. Seine Firma ist ausgesprochen klein, seriös und arbeitet strikt auf lokaler Basis. Was auch immer hier gespielt wird, der Fall ruft förmlich nach jemandem wie dir. Und wenn du es tatsächlich schaffst, ihn aufzuklären, verzichte ich, weil er ein so guter Freund ist, sogar auf meine zehnprozentige Provision dafür, daß ich ihn zu dir geschickt habe.«

»Wenn ich nicht eine Dame wäre, würde ich sagen, du kannst mich mal, Buckland. Zehn Prozent!« schnaubte ich verächtlich. »Zur Strafe lege ich die fällige Einladung zum Mittagessen auf Eis. Trotzdem danke für die Hintergrundinformation. Ich werde für Ted mein möglichstes tun.«

»Danke, Kate. Du wirst es nicht bereuen. Wenn du ihm aus der Klemme hilfst, gewinnst du in ihm einen Freund fürs Leben. Schade, daß du schon einen Wintergarten hast, wie?« Er hatte aufgelegt, bevor ich mich aufs hohe Roß setzen konnte. Eigentlich besser so. Ich brauchte volle dreißig Sekunden, um zu durchschauen, daß er sich das letzte Wort erschmeichelt hatte und ich darauf hereingefallen war.

Ich schlenderte ins Vorzimmer, um Shelley das Vertragsformular und das Geld zu bringen, damit sie es auf der Bank einzahlte. Zu meiner Überraschung war Ted Barlow immer noch dort, er stand verlegen vor Shelleys Schreibtisch wie ein Schüler, der nach dem Unterricht noch dageblieben ist, um mit der Lehrerin zu reden, für die er schwärmt. Als ich hereinkam, wurde Shelley ganz aufgeregt und sagte schnell: »Kate wird mit der Wegbeschreibung bestimmt bestens zurechtkommen, Mr. Barlow.«

»Schön. Tja, dann gehe ich jetzt mal. Bis später, Miss Brannigan.«

»Kate«, verbesserte ich automatisch. Wenn mich jemand Miss Brannigan nennt, komme ich mir immer vor wie meine altjüngferliche Großtante. Sie ist keine von diesen unbeugsamen alten Mädchen mit messerscharfem Verstand, die wir alle gern wären, wenn wir alt sind. Nein, sie ist eine selbstsüchtige, hypochondrische, anspruchsvolle alte Manipulatorin, und ich hege die abergläubische Furcht, daß es, wenn ich mich von den Leuten oft genug mit Miss Brannigan anreden lasse, irgendwann auf mich abfärbt.

»Kate«, bestätigte er unsicher. »Vielen, vielen Dank, Ihnen beiden.« Er ging rückwärts hinaus. Die Tür war noch nicht ins Schloß gefallen, da saß Shelley schon an ihrem Computer, und ihre Finger flogen über die Tastatur.

»Erstaunlich, wie lange es dauert, eine Wegbeschreibung zu geben«, sagte ich zuckersüß und ließ das Vertragsformular in ihren Eingangskorb fallen.

»Ich habe ihm nur mein Mitgefühl ausgesprochen«, erwiderte Shelley sanftmütig. Manchmal ist es bei ihrer kaffeebraunen Haut zwar schwer zu sagen, aber ich könnte schwören, daß sie rot wurde.

»Was sehr lobenswert ist. In diesem Umschlag stecken tausend Pfund. Kannst du damit mal eben zur Bank gehen? Ich möchte es lieber nicht im Safe deponieren.«

»Gut so. Du würdest es doch nur ausgeben.« Ich streckte ihr die Zunge raus und ging in mein Büro. Dort griff ich wieder nach dem Telefonhörer. Diesmal rief ich bei Josh Gilbert an. Josh ist Teilhaber einer Finanzberatungsfirma. Sie sind darauf spezialisiert, Leute zu beraten und zu informieren, die die fixe Idee haben, als Senioren zu verarmen, so daß sie sich in ihrer Jugend frohen Herzens jeden Genuß versagen, um sich im Alter bequem zurücklehnen und sagen zu können: »Wenn ich wieder jung wäre, könnte ich jetzt Wasserski laufen...« Josh überredet sie, ihren Zaster Versicherungen und Investmentgesellschaften anzuvertrauen, dann lehnt er sich seinerseits zurück und schmiedet Pläne für seine eigene Pensionierung, auf der Basis der fetten Provisionen, die er gerade verdient hat. Der Unterschied ist nur, Josh hat vor, mit Vierzig in Pension zu gehen. Jetzt ist er sechsunddreißig und beteuert, daß er es bald geschafft hat. Ich kann ihn nicht ausstehen.

Natürlich hatte er einen Klienten da. Doch ich hatte bewußt zehn Minuten vor der vollen Stunde angerufen. Ich dachte, daß er mich so zwischen zwei Terminen zurückrufen könnte. Drei Minuten später hatte ich ihn selbst an der Strippe. Ich schilderte kurz Ted Barlows Problem. Josh gab eine Menge »Mmms« von sich. Dann sagte er schließlich: »Ich überprüfe deinen Mann. Und ich höre mich mal um, keine Namen, keine Einzelheiten. Einverstanden?«

»Prima. Wann können wir uns in der Sache mal zusammensetzen?«

Durch das Telefon hörte ich, wie Josh in seinem Terminkalender blätterte. »Du erwischst mich in einer ungünstigen Woche«, sagte er. »Ich nehme an, du brauchst das Material schon gestern?«

»Ich fürchte ja. Tut mir leid.«

Er zog die Luft durch die Zähne ein, so wie es Heizungsinstallateure während ihrer Ausbildung lernen. »Wir haben Dienstag. Heute bin ich mit Arbeit zugedeckt, aber ich kann mich morgen darum kümmern«, murmelte er. »Am Donnerstag bin ich ausgebucht, Freitag bin ich in London... Hör zu, geht's bei dir am Donnerstag zum Frühstück? Es war mein Ernst, als ich sagte, daß es in dieser Woche ungünstig ist.«

Ich holte tief Luft. Frühmorgens bin ich nie so ganz fit, aber Geschäft ist Geschäft. »Donnerstag zum Frühstück paßt mir gut«, log ich. »Wo möchtest du essen?«

»Du hast die Wahl, es ist dein Geld«, antwortete Josh.

Wir einigten uns auf das Portland um halb acht. Da gibt es eine ganze Mannschaft zuvorkommender Portiers, die deinen Wagen für dich parken, in meinen Augen ein großer Vorteil zu dieser Tageszeit. Ich schaute wieder auf meine Uhr. Mir blieb nicht mehr genügend Zeit, um meine Observierungsfilme zu entwickeln und Abzüge zu machen. Also begnügte ich mich damit, in meiner Datenbank eine Datei über Ted Barlow anzulegen.

Colonial Conservatories, Teds Firma, war das letzte Gebäude in dem Gewerbegebiet, direkt neben einem Riesenfeld. Was einem gleich ins Auge fiel, war der Wintergarten, den Ted an die Front angebaut hatte. Er war etwa drei Meter tief und zog sich über die ganze Breite des Gebäudes von etwa neun Metern. Das Fundament bestand aus Ziegelsteinen, und innen war der Raum durch schlanke Ziegelpfeiler in vier verschiedene Bereiche unterteilt. Der erste Teil war im klassischen viktorianischen Glaspalast-Stil gehalten, komplett mit aus Plastik nachgebildeten Kreuzblumen auf dem Dach. Als nächstes kam die Wintergartenschule aus dem »Ländlichen Tagebuch einer edwardianischen Lady«, eine Orgie aus buntbemalten Fensterquadraten, bei der jeder Botaniker einen Schreikrampf bekommen hätte, so ungenau waren die Abbildungen. Der dritte im Bunde war der Spartanische Wintergarten. Eigentlich so ziemlich wie meiner. Und dann gab es noch den British-Indian-Look, – bogenförmige Fensterrahmen mit einem Plastikfurnier überzogen, das von weitem wie Mahagoni aussah. Genau der richtige Ort, um auf seinen Rattanmöbeln zu sitzen und den Regengott anzurufen, damit er einem Abkühlung verschaffte. Von dieser Spielart findet man in Südmanchester reichlich.

In den Wintergärten waren die Büros von Colonial Conservatories zu sehen. Ich blieb noch einen Moment im Wagen sitzen und ließ den Anblick auf mich wirken. Gleich an der Tür befand sich ein C-förmiger Empfangstresen. Dahinter saß eine Frau und telefonierte. Ihre Lockendauerwelle sah aus wie die Ersatzperücke von Charles I. Ab und zu betätigte sie eine Taste an ihrem Computer und starrte gelangweilt auf den Bildschirm, bevor sie sich wieder auf ihr Gespräch konzentrierte. An einer Seite standen zwei kleine Schreibtische mit je einem Telefon und einem Haufen Kram darauf. An diesen Tischen saß niemand. An der Rückwand führte eine Tür in das Hauptgebäude. An der anderen Seite war durch gläserne Trennwände ein kleines Büro abgeteilt. In diesem Büro stand Ted Barlow in Hemdsärmeln, mit losem Schlips und geöffnetem obersten Hemdknopf und arbeitete sich langsam durch den Inhalt des Schubfachs an einem Aktenschrank. Den Rest des Empfangsbereichs nahmen Schautafeln ein.

Ich ging hinein. Die Empfangsdame sagte munter ins Telefon: »Bleib bitte dran«, und drückte auf einen Knopf, um dann mich mit ihrem strahlenden Lächeln zu beglücken. »Was kann ich für Sie tun?«

»Ich habe eine Verabredung mit Mr. Barlow. Mein Name ist Brannigan. Kate Brannigan.«

»Einen Augenblick bitte.« Sie fuhr mit dem Finger über die aufgeschlagene Seite ihres Tischkalenders. Ihre künstlich verlängerten Nägel faszinierten mich. Wie konnte sie mit solchen Krallen nur tippen? Sie schaute hoch, fing meinen Blick auf und lächelte. »Ja«, sagte sie. »Ich höre kurz mal nach, ob er soweit ist.« Sie hob den Hörer hoch und wählte eine Nummer. Ted schaute sich zerstreut um und sah mich. Er schenkte dem Telefon keine Beachtung, sondern kam eilig durch den Empfangsbereich auf mich zu.

»Kate«, rief er, »danke, daß Sie gekommen sind.« Die Empfangsdame verdrehte die Augen gen Himmel. Zweifellos hatte Ted in ihren Augen keinen Schimmer, wie ein Chef sich verhalten sollte. »Also, was wollen Sie wissen?«

Ich lotste ihn zu seinem Büro. Es gab keinen Grund, die Empfangsdame zu verdächtigen, doch die Ermittlungen befanden sich in einem zu frühen Stadium, um überhaupt jemandem zu trauen. »Ich brauche eine Liste der Adressen sämtlicher Wintergärten, die Sie in den vergangenen sechs Monaten montiert haben und zu deren Finanzierung die Kunden Neuhypotheken aufgenommen haben.«

Er nickte, dann blieb er unvermittelt vor seinem Büro stehen. Er zeigte auf eine Schautafel, an der mehrere Abbildungen von Häusern mit angebautem Wintergarten hingen. Die Häuser sahen annähernd gleich aus — mittelgroß, meist Einzelhäuser, modern, alle offenbar von gleichartigen Häusern umrahmt. Ted machte ein trauriges Gesicht. »Der hier, der hier und der hier», sagte er. »Ich habe sie nach dem Bau fotografieren lassen, weil wir gerade einen neuen Prospekt in Auftrag geben wollten. Und als ich heute wieder hinfuhr, waren sie einfach nicht mehr da.«

Ich war erleichtert. Der letzte nagende Zweifel, den ich bezüglich Teds Ehrlichkeit gehegt hatte, löste sich in Luft auf. Gemein und argwöhnisch wie ich bin, hatte ich mich gefragt, ob es die Wintergärten überhaupt jemals gegeben hatte. Jetzt hatte ich jedoch einen konkreten Beweis. »Können Sie mir den Namen des Fotografen geben?« fragte ich. Die Vorsicht trug den Sieg davon über meinen Wunsch, Ted Glauben zu schenken.

»Ja, kein Problem. Hören Sie, möchten Sie, daß ich einen der Jungs hole, damit er Sie in der Fabrik herumführt, während ich die Informationen für Sie heraussuche? Um mal zu sehen, wie unser Laden eigentlich so läuft?«

Ich lehnte höflich ab. Der Bau von Wintergärten mit Doppelverglasung war keine Wissenslücke, die zu füllen mir ein Bedürfnis war. Statt dessen genoß ich das unterhaltsame Schauspiel, wie Ted mit seinem Ablagesystem rang. Ich setzte mich auf seinen Stuhl und nahm einen Reklamezettel über die Freuden des Wintergartens vom Tisch. Mich beschlich die Ahnung, daß dies eine langwierige Angelegenheit werden würde.

Die unsterbliche Prosa von Teds PR-Berater hatte keine Chance gegen den schick angezogenen Mann, der mit großen Schritten in den Ausstellungsraum kam, seine Aktentasche auf einen der beiden kleinen Schreibtische warf und dann Teds Büro betrat. Er lächelte mich an, als ob wir alte Freunde wären.

»Hallo«, sagte er. »Jack McCafferty«, fügte er hinzu und streckte mir die Hand hin. Sein Handschlag war fest und kühl, passend zu dem Bild, das er ansonsten bot. Sein braunes lockiges Haar, an den Seiten kurz geschnitten und oben länger, ließ ihn wie eine seriöse Version von Mick Hucknall aussehen. Seine Augen waren blau und hatten gegen seine leicht gebräunte Gesichtshaut den matten Glanz geschliffener Sodaliths. Er trug einen olivgrünen Zweireiher, ein cremefarbenes Hemd und einen weinroten Seidenschlips. Das ganze Ensemble mußte etwa fünfhundert Pfund wert sein. Im Vergleich dazu kam ich mir in meinem terrakottafarbenen Leinenanzug und dem senfgelben Kapuzenpullover geradezu bescheiden vor.

»Kate, Jack ist einer meiner Vertreter«, sagte Ted.

»Mitglied des Verkaufsteams«, berichtigte Jack ihn. Aus seiner amüsiert-nachsichtigen Miene schloß ich, daß es regelmäßig zu dieser Richtigstellung kam. »Und Sie sind?«

»Kate Brannigan«, sagte ich. »Ich bin Steuerberaterin und stelle mit Ted ein Paket zusammen. Freut mich, Sie kennenzulernen, Jack.«

Ted sah erstaunt aus. Lügen schien nicht seine starke Seite zu sein. Zum Glück stand er hinter Jack. Er räusperte sich und reichte mir eine überquellende blaue Aktenmappe. »Hier sind die Angaben, die Sie haben wollten, Kate«, sagte er. »Wenn es irgendwelche Unklarheiten gibt, rufen Sie mich an.«

»Alles klar, Ted.« Ich nickte. Es gab noch ein, zwei Fragen, die ich ihm stellen wollte, aber sie paßten nicht zu meiner spannenden neuen Rolle der Steuerberaterin. »Nett, Sie kennengelernt zu haben, Jack.«

»Nett. Das ist ein Wort. Mir wäre ein ganz anderes Wort dafür eingefallen, Kate«, antwortete er und hob anzüglich eine Braue. Als ich durch den Empfangsbereich nach draußen zu meinem Wagen ging, spürte ich seinen Blick auf mir. Ich war ziemlich sicher, daß mir nicht gefallen würde, was er dachte.

3. Kapitel

Nach einer halben Meile Fahrt hielt ich an und sah rasch die Akte durch. Die meisten Bauobjekte schienen drüben in Warrington zu liegen, deshalb beschloß ich, am nächsten Morgen dorthin zu fahren. Es dämmerte bereits, und bis ich dort ankäme, würde man gar nichts mehr sehen können. Ein halbes Dutzend der Häuser mit Wintergärten lag allerdings ganz in der Nähe. Eines davon hatte Ted bereits inspiziert und dabei festgestellt, daß sein Anbau verschwunden war. Auf der Heimfahrt kam ich zu dem Schluß, daß ich mir die übrigen ebensogut noch kurz ansehen könnte. Ich holte meinen Stadtplan aus dem Handschuhfach und entwarf die brauchbarste Route, die sie alle einbezog.

Das erste Haus stand am oberen Ende einer Sackgasse in einer häßlichen Wohnsiedlung aus den Sechzigern, eines von zwei Beinahe-Einzelhäusern, die wie ein bizarres siamesisches Zwillingspaar durch ihre Garagen verbunden waren. Ich läutete an der Tür, aber niemand antwortete, daher ging ich den schmalen Weg zwischen Haus und Zaun entlang zum Hinterhof. Überraschung, Überraschung. Es gab keinen Wintergarten. Ich studierte den Grundriß, um mir ausrechnen zu können, wo er gewesen war. Dann ging ich in die Hocke und untersuchte das Mauerwerk an der Rückwand des Hauses. Ich rechnete nicht wirklich damit, fündig zu werden, da ich nicht einmal wußte, wonach genau ich suchte. Doch selbst ich mit meinem ungeübten Auge konnte eine schwache Markierung entlang der Mauer ausmachen. Es sah aus, als habe sie jemand mit einer Drahtbürste behandelt – gerade genug, um den Oberflächenschmutz und die Witterungsspuren zu verwischen, mehr nicht.

Meine Neugier war geweckt. Ich stand auf und fuhr zu der nächsten Adresse. 6 Wiltshire Copse und 19 Admundsen Avenue waren nahezu identisch. Und beide ohne Wintergarten. Die nächsten zwei Häuser, die ich inspizierte, hatten jedoch einen Wintergarten, fest am Haus verankert. Zum fünften Mal marschierte ich zu meinem Wagen zurück, deprimiert vom Anblick all der scheußlichen kleinen Häuser, die das Wort modern in Verruf bringen. Ich dachte an mein eigenes Heim, einen erst vor drei Jahren errichteten Bungalow. Dem Bauherrn war allerdings nicht daran gelegen gewesen zu zeigen, wie klein man ein Schlafzimmer machen kann, bevor der menschliche Geist »Nein!« schreit. Mein Wohnzimmer ist großzügig bemessen, und um zu meinem Bett zu gelangen, brauche ich über nichts hinwegzusteigen. Mein zweites Zimmer ist immer noch so groß, daß ich es als Büro benutzen kann, inklusive Schlafsofa für die unvermeidlichen Gäste. Diese zu groß geratenen Schuppen hingegen sahen aus wie gepreßt, zu dem Zweck, wenigstens ein, vielleicht auch drei Zimmer von passabler Größe zu erhalten.

Es war die pure Ironie, daß sie vermutlich mehr wert waren als mein Bungalow, weil sie in kleinen Erschließungsgebieten in einem Vorort lagen. Wohingegen man von meiner kleinen Oase, einer von dreißig »Wohneinheiten für Freiberufler«, nur fünf Minuten bis zum Stadtzentrum mit all seinen Annehmlichkeiten brauchte. Der Nachteil war, daß mein Bungalow mitten in einem Innenstadtviertel lag, über das Channel 4 ständig Schreckensmeldungen verbreitet. Die Umgebung hatte den Preis so weit gedrückt, daß ich mir auch noch die erforderliche hochmoderne Alarmanlage leisten konnte.

Ich beschloß, nach Hause zu fahren. Es wurde schon dunkel, und daher würde ich das faszinierende Studium der Ziegelmauerkunst des ausgehenden zwanzigsten Jahrhunderts ohnehin nicht fortsetzen können. Außerdem kamen die Leute allmählich von der Arbeit nach Hause, und ich wollte nicht auffallen. Es war nur eine Frage der Zeit, bis irgendein übereifriges Mitglied der Nachbarschaftswache die Cops rief, eine peinliche Situation, auf die ich gut verzichten konnte. Ich fuhr los und merkte plötzlich, daß ich nur wenige Straßen von Alexis' Haus entfernt war.

Alexis Lee ist wohl meine beste Freundin. Sie ist Kriminalreporterin beim MANCHESTER EVENING CHRONICLE. Vermutlich hat der Umstand, daß wir beide als Frauen in eine traditionell männliche Domäne vorgedrungen sind, dazu beigetragen, das Band zwischen uns zu knüpfen. Doch abgesehen von unserem gemeinsamen Interesse am Verbrechen, habe ich durch sie auch schon viel Geld gespart. Mir fallen auf Anhieb etwa ein Dutzend Gelegenheiten ein, bei denen sie mich in teuren Boutiquen vor sehr teuer erkauften Mißgriffen bewahrt hat. Und sie hat diesen wunderbaren, köstlichen Liverpooler Sinn für Humor, der selbst an der schwärzesten Tragödie noch eine komische Seite entdeckt. Ich wüßte nicht, was mich schneller aufmuntern könnte als eine halbstündige Stippvisite bei ihr.

Der letzte Regen hatte das Herbstlaub in glitschigen Brei verwandelt. Als ich sacht auf die Bremse trat, um vor Alexis' Haus zu halten, scherte mein Vauxhall Nova seitlich aus. Ich fluchte auf das Straßenverkehrsamt und schlitterte um den Wagen herum auf den festeren Boden der Einfahrt zu. Dort packte ich einen Pfosten, um nicht vollends das Gleichgewicht zu verlieren, und stellte erschrocken fest, daß dieser besondere Pfosten nicht zum bleibenden Inventar gehörte. Ein Schild mit der Aufschrift »Zu verkaufen« war daran befestigt. Ich war empört. Wie konnten sie sich unterstehen, das Haus zum Verkauf anzubieten, ohne meinen Rat einzuholen? Höchste Zeit, daß ich herausfand, was hier gespielt wurde. Ich ging um das Haus herum zur Hintertür, klopfte und betrat die Küche.

Alexis' Liebste Chris ist Teilhaberin eines Gemeinschaftsbüros von Architekten. Deshalb sieht ihre Küche so aus wie eine gotische Kathedrale, samt gefliestem Boden und Deckengewölbe mit Balken wie Walrippen. Auf den Verputz sind mittels Schablone Blumen- und Obstmotive aufgemalt, und an den Holzbalken unter der Decke sind in regelmäßigen Abständen Flachreliefs aus Gips zu sehen. Ein toller Anblick.

Anstelle von Quasimodo, auf den ich hier immer beinahe gefaßt bin, saß Alexis an dem Kiefernholztisch, neben ihr stand ein Teebecher, und vor ihr lag aufgeschlagen irgendein Katalog. Als ich hereinkam, schaute sie hoch und grinste. »Kate! Hey, schön, dich zu sehen, Kleine! Nimm dir 'nen Becher, die Kanne ist frisch aufgebrüht.« Sie machte eine Handbewegung zu dem buntgestrickten Teewärmer beim Kessel hinüber. Ich goß mir einen Becher des starken Tees ein, und Alexis fragte: »Was führt dich in diese Gegend? Hattest du beruflich hier zu tun? Irgendwas für mich dabei?«

»Laß das jetzt erst mal«, sagte ich entschlossen und ließ mich auf einen Stuhl fallen. »Habt ihr Geheimnisse vor mir? Was soll dieses Schild ›Zu verkaufen‹? Ihr bietet das Haus zum Verkauf an, und mir erzählt ihr nichts davon?«

»Wieso denn? Willst du es kaufen? Tu's nicht! Schlag es dir schleunigst wieder aus dem Kopf! Hier gibt's ja kaum Platz genug für mich und Chris, und wir haben immerhin die gleiche Drecktoleranz. Du und Richard, ihr würdet euch hier binnen einer Woche gegenseitig den Hals umdrehen«, parierte Alexis.

»Versuch nicht abzulenken«, sagte ich. »Richard und ich kommen prima zurecht, so wie es ist, Tür an Tür zu wohnen. Mehr an Nähe wird's mit mir nie geben.«

»Und wie geht's deinem unbedeutenden Anhang?« unterbrach Alexis.

»Er läßt dich grüßen.« Alexis und der Mann, den ich liebe, haben eine Beziehung, die sich in gegenseitigen Beschimpfungen zu erschöpfen scheint. Scheint. Ich vermute nämlich, daß sie sich in Wahrheit aufrichtig gern haben. Einmal habe ich die beiden sogar dabei erwischt, wie sie in einem Winkel der Stammkneipe der CHRONICLE-Belegschaft in aller Freundschaft ein Glas miteinander tranken. Sie machten beide höchst verlegene Gesichter. »Also, was ist mit dem Schild?«

»Es steht erst seit ein paar Tagen da draußen. Alles ging so schnell. Du weißt doch noch, wie Chris und ich immer davon gesprochen haben, daß wir uns ein Stück Land kaufen und unser ganz persönliches Traumhaus bauen wollten?«

Ich nickte. Eher hätte ich meinen eigenen Namen vergessen. »Als Teil eines Eigenbauprojekts? Chris entwirft die Häuser, als Entgelt stellen andere Leute euch ihre Arbeitskraft zur Verfügung, richtig?« Sie sprachen davon, seit ich sie kannte. Bei anderen hätte ich solche Pläne als reine Phantasterei abgetan. Aber Alexis und Chris war es ernst. Sie hatten Stunden um Stunden damit zugebracht, Bücher zu wälzen, über Plänen und eigenen Zeichnungen zu hocken, bis sie endlich ihr ideales Heim entworfen hatten. Jetzt warteten sie nur noch auf das richtige Grundstück zum richtigen Preis am richtigen Ort. »Das Land?« fragte ich.

Alexis griff seitlich um den Tisch herum und zog eine Schublade auf. Sie warf mir einen Packen Fotos hin. »Sieh dir das an, Kate. Phantastisch nicht? Ist es nicht einfach herrlich?« Sie schob sich das wilde schwarze Haar aus den Augen und blickte mich erwartungsvoll an.

Ich sah mir die Aufnahmen eingehend an. Das erste halbe Dutzend zeigte Ansichten eines Geländes mit struppigem Heidekraut, auf dem überall Schafe weideten. »Das ist das Land«, schwärmte Alexis. Ich ging die Fotos weiter durch. Der Rest waren Aufnahmen ferner Hügel, Wälder und Täler. Kein einziger Chinese mit Straßenverkauf in Sicht. »Und das ist der Ausblick. Atemberaubend, nicht wahr? Deshalb gehe ich das hier durch.« Sie wedelte mit dem Katalog. Ich sah jetzt, daß es eine Preisliste für Baubedarf war. Ich persönlich hätte lieber eine Nacht mit dem Telefonbuch verbracht.

»Wo um alles in der Welt ist das?« fragte ich. »Es sieht so... ländlich aus.« Das war das erste Wort, das mir einfiel und das nicht nur der Wahrheit entsprach, sondern auch so klang, als fände es meine Billigung.

»Eine richtige Wildnis, nicht wahr? Liegt ganze drei Minuten von der M66 entfernt. Knapp oberhalb von Ramsbottom. Außerhalb der Hauptverkehrszeit kann ich in zwanzig Minuten im Büro sein, und doch liegt es völlig abgeschieden von dem Streß des Großstadtlebens.«

Ich an ihrer Stelle hätte fünf Worte eher aufgehört. Wer weiter als zehn Minuten von einem Marks-&-Spencer-Feinkostladen entfernt lebt (fünfzehn inklusive vorschriftsmäßiges Parken), befindet sich, zumindest in meinen Augen, außerhalb der Zivilisation. »Wie schön«, sagte ich. »Das ist doch genau, was ihr wolltet, oder?«

»Ja, es ist ideal. Als wir die Anzeige sahen, haben wir gleich eine Versammlung der Leute einberufen, mit denen wir zusammen bauen wollen, und wir sind alle hingefahren, um es uns anzusehen. Wir haben uns mit dem Bauunternehmer auf einen Preis geeinigt, und er drängt auf einen raschen Vertragsabschluß, weil es noch einen anderen Interessenten gibt. Das behauptet er jedenfalls, aber wenn du mich fragst, ist er schlicht und einfach auf das Geld aus. Auf alle Fälle haben wir auf jede Parzelle eine Anzahlung von fünftausend Pfund hinterlegt, und es sieht alles sehr vielversprechend aus. Also ist es an der Zeit, dieses Haus hier zu verkaufen, um an das Kleingeld zu kommen, das wir brauchen, um das neue Haus zu bauen.«

»Und wo wollt ihr wohnen, solange ihr baut?« fragte ich.

»Tja, Kate, komisch, daß gerade du danach fragst. Wir haben überlegt...« Um ein Haar wäre ich in Panik geraten. Dann sah ich, daß ihre Mundwinkel zuckten. »Wir werden uns einen Caravan kaufen – am Ende der Saison, wenn die Preise runtergehen –, den Winter über darin wohnen und ihn im Frühjahr wieder verkaufen. Bis dahin sollte das Haus so ziemlich bewohnbar sein«, erzählte Alexis fröhlich. Dennoch überlief es mich kalt.

»Wenn du dann ein Bad nehmen willst, bist du jederzeit herzlich willkommen«, sagte ich.

»Danke. Ich werde dich vielleicht sogar beim Wort nehmen, wo du von der Redaktion aus so leicht zu erreichen bist.«

Ich trank meinen Tee aus und stand auf. »Ich muß los.«

»Sag nichts – du gehst zu der Observierung einer unheimlichen Flüsterstimme«, zog Alexis mich auf.

»Falsch geraten. Man merkt doch, daß du nur über Verbrechen schreibst, anstatt sie aufzuklären. Nein, Richard und ich sind zum Bowling verabredet«, sagte ich ganz schnell, doch es entging ihr nicht.

»Zum Bowling?« prustete Alexis los. »Bowling? Scheiße, Brannigan, als nächstes erzählst du mir noch, daß ihr zum Knutschen ins Kino geht.«

Sie kicherte noch, als ich ging. Die Pioniere haben eben immer schon den Spott der Kleingeister herausgefordert.

Es gibt vermutlich schlimmere Arten, einen verregneten Mittwoch in Warrington zu verbringen, als durch moderne Wohnsiedlungen zu laufen und mit den Bewohnern zu reden. Falls es so ist, habe ich sie noch nicht entdeckt. Kurz nach neun langte ich bei der ersten Adresse an, was nicht schlecht war, wenn man berücksichtigt, daß ich an diesem Morgen doppelt so lange gebraucht hatte wie sonst, um mich fertigzumachen, weil meine rechte Schulter weh tat und steif war. Ich hatte vergessen, daß man nur dann Bowling spielen sollte, wenn man den durchtrainierten Oberkörper eines olympischen Kugelstoßers hat.

Das erste Haus befand sich am oberen Ende einer Sackgasse, die sich um sich selbst wand wie das Haus einer Nautilusschnecke. Ich läutete an der Tür der hübschen Doppelhaushälfte, es antwortete jedoch niemand. Durch das Panoramafenster spähte ich ins Wohnzimmer, das spartanisch eingerichtet war und keinerlei Hinweis auf gegenwärtige Bewohner erkennen ließ. Den Ausschlag gab, daß kein Fernseher oder Videogerät zu sehen war. Es hatte den Anschein, als seien meine Wintergarten-Käufer ausgezogen und wollten ihr Haus weitervermieten. Meist lagern die Leute, die ihr Heim möbliert weitervermieten, zuvor den teuren beweglichen Teil ihrer Elektrogeräte ein, für den Fall, daß der beauftragte Makler seine Hausaufgaben nicht ordentlich macht und das Haus fragwürdigen Leuten überläßt. Komisch, zwei der Häuser, die ich am Abend zuvor inspiziert hatte, machten einen ganz ähnlich verlassenen Eindruck.

An der Rückwand dieses Hauses fanden sich noch deutlichere Spuren des verschwundenen Wintergartens als an den anderen Häusern, die ich in Augenschein genommen hatte. Dort hatte das Betonfundament, auf dem sie errichtet worden waren, einfach wie eine unvollendete Terrasse ausgesehen. Hier hingegen erstreckte sich ein Viereck aus rotglasierten Fliesen vor der Veranda. Um das Viereck herum zog sich eine niedrige, zwei Ziegel dicke Mauer mit einer türgroßen Lücke. Und an der Hauswand waren die mir inzwischen vertrauten Spuren des Mörtels zu sehen, durch den man den Anbau mit dem Haus verbunden hatte.

In der Einfahrt der anderen Doppelhaushälfte hatte ich einen Wagen gesehen. Ich drückte dort auf die Klingel, die mir ein Ständchen darbrachte, eine elektronische Version von ›Yellow Rose of Texas‹. Die Frau, die die Tür öffnete, ging eher als Pusteblume durch. Ihr Gesicht war von flaumigem weißem Haar umrahmt, das aussah, als habe es mehr als ein halbes Jahrhundert lang jedem Friseur getrotzt. Sie taxierte mich aus graublauen Augen, die hinter den dicken Gläsern einer Goldrandbrille leicht verschwommen aussahen. »Ja?« fragte sie gebieterisch.

»Es tut mir leid, wenn ich störe«, log ich. »Aber vielleicht können Sie mir helfen. Ich vertrete die Firma, die Ihren Nachbarn den Wintergarten verkauft hat…«

Ich konnte den Satz nicht beenden. »Wir wollen keinen Wintergarten«, unterbrach mich die Frau. »Und Doppelverglasung und eine Alarmanlage haben wir auch schon.« Die Tür ging wieder zu.

»Ich will Ihnen nichts verkaufen«, schrie ich, gekränkt von ihrer Unterstellung. Der Tag fing ja toll an. Als Klinkenputzerin für Doppelverglasung verkannt. »Ich versuche lediglich, die Leute zu finden, die früher nebenan wohnten.«

Sie hielt inne, die Tür stand noch einen Spaltbreit offen. »Sie verkaufen nichts?«

»Großes Ehrenwort. Ich wollte nur Informationen bei Ihnen einholen, sonst nichts.« Ich benutzte meine besänftigende Stimme. Die nämliche, die bei Wachhunden selten ihre Wirkung verfehlt.

Die Tür ging langsam wieder auf. Ich tat so, als ob ich die Akte zu Rate zog, die ich in meiner Tasche bei mir trug. »Hier steht, der Wintergarten wurde im März installiert.«

»Das kommt ungefähr hin«, unterbrach sie wieder. »Er wurde in der Woche vor Ostern aufgebaut, und eine Woche später war er verschwunden. Er verschwand einfach so über Nacht.« Ich hatte gerade Geschichte gemacht. Gleich beim ersten Versuch hatte ich einen Volltreffer gelandet.

»Über Nacht?«

»Das war wirklich komisch. An dem einen Tag war er noch da, am nächsten schon nicht mehr. Man muß ihn nachts abgerissen haben. Wir haben nichts gehört oder gesehen. Deshalb haben wir angenommen, daß es irgendwie Krach gegeben hat. Na, vielleicht gefiel er ihr nicht, oder sie hat nicht bezahlt oder so. Aber über das alles sind Sie ja bestimmt informiert, wenn Sie die Firma vertreten«, fügte sie in verspäteter Vorsicht hinzu.

»Sie wissen ja, wie das ist, über die Einzelheiten darf ich nicht reden«, sagte ich. »Ich versuche die Leute ausfindig zu machen. Robinson, steht in meiner Akte.«

Sie lehnte sich gegen den Türpfosten, richtete sich ein auf einen netten Schwatz. Für sie war ja auch alles in bester Ordnung. Ich hingegen stand in dem kalten Nordwind vor der Tür. Ich zerrte den Kragen meiner Jacke hoch und verwünschte sie im stillen.

»Sie war nicht sehr gesellig. Keine, die gern mitmischt, könnte man sagen. Ich habe sie mehrmals auf einen Kaffee oder einen Drink eingeladen, und sie kam nie. Da war ich nicht die einzige. Wir hier auf der Grove pflegen einen freundschaftlichen Umgang miteinander, aber sie war eine Einzelgängerin.«

Ich war ein wenig verwundert, weil ständig nur von der Frau die Rede war. Das Formular in der Akte lautete auf zwei Namen – Maureen und William Robinson. »Und ihr Ehemann?« fragte ich.

Die Frau hob die Augenbrauen. »Ehemann? Ich persönlich würde eher sagen, er war der Ehemann einer anderen.«

Ich seufzte stumm. »Seit wann kannten Sie Mrs. Robinson?« erkundigte ich mich.

»Tja, sie ist erst im Dezember eingezogen«, sagte die Frau. »In den ersten vier Wochen war sie kaum hier, und dann war Weihnachten und so. Meist ging sie an drei oder vier Abenden in der Woche aus. Und tagsüber war sie auch immer weg. Oft kam sie erst nach acht heim. Ein paar Tage nach dem Verschwinden des Wintergartens ist sie ausgezogen. Mein Mann meinte, daß sie wohl ganz plötzlich umziehen mußte, wegen ihrer Arbeit, und vielleicht hat sie den Wintergarten zu ihrer neuen Bleibe mitgenommen.«

»Wegen ihrer Arbeit?«

»Sie hat meinem Harry erzählt, sie sei freiberufliche Computerexpertin. Dadurch kommt sie in der ganzen Welt herum, wissen Sie. Sie sagte, das sei der Grund, weshalb sie das Haus immer vermietet. Seit wir vor fünf Jahren hier eingezogen sind, hat dort eine ganze Reihe von Mietern gewohnt. Sie hat Harry erzählt, es sei das allererste Mal, daß sie die Möglichkeit hätte, selbst in dem Haus zu wohnen.« Aus ihrer Stimme sprach Stolz, weil es ihrem Harry gelungen war, ihrer mysteriösen Nachbarin soviel zu entlocken.

»Können Sie sie für mich beschreiben, Mrs…?«

Sie überlegte. »Green. Carole Green, mit einem e, in Carole, nicht in Green. Na ja, sie war größer als Sie.« Das war nicht schwer. Mit einssiebenundfünfzig ist man nicht gerade eine Amazone. »Allerdings nicht viel größer. Ende Zwanzig, würde ich sagen. Sie hatte dunkelbraune Haare, eine volle Pagenfrisur, so richtig dichtes und glänzendes Haar. Immer hübsch zurechtgemacht. Und sie zog sich auch nett an, man hat sie nie gammelig gesehen.«

»Und der Mann, den Sie erwähnt haben?«

»Da war mehr als einer. Abends, wenn sie hier war, fuhr später, so gegen elf, meist noch ein Wagen in die Garage. Ein paarmal hab ich sie am nächsten Morgen wegfahren sehen. Der erste hatte einen blauen Sierra, aber er machte es nur wenige Wochen. Der nächste hatte einen silbernen Vauxhall Cavalier.« Sie schien sich in Hinsicht der Autos ihrer Sache sehr sicher zu sein, und ich sprach sie darauf an. »Mein Harry ist in der Autobranche«, informierte sie mich. »Auf die Männer allein hätte ich vielleicht nicht geachtet, auf die Autos schon.«

»Und Sie haben sie nicht mehr gesehen, seit sie ausgezogen ist?«

Die Frau schüttelte den Kopf. »Nicht mal von weitem. Dann wurde das Haus wieder vermietet, vierzehn Tage nach ihrem Auszug. Ein junges Paar, gerade von Kent hergezogen. Vor einem Monat sind sie wieder weggezogen, haben sich ein Eigenheim drüben in der Nähe von Widnes gekauft. Ein reizendes Paar. Don und Diane. Und sie hatten ein entzückendes kleines Mädchen, Danni.«

Sie taten mir fast leid. Ich wette, sie konnten gar nicht schnell genug aus dieser Nachbarschaft wieder ausbrechen. Mir fiel nichts ein, wonach ich sonst noch fragen konnte, daher entschuldigte ich mich und ging. Ich erwog, es auch noch bei den anderen Nachbarn zu versuchen, aber ich konnte mir nicht vorstellen, wie andere da Erfolg gehabt haben sollten, wo Carole mit einem e gescheitert war.

Der Scarborough Walk war nur eine Meile Luftlinie entfernt. Die Luftlinie hat jedoch keinen Stadtplaner beflügelt. Nur ein Minotaurus frisch aus dem kretischen Labyrinth würde sich in den neueren Vierteln von Warrington zurechtfinden. Mit meinem Stadtplan auf den Knien passierte ich einen weiteren Kreisverkehr und fuhr in die nächste Neubausiedlung ein. Der Whitby Way umschloß ein Dutzend Walks, Closes und Groves, wie eine Reihe von Planwagen, die im Kreis aufgestellt waren, um eine Verteidigungslinie gegen die Indianer zu bilden. Er war auch ebenso schwer zu durchbrechen. Endlich, ich drehte die zweite Runde, entdeckte ich den Zugang zu der Siedlung. Er war raffiniert angelegt und sollte den Eindruck einer Sackgasse erwecken, führte jedoch geradewegs in ein Labyrinth von Straßen, das zu entwirren mir nur gelang, indem ich zehn Meilen pro Stunde fuhr und immer wieder auf den Stadtplan sah.

Manchmal frage ich mich, wie ich mit einem Job klarkomme, der so glanzvoll, so spannend und so gefährlich ist.

Wieder kein Wintergarten. Das Paar, das jetzt in dem Haus wohnte, war erst vor zwei Monaten eingezogen, daher konnte mir die gestreßte Mutter mit dem hyperaktiven Kleinkind keine Auskunft zu den Leuten geben, die den Wintergarten erstanden hatten. Dafür hatte die Frau zwei Häuser weiter ihren Beruf verfehlt. Sie hätte in der Rechercheabteilung der NEWS OF THE WORLD sitzen sollen. Als ich ihr endlich entkam, wußte ich über die Bewohner des Scarborough Walk mehr, als ich je für möglich gehalten hätte. Ich wußte sogar über die beiden Paare Bescheid, die 1988 ausgezogen waren, nachdem ihr Partnertausch zu einer Dauereinrichtung geworden war. Über die ehemaligen Bewohner von Nummer sechs hingegen hatte ich nicht viel in Erfahrung gebracht. Sie hatten das Haus im vergangenen November gekauft und waren Ende Februar ausgezogen, weil er einen Job irgendwo im Nahen Osten bekommen hatte und sie ihn begleitete. *Sie* war Nachtschwester in einem der Liverpooler Krankenhäuser, vermutete die Frau. *Er* hatte irgend etwas mit dem Personalwesen zu tun. *Sie* hatte blonde Haare und einen Igelschnitt, genau wie Sally Webster in CORONATION STREET. *Er* war groß, dunkel und attraktiv. *Sie* hatte irgend so einen Kleinwagen, *er* hatte irgend so einen großen Wagen. Er machte oft Überstunden. Sie gingen oft aus, wenn sie nicht arbeiteten. Die perfekte Beschreibung für Interpol.

Das nächste Haus hatte seinen Wintergarten noch. Es hatte auch noch den zufriedenen Käufer, wofür ich richtig dankbar war. Denn ich hatte wirklich keine Lust, als Kundendienst von Colonial Conservatories verkannt zu werden. Ich quälte mich weiter durch die Liste der Häuser, und als ich am Ende angelangt war, glaubte ich mir eine Belohnung verdient zu haben, weil ich einen so arbeitsreichen Tag hinter mir hatte. Vier Uhr, und ich war wieder in Manchester, saß in meinem liebsten indischen Imbiß in Strangeways und ließ mir eine Portion Karahi-Lamm schmecken.

Während ich aß, steckte ich mir den Kopfhörer meines Minikassettenrecorders ins Ohr und spielte die mündlichen Notizen ab, die ich mir nach jedem Besuch gemacht hatte. Fünf von acht Häusern waren Opfer des VWS (des Verschwundene-Wintergärten-Syndroms, so hatte ich es getauft). Der einzig erkennbare gemeinsame

Nenner war, daß das betreffende Paar nach dem Kauf des Hauses jeweils nur einige wenige Monate dort gelebt hatte, dann waren sie ausgezogen und hatten es über einen Makler weitervermietet. Ich wußte mir keinen Reim darauf zu machen. Wer waren all diese Leute? Zwei Brünette, eine Kastanienbraune, zwei Blonde. Zwei mit Brille, drei ohne. Allesamt berufstätige Frauen. Zwei fuhren rote Fiestas, eine fuhr überall mit dem Taxi hin, eine fuhr einen weißen Metro, eine fuhr »irgend so einen Kleinwagen«. Alle Männer waren ziemlich groß und dunkel, die Auswahl reichte von »attraktiv« bis zu »nichts Besonderes«. Eine Beschreibung, die fast auf die Hälfte der männlichen Bevölkerung zutraf. Wieder trugen zwei eine Brille, drei nicht. Sie fuhren allesamt die in der Geschäftswelt gängigen Wagenmodelle – zwei hatten Cavaliers in Metallic, einer hatte einen roten Sierra, einer hatte einen blauen Sierra, einer tauschte »einen großen Roten« gegen »einen großen Weißen«. Keinerlei Anhaltspunkt zu ihrem derzeitigen Verbleib.

Zugegeben, ich stand vor einem kompletten Rätsel. Ich diktierte meine praktisch nicht existenten Schlußfolgerungen, dann meldete ich mich bei Shelley. Ich beantwortete ein halbes Dutzend Fragen und erfuhr, daß nichts anlag, was dringend meine Anwesenheit erforderte, also fuhr ich schnell zum Supermarkt. Ich hatte Lust auf einige weitere Extras, um mich für den Haufen Bügelwäsche zu entschädigen, der zu Hause auf mich wartete. Auf keinen Fall hatte ich vor, mich in Richards Pläne für den heutigen Abend einbeziehen zu lassen. Mir fallen weitaus angenehmere Arten ein, wie ich mir einen Gehörschaden zuziehen kann, als endlos mit der Musik einer unerträglichen Hip-hop-Rap-Band aus Mostyn namens ZAHLSCHEIN oder so ähnlich zu tanzen. Es geht doch nichts über einen ruhigen Abend in den eigenen vier Wänden.

4. Kapitel

Und es wurde ein Abend in den eigenen vier Wänden, aber alles andere als ein ruhiger Abend. Nach einem kurzen Abstecher zu Sainsbury's war ich ins Büro zurückgefahren und hatte dort meine

Kassette hinterlassen, damit Shelley sie am nächsten Morgen eintippte. Zweifellos würde der Gedanke, daß sie es für Ted Barlow tat, ihre Finger beflügeln. Dann hatte ich endlich Zeit, um die Filme der Observierung von PharmAce Supplies zu entwickeln. Als ich auf den fertigen Film starrte, wünschte ich, ich wäre heute nicht dazu gekommen.

Wo identifizierbare Aufnahmen des Seniorlabortechnikers von PharmAce hätten sein sollen, wie er sich mitten in der Nacht in das Gebäude und wieder herausschlich (samt des von meiner supertollen Nikon auf das Foto einkopierten Zeitpunkts), sah man nur einen Grauschleier. Da war etwas gründlich danebengegangen. Da ein Grauschleier auf einem Film meistens das Ergebnis eines Kamerafehlers ist, ließ ich einen neuen Film durch die Kamera laufen und entwickelte ihn, um zu sehen, ob ich den Fehler lokalisieren konnte. Das nahm eine weitere Stunde in Anspruch, und bei diesem Versuch kam lediglich heraus, daß mit der Kamera alles in Ordnung war. Was als Ursache entweder auf einen fehlerhaften Film oder menschliches Versagen schließen ließ. Und das wahrscheinlichste war, ob es mir nun gefiel oder nicht, daß der Grund in menschlichem Versagen zu suchen war. Was hieß, daß ich mich auf eine weitere Samstagnacht im Heck des Lieferwagens freuen durfte, in der mein Auge die ganze Zeit an der Linse klebte. Manchmal frage ich mich doch, ob es richtig war, nach dem zweiten Jahr mein Jurastudium aufzugeben, um mit Bill zusammenzuarbeiten. Dann schaue ich mir an, was meine ehemaligen Kommilitonen jetzt so treiben, und bin wieder dankbar, daß ich abgesprungen bin.

Ich archivierte den nutzlos gewordenen Film, sperrte ab und fuhr rechtzeitig nach Hause, um mir unter der Dusche in dem wasserdichten Radio THE ARCHERS anzuhören. Das Radio war ein Geburtstagsgeschenk von Richard; ich werde das Gefühl nicht los, daß er sich im Grunde selbst beschenkt hat, wenn man bedenkt, wie oft ich von Key 103 zu Radio 4 zurückstellen muß. Mir ist schleierhaft, wieso er nicht sein eigenes Bad für seine Waschungen benutzen kann. Obgleich wir jetzt seit gut einem Jahr ein Liebespaar sind, leben wir eigentlich nicht zusammen. Als Richard damals in mein Leben krachte – oder vielmehr in mein Auto –, lebte er in einer häßlichen Mietwohnung in Chorlton. Er behauptete, sein Viertel zu mögen, wo er von Studenten, Feministinnen und Anhängern der

Grünen Partei umgeben war, aber als ich darauf hinwies, daß er für die ungefähr gleichen Auslagen einen geräumigen Bungalow mit zwei Zimmern haben könnte, mit dem Auto nur drei Minuten von seinem Lieblings-Chinarestaurant entfernt, sah er auf Anhieb die Vorteile. Der Umstand, daß dieser Bungalow direkt neben meinem liegt und ihm gleicht wie ein Ei dem anderen, war ein weiterer Pluspunkt.

Natürlich wollte er die Wände niederreißen und die beiden Bungalows in eine Art offen angelegtes Ranchhaus verwandeln. Daher überredete ich Chris, vorbeizukommen und der fachmännischen Überzeugung einer Architektin Ausdruck zu verleihen, daß beide Häuser, wenn man die Wände entfernte, die Richard loswerden wollte, einstürzen würden. Sie entwarf dann einen wunderschönen Wintergarten, der sich an beiden Wohnungen entlangzieht und sie auf der Rückseite miteinander verbindet. Auf diese Weise müssen wir weder auf das eine noch auf das andere verzichten. Wir vermeiden die Hauptursachen für Reibereien, mit dem Ergebnis, daß wir in unserer gemeinsamen Zeit Spaß haben, anstatt uns zu streiten. Ich wahre meinen persönlichen Freiraum, während Richard sich mit seinen Rockband-Freunden und wenn sein Sohn zu Besuch kommt, so wild aufführen kann, wie er mag. Es ist nicht so, daß ich den sechsjährigen Davy, wohl das einzig Gute, was bei Richards katastrophaler Ehe herausgekommen ist, nicht leiden kann. Nein, es liegt daran, daß ich das Alter von siebenundzwanzig unbelastet (oder unbeglückt, würde mancher sagen) durch ein Kind erreicht habe und nicht mit dem eines anderen zusammenleben möchte.

Ich bedauerte fast, daß Richard zur Arbeit gefahren war, denn ich hätte ein wenig Aufmunterung gebrauchen können. Ich stieg aus der Duschkabine und rubbelte mein kastanienbraunes Haar so trocken, wie es eben ging. Die Mühe, es zu fönen, gab ich mir nicht. Ich zog einen alten Jogginganzug an, wobei mir einfiel, daß meine Einkäufe noch im Wagen waren. Gerade hievte ich die Tragetaschen von der Ladefläche meines Nova, als sich eine Hand auf meinen Rücken legte. Mein Herz fing an, wie wild zu schlagen. Ich wirbelte herum und nahm unverzüglich die Angriffshaltung im Thai-Boxen ein. In Innenstadtvierteln wie dem unseren geht man kein Risiko ein.

»Moment mal, Bruce Lee, ich bin's nur«, sagte Richard, wich zurück und hob beschwichtigend die Hände. »Himmel, Brannigan, reg dich wieder ab«, wehrte er ab, als ich mich drohend auf ihn zubewegte.

Ich fletschte die Zähne und knurrte tief aus der Kehle, genau so, wie meine Trainerin Karen es uns beigebracht hat. Richard machte kurz ein erschrockenes Gesicht, dann schenkte er mir sein typisches Lächeln, das mich, zu meiner Schande muß ich's gestehen, in die Heldin eines schmalzigen Liebesromans verwandelte. Ich hörte auf mit dem Geknurr und richtete mich ein wenig verlegen auf. »Ich hab's dir schon mal gesagt, schleich dich draußen von hinten an und du riskierst, daß ich dir sämtliche Rippen breche«, meckerte ich. »Da du schon hier bist, faß mal mit an.«

Der Streß, zwei Einkaufstüten und einen Kasten Bier zu schleppen, war offensichtlich zuviel für das arme Lämmchen, so daß er sofort auf eines der Sofas in meinem Wohnzimmer plumpste. »Ich dachte, du läßt dir heute abend deine Birne volldröhnen vom Sound des Jungen Schwarzen Manchester«, sagte ich.

»Sie sind zu dem Schluß gekommen, daß sie noch nicht bereit sind, sich dem furchtlos prüfenden Blick der Musikpresse auszusetzen«, sagte er. »Deshalb haben sie mich auf nächste Woche vertröstet. Weißt du, Brannigan, manchmal wünschte ich, der Typ, der die elektronischen Drums erfunden hat, wäre gleich bei der Geburt erwürgt worden. Das hätte der Welt eine Menge Kopfschmerzen erspart.« Richard zog die Jacke aus, schleuderte seine Schuhe weg und legte die Füße hoch.

»Mußt du dir nicht noch jemand anders anhören?« erkundigte ich mich höflich.

»Nein. Ich habe auch keinen Abgabetermin. Deshalb hab ich mir gedacht, ich könnte vielleicht etwas beim Chinesen holen, es mit hierher bringen und dein Wohnzimmer aus reiner Bosheit mit Sojasprossen vollstreuen.«

»Gut. Solange du versprichst, kein einziges Hemd in meinen Bügelkorb einzuschmuggeln.«

»Versprochen«, sagte er.

Eineinhalb Stunden später bügelte ich meine letzte Hose. »Dem Himmel sei Dank«, ächzte ich.

Keine Reaktion vom Sofa. Das war nicht weiter verwunderlich. Er war bei seinem dritten Joint angelangt, und bei der Lautstärke, in der er mir den Soundtrack des Motley-Crüe-Videos zumutete, hätte

40

man nicht mal gehört, wenn der Dritte Weltkrieg ausgebrochen wäre. Was dennoch zu mir durchdrang, war das hohe elektronische Piepsen meines Telefons. Ich griff nach dem Hörer und der TV-Fernbedienung und drückte auf den Ohne-Ton-Knopf, während ich zugleich das Telefon auf »Sprechen« umstellte. Das rief eine Reaktion hervor. »Hey«, protestierte er, dann ließ er sich sofort wieder fallen, als er registrierte, daß ich telefonierte.

»Hallo«, sagte ich. Sag nie deinen Namen oder deine Nummer, wenn du dich am Telefon meldest, ganz besonders wenn du eine Geheimnummer hast. Heutzutage, in der Ära der Telefone mit Wahlwiederholung kann man nie wissen, mit wem man gerade spricht. Ich habe eine Freundin, die auf diesem Weg Name und Telefonnummer der Geliebten ihres Ehemannes erfuhr. Ich weiß, in diesem Punkt habe ich nichts zu befürchten, aber ich lasse mich in meinen Gewohnheiten gern von dem Prinzip der Vorsicht leiten. Man weiß ja nie, wann es sich einmal als nützlich erweist.

»Kate? Hier ist Alexis.« Sie hörte sich so genervt an, als ob sie unter Zeitdruck an einer Story bastelte und der Nachrichtenredakteur hinter ihr stände und ihr auf die Finger schaute. Aber zu dieser Uhrzeit konnte sie unmöglich Redaktionsschluß haben.

»Oh, hallo. Wie geht's?« fragte ich.

»Störe ich gerade?«

»Überhaupt nicht. Ich habe gegessen, ich bin noch unter der Promillegrenze, und ich bin noch angezogen«, berichtete ich ihr.

»Wir brauchen deine Hilfe, Kate. Ich frage ja nicht gern, aber ich kenne sonst niemand, der wissen könnte, was wir tun sollen.«

Dies war kein geschäftlicher Anruf. Wenn Alexis meine Hilfe für eine Story braucht, entschuldigt sie sich nicht. Sie weiß, daß diese Art beruflicher Hilfe auf Gegenseitigkeit beruht. »Sag mir, worum es geht, dann sage ich dir, ob ich euch helfen kann.«

»Du weißt doch noch, das Stück Land, das wir angeblich kaufen sollten. Das ich dir gestern auf den Fotos gezeigt habe? Ja?«

»Ja«, sagte ich beschwichtigend. Es hörte sich an, als werde sie jeden Augenblick platzen.

»Tja, du wirst es nicht glauben. Chris ist heute hingefahren, um einiges auszumessen. Sie meinte, wenn sie die Häuser entwerfen soll, muß sie ein Gefühl für die Lage des Landes entwickeln, damit die Häuser sich in die Landschaft einfügen, ja?«

41

»Ja. Also wo liegt das Problem?«

»Sie kommt dort oben an und stößt auf zwei Landvermesser, die einzelne Parzellen abstecken. Tja, sie ist ziemlich verwirrt, weil unseres Wissens nämlich noch keiner der anderen Eigenbauer, mit denen wir zusammenarbeiten, Aufträge vergeben hat, weil wir auch noch keine Verträge haben. Also bleibt sie in ihrem Landrover sitzen und beobachtet sie etwa eine halbe Stunde lang. Dann geht ihr auf, daß die Parzellen, die sie abstecken, ganz verschieden sind von denen, die man uns verkauft hat. Also geht sie zu ihnen hinüber und fängt ein Gespräch an. Du kennst Chris, sie ist nicht so wie ich. Ich wäre ihnen da draußen an die Gurgel gegangen und hätte sie zur Rede gestellt, was zum Teufel sie da eigentlich machen.« Alexis legte eine Pause ein, um Luft zu holen, aber nicht lang genug, als daß ich etwas hätte sagen können.

»Nicht so Chris. Sie läßt sich von ihnen alles über das Land erzählen und daß sie die Parzellen für die Leute abstecken, die sie gekauft haben. Ein halbes Dutzend hat ein ortsansässiger kleiner Bauunternehmer gekauft, den Rest verschiedene Einzelpersonen, sagen sie. Nun, Chris ist daraufhin ziemlich bestürzt, denn was sie ihr da erzählen, widerspricht total der Situation, wie wir sie kennen. Also sagt sie ihnen, wer sie ist und was sie dort macht, und fragt sie, ob sie irgendeinen Beleg haben für das, was sie da erzählen, was sie natürlich nicht haben, aber dafür sagen sie ihr den Namen des Anwalts, der die Käufer vertritt.«

Diesmal gelang es mir, einzuwerfen: »Soweit kann ich dir folgen«, bevor Alexis' Redeflut mich wieder überspülte. Richard sah mich ganz neugierig an. Er ist es nicht gewohnt, daß ich in einem Telefongespräch eine solch untergeordnete Rolle spiele.

»Also fährt Chris runter zu diesem Anwaltsbüro in Ramsbottom. Sie schafft es, dem dortigen Spezialisten für Eigentumsübertragungen klarzumachen, in welch dringender Angelegenheit sie kommt, daher gibt er ihr fünf Minuten. Als sie ihm die Situation erklärt, sagt er, das Land sei von einem Bauunternehmer verkauft worden, und die Verträge seien alle seit zwei Tagen unter Dach und Fach.« Alexis verstummte plötzlich, als wäre mit dem, was sie gesagt hatte, eigentlich alles klar.

»Tut mir leid, Alexis, ich bin wohl ziemlich begriffsstutzig, aber worauf genau willst du hinaus?«

»Ich will darauf hinaus, daß das Land bereits verkauft ist!« schrie sie. »Wir haben fünf Riesen für ein Stück Land bezahlt, das schon verkauft wurde! Ich begreife einfach nicht, wie das passieren konnte! Und ich weiß nicht mal, wie ich es anstellen soll, es herauszukriegen.« Ihre kummervolle Stimme war herzzerreißend. Ich wußte, wie sehr sie und Chris sich wünschten, daß aus diesem Vorhaben etwas wurde, aus vielerlei Gründen. Und jetzt sah es so aus, als sei das Geld, das sie gespart hatten, um die unterste Sprosse der Leiter zu erklimmen, verloren.

»Schon gut, schon gut, ich werde mich darum kümmern«, tröstete ich sie. »Aber dazu brauche ich noch weitere Infos von dir. Wie war der Name des Anwalts in Ramsbottom, mit dem Chris gesprochen hat?«

»Einen Augenblick, ich gebe dir Chris ran. Sie weiß über sämtliche Einzelheiten Bescheid. Danke, Kate. Ich wußte, daß ich mich auf dich verlassen kann.«

Es gab eine kurze Pause, dann kam eine sehr niedergeschlagene Chris an den Apparat. Ihre Stimme klang, als habe sie geweint. »Kate? Himmel, ich kann nicht fassen, daß uns das passiert. Ich begreife es einfach nicht, überhaupt nicht.« Dann ging sie dazu über, haarklein zu wiederholen, was Alexis mir bereits berichtet hatte.

Ich hörte geduldig zu, dann sagte ich: »Wie war der Name des Anwaltsbüros, das du in Ramsbottom aufgesucht hast?«

»Chapman and Gardner. Ich habe mit dem Spezialisten für Eigentumsübertragungen gesprochen, Tim Pascoe. Ich habe ihn nach dem Namen der Person gefragt, die das Land verkauft hat, aber er wollte ihn mir nicht sagen. Also fragte ich, war es T. R. Harris, und er hat mir einen dieser typischen Anwaltsblicke zugeworfen und gesagt, dazu könne er keine Stellungnahme abgeben, nur hat er es auf die Art und Weise gesagt, die bedeutet, ja, Sie haben recht.«

Ich schaute auf die Namen, die ich auf meinen Block gekritzelt hatte. »Und wer ist T. R. Harris?«

»T. R. Harris ist der Bauunternehmer, der uns angeblich das Land verkauft hat.« In ihrer Stimme schwang Ärger, was ich als ziemlich unfair empfand. Schließlich bin ich kein Vollmitglied der Gesellschaft für Parapsychologie.

»Und euer Anwalt ist?«

»Martin Cheetham.« Sie rasselte Adresse und Telefonnummer herunter.

»Ist er euer Hausanwalt?« fragte ich.

»Nein. Er ist auf Eigentumsübertragungen spezialisiert. Einer der Journalisten vom CHRONICLE hat ihn dazu interviewt, wie sich das neue Abtretungsprotokoll macht, und sie kamen ins Gespräch und dabei auf das Thema, wie Bauunternehmer sich übernehmen können, wenn sie auf Spekulationsbasis Land kaufen und die Preise ins Bodenlose fallen, und dieser Journalist sagte, daß eine seiner Kolleginnen, das heißt Alexis, nach einem Stück Land suche, das groß genug für ein Projekt zur Eigenbebauung mit zehn Leuten sei, und Cheetham meinte, er wisse von einem Kollegen, der einen Klienten habe, der wiederum Bauunternehmer sei und genau das Richtige habe, also gingen wir zu Cheetham, und er sagte, dieser T. R. Harris habe das Land gekauft und könne es sich nicht leisten, es selbst zu erschließen, daher wolle er es verkaufen.« Chris' Sätze sind länger als die der Lawlords im Oberhaus.

»Und seid ihr diesem Bauunternehmer irgendwann mal begegnet?«

»Na klar. T. R. Harris, nennen Sie mich Tom, Mr. Nice Guy. Er hat sich da draußen mit uns allen getroffen, ist mit uns das Land abgegangen, hat es in einzelne Parzellen unterteilt und uns diese Rührstory erzählt, wie sehr er sich bemüht hat, seine Firma über Wasser zu halten, und daß er ein halbes Dutzend Bauplätze hat, wo die Arbeiter sich darauf verlassen, daß er ihnen ihren Lohn ausbezahlt, ob wir also bitte pro Parzelle eine Anzahlung von fünftausend herausrücken könnten, um uns das Land zu sichern, andernfalls müßte er sich um andere Käufer bemühen, was doch jammerschade wäre, weil das Land so offensichtlich unseren Wünschen entspreche und ihm der Gedanke gefalle, daß das Land zur Eigenbebauung genutzt würde, schon allein deshalb, weil er so nicht zu seinem Kummer mitansehen müßte, wie ein anderer Bauunternehmer ein hübsches Sümmchen aus solch einem erstklassigen Bauplatz herausschlägt, von dem er sich wirklich nur sehr ungern trenne. Er war derart überzeugend, Kate, es ist uns nie in den Sinn gekommen, daß er log, und Cheetham hat er offenbar ebenso getäuscht. Kannst du etwas unternehmen?« Der bittende Unterton war nicht zu überhören, selbst wenn ich gewollt hätte.

»Ich begreife zwar immer noch nicht ganz, was passiert ist, aber natürlich helfe ich euch, wie ich kann. Zumindest sollte es uns gelingen, euer Geld wiederzubeschaffen, wenn ich auch glaube, daß ihr euch von diesem speziellen Stück Land verabschieden müßt.«

Chris stöhnte. »Bitte nicht, Kate. Ich weiß ja, daß du recht hast, aber ich will nicht darüber nachdenken, wir hatten unser Herz an diesen Bauplatz gehängt, er war einfach ideal, und ich hatte schon ein ganz klares Bild im Kopf, wie die Häuser aussehen sollten.«

»Ich kümmere mich gleich morgen darum, das verspreche ich. Aber dazu brauche ich noch etwas von euch. Ihr müßt mir eine Vollmacht schreiben, damit euer Anwalt und die Behörden mit mir reden. Könnte Alexis sie vielleicht morgen früh auf dem Weg zur Arbeit vorbeibringen?«

Wir klärten noch im einzelnen, was in der Vollmacht stehen sollte. Dann mußte ich alles natürlich noch einmal für Richard durchhecheln.

»Da zieht einer eine ganz linke Tour ab«, empörte er sich. Damit faßte er genauestens meine Gefühle zusammen. Was als nächstes kam, machte mich allerdings nicht so glücklich. »Diese Sache mußt du besonders eilig aufklären, oder?«

Manchmal ist es schwer, sich des Eindrucks zu erwehren, daß sich alle Welt gegen dich verschworen hat.

5. Kapitel

Als Alexis am nächsten Morgen die Vollmacht vorbeibrachte, versetzte ich ihr den zweiten Schock in dieser Woche. Es war kurz vor sieben, als ich hörte, wie sie ihren Schlüssel in meine Haustür steckte. Sie machte buchstäblich einen Satz, als sie durch die Küchentür kam und mich mit einem Glas Orangensaft auf dem Barhocker sitzen sah.

»Scheiße!« brüllte sie. Ich dachte schon, ihre schwarzen Haare stünden vor Schreck zu Berge, bis mir einfiel, daß ich nur nicht daran gewöhnt war, wie ungezähmt es frühmorgens aussieht. Sie pflegt etwa zweimal pro Minute mit der Hand hindurchzufahren, und am späten Nachmittag sieht es dann nicht mehr ganz so aus wie rückwärts und seitwärts durch eine Hecke gezogen.

»Pssst«, machte ich tadelnd. »Du weckst Schneewittchen auf.«

»Du bist schon auf!« rief sie. »Du bist nicht nur schon aufgestanden, dein Mund bewegt sich auch. Wenn das keine Schlagzeile wert ist!«

»Sehr witzig. Wenn ich muß, bin ich morgens durchaus fit«, verteidigte ich mich. »Zufällig habe ich eine geschäftliche Verabredung zum Frühstück.«

»Entschuldige, ich muß kotzen«, murmelte Alexis. »Ohne Koffeinspritze kann ich Yuppies nicht ertragen. Und ich sehe, daß du zwar bei Bewußtsein bist, es zum Kaffeekochen aber nicht gereicht hat.«

»Ich schone mich fürs Portland«, sagte ich. »Bedien dich, nimm dir von dem Instant. Der ist immer noch besser als dieses ekelhafte Zeug in eurer Kantine.« Ich zog ihr die Vollmacht aus der Hand, steckte sie in meine Tasche und ließ sie in dem Widerstreit zurück, ob sie Blend 37 oder den Alta Rica nehmen sollte.

Josh war bereits in die FINANCIAL TIMES vertieft, als ich im Portland anlangte, obwohl ich vier Minuten zu früh dran war. Als ich ihn quer durch das Restaurant musterte, seinen tadellosen dunkelblauen Anzug, das blütenweiße Hemd und die schrille Seidenkrawatte, war ich froh, daß ich mir die Mühe gemacht hatte, mein olivgrünes Kostüm von Marks & Spencer und eine hochgeschlossene cremefarbene Bluse anzuziehen. Sehr professionell. Er war so konzentriert, daß er mich erst bemerkte, als ich zwischen dem Licht und seiner Zeitung stand.

Er riß sich von den Paarungsgewohnheiten multinationaler Konzerne los und schenkte mir sein Hundert-Watt-Lächeln, komplett mit Zwinkern und Grübchen und ganz Aufrichtigkeit. Es läßt Robert Redford, mit dem er eine leichte Ähnlichkeit hat, wie einen Amateur aussehen. Ich bin überzeugt, daß Josh es für anfällige weibliche Klienten vor dem Spiegel eingeübt hat, und mittlerweile ist es ihm zur Gewohnheit geworden, sobald sich ihm eine Frau auf einen Meter nähert. Sein Charme hat allerdings nichts Gönnerhaftes. Er gehört zu den Männern, die kein Problem mit dem Gedanken haben, daß Frauen ihnen ebenbürtig sind. Bis auf diejenigen, mit denen er eine Beziehung hat. Die behandelt er wie hirnlose Dummchen. Das führt zu einer schnellen Fluktuation, denn die Frauen mit Köpfchen halten das nicht länger als ein paar Monate aus, und die Frauen ohne langweilen ihn nach sechs Wochen zu Tode.

Mag er sein Gefühlsleben auch vom Unterleib steuern lassen, wenn's ums Geschäft geht, ist er einer der besten Finanzberater von Manchester. Er ist eine wandelnde Datenbank zu allem, was mit Versicherung, Anlagen, Treuhandvermögen, Steuervorteilen und den Finanzgesetzen zu tun hat. Wenn er etwas nicht weiß, weiß er, wo er es herausfinden kann. Wir lernten uns kennen, als ich noch Jura studierte und mein Stipendium aufbesserte, indem ich gelegentlich für Bill jobbte. Meinen allerersten Undercover-Einsatz hatte ich in Joshs Büro, wo ich mich als Zeitsekretärin ausgab, um die Person zur Strecke zu bringen, die mittels Computer jeweils ein Pfund von jedem Kundenkonto auf ihr eigenes Firmentreuhandkonto umleitete. Da unsere Beziehung somit auf beruflicher Basis zustande kam, machte Josh mir keine Avancen, und dabei ist es geblieben. Jetzt lade ich ihn alle paar Monate zu einem todschicken Essen ein, zum Dank dafür, daß er Glaubwürdigkeitsüberprüfungen für mich vornimmt. Für alle übrigen Leistungen und Beratungen, so wie in diesem Fall, stellt er uns seinen üblichen überhöhten Stundensatz in Rechnung, daher kam ich ohne Umschweife zur Sache.

Ich beschrieb kurz das Problem, vor dem Ted Barlow stand, während wir unser Obst und unsere Frühstücksflocken aßen. Josh stellte ein paar Fragen, dann kamen die Rühreier mit Speck. Er runzelte beim Essen konzentriert die Stirn. Ich war unschlüssig, ob er über Teds Problem nachdachte oder ob er sich nur den raffinierten Freuden des Rühreis widmete, auf jeden Fall beschloß ich, ihn nicht zu stören. Außerdem widmete ich mich meinerseits der seltenen Freude einer warmen Mahlzeit so früh am Tage.

Dann lehnte er sich zurück, wischte sich den Mund mit der Serviette ab und goß sich frischen Kaffee nach. »Es handelt sich offensichtlich um Betrug«, sagte er. Bei jedem anderen hätte ich einen ironischen Seitenhieb losgelassen, aber Josh hat seinen Abschluß in Cambridge gemacht, und er verschafft sich gern festen Boden unter den Füßen, bevor er Spekulationen anstellt, deshalb gelang es mir, den Mund zu halten.

»Hm«, machte ich.

»Ich würde sagen, die Bank hat eine ziemlich genaue Vorstellung davon, worum es bei dem Betrug geht. Allerdings hält man dort offenbar deinen Mr. Barlow für den Übeltäter, und das ist der Grund, weshalb sie die Schritte unternommen haben, die sie unternommen haben, und weshalb sie sich weigern, ihre Überlegungen ausführlich mit ihm zu erörtern. Sie wollen ihn nicht merken lassen, daß sie sich ihrer Meinung nach ausgerechnet haben, was er im Schilde führt, daher haben sie es in eine ganz allgemeine Begründung verpackt.« Er legte eine Pause ein und bestrich ein kaltes Toastdreieck dick mit Butter. So wie er Cholesterin in sich hineinstopfte, hatte ich keineswegs die Zuversicht, daß er lange genug leben würde, um mit Vierzig in Pension zu gehen. Keine Ahnung, wie er es anstellt, so fit zu bleiben. Ich habe den Verdacht, daß er in seiner Dachkammer das Porträt eines Elefanten hängen hat.

»Ich weiß nicht, ob ich dir ganz folgen kann«, gab ich zu.

»Entschuldige. Ich will dir ein Beispiel geben, das ich vor kurzem erlebt habe. Ich habe einen Klienten, der eine Firma für Doppelverglasung besitzt. Dort haben sie eine ganz ähnliche Erfahrung wie dein Mr. Barlow gemacht – die Bank sperrte ihnen den Kredit, und einige Tage später war die Polizei bei ihnen. Es stellte sich heraus, daß es im Nordwesten eine Einbruchsserie gegeben hatte, alle nach demselben Muster. Alle Häuser hatten seitlich eine Einfahrt, über die man zur Rückseite des Hauses gelangte. Die Nachbarn sahen, wie der Lieferwagen einer Firma für Doppelverglasung vorfuhr. Die Handwerker begannen, die Fenster im Erdgeschoß zu entfernen, und gleichzeitig schaffte einer von ihnen die Wertgegenstände hinten oder seitlich aus dem Haus und lud sie in den Lieferwagen. Die Nachbarn nahmen natürlich an, daß die Familie lediglich ihre Fenster ersetzen ließ. Vielleicht wunderten sie sich, weil die Handwerker zur Mittagszeit verschwanden und nicht wiederkamen und weil sie die Plastikplanen in den Fensterlöchern gelassen hatten und die alten Fenster in der Einfahrt standen, aber niemand wunderte sich genug, um etwas zu unternehmen.

Der gemeinsame Nenner war, wie schließlich durchsickerte, daß dieselbe Firma für Doppelverglasung in den Wochen vor dem Einbruch einen Vertreter zu all diesen Häusern geschickt hatte. Und natürlich hatten die Vertreter gesehen, ob sowohl Ehemann als auch Ehefrau arbeiteten, und auf diese Weise herausgefunden, welche Häuser tagsüber unbewacht waren. Die Polizei hatte meinen Klienten in Verdacht und stattete seiner Bank einen Besuch ab. Dort hatte man natürlich bemerkt, daß die finanzielle Situation meines Klienten nach einer schwierigen Phase allmählich wieder sehr gesund aussah und daß ein großer Teil seiner Einkünfte in der letzten Zeit in bar hereingekommen war. Nach dem Besuch der Polizei zählten sie zwei und zwei zusammen und drehten ihm bedauerlicherweise einen Strick daraus. Zum Teil die eigene Schuld meines Klienten, der es unterlassen hatte, seine kürzliche Investition in einige Spielhallen zu erwähnen.« Joshs süffisanter Tonfall sagte mir deutlich, was er von Spielautomaten als Geldanlage hielt.

»Zu gegebener Zeit klärte sich natürlich alles auf. Die Einbrüche waren die Erfindung einer Reihe ehemaliger Angestellter, die Schmiergelder an arbeitslose Jugendliche aus ihrer Bekanntschaft zahlten, damit diese sich bei der Firma als Vertreter anstellen ließen und ihnen Bericht erstatteten. Bis dahin hatte mein Klient allerdings einiges durchzustehen. Wegen dieser Erfahrung vermute ich, daß die Bank deinen Mr. Barlow für den Kopf des Unternehmens hält, das hier abläuft. Du sagtest, sie hätten eine hohe Verfallsquote bei Neuhypotheken erwähnt?«

»Das ist so ungefähr alles, was sie gesagt haben«, erwiderte ich. »Noch Toast?« Josh nickte. Ich schwenkte leidend den Toastständer in Richtung einer vorbeikommenden Kellnerin und wartete auf Joshs nächste Perle der Weisheit.

»Ich an deiner Stelle würde an diesem Punkt ansetzen.« Er lehnte sich mit der Miene eines Zauberkünstlers zurück, der gerade ein tolles Kunststück vollbracht hat. Mir imponierte das gar nicht, und das sah man wohl auch.

Er seufzte. »Kate, wenn ich ich wäre, würde ich meinen Freund, das Finanzgenie, bitten, all diese werten Leute, die Neuhypotheken aufgenommen haben und deren Wintergärten inzwischen verschwunden sind, auf ihre Glaubwürdigkeit zu überprüfen.«

Ich begriff noch immer nicht. »Und was würde das beweisen?« fragte ich.

»Ich habe keine Ahnung«, gab Josh zu. Er hatte keine Ahnung? Ich wartete darauf, daß der Himmel einstürzte, aber unglaublicherweise geschah es nicht. »Ganz gleich, was dabei herauskommt, zumindest weißt du so eine Menge mehr über sie als jetzt. Und ich habe dieses komische Gefühl im Bauch, das mir sagt, daß es der richtige Ansatzpunkt ist.«

Ich habe Vertrauen zu Joshs Gefühlen im Bauch. Bei meiner letzten persönlichen Erfahrung damit vervierfachte ich meine Ersparnisse, indem ich Aktien einer Firma kaufte, die ihm ein gutes Gefühl gab. Was mich dann ganz und gar überzeugte, war seine Empfehlung, sie wieder abzustoßen, eine Woche bevor sie dramatisch fielen als Ergebnis der Verhaftung des Firmenchefs wegen Betrugs. Also sagte ich: »Na schön. Mach dich an die Arbeit. Ich faxe dir die Namen und Adressen noch heute morgen.«

»Ausgezeichnet«, sagte er. Ich war nicht sicher, ob er mit mir sprach oder mit der Kellnerin, die einen Ständer mit frischem Toast vor ihn hinstellte.

»Wann hast du die Infos für mich?« fragte ich, während er sich über den Toast hermachte.

»Ich faxe sie dir durch, sobald ich sie selbst bekomme. Vermutlich morgen. Schreib zu Händen Julia drauf, wenn du die Angaben schickst. Ich bin heute hoffnungslos verplant, aber es ist eine bloße Routinesache, das kann sie im Schlaf erledigen. Außerdem werde ich mal ein paar Takte mit einem Bekannten aus der Betrugsabteilung der Royal Pennine Bank reden. Keine Namen, keine Einzelheiten, doch er könnte unter Umständen etwas Licht auf das allgemeine Prinzip werfen.«

»Danke, Josh. Das wird eine große Hilfe sein.« Ich warf verstohlen einen Blick auf meine Uhr. Sieben Minuten noch bis zur nächsten rechungsfähigen Stunde. »Und wie sieht's in deinem Liebesleben aus?« fragte ich.

Martin Cheethams Büro befand sich in der alten Getreidebörse, einem wunderschönen goldfarbenen Sandsteingebäude, das auf Luftaufnahmen aussieht wie ein Stück Käse, wobei die Fenster die Oberfläche markieren wie Dutzende bröselige Löcher. Der alte Börsensaal ist jetzt eine Art Flohmarkthalle für Nippes, Antiquitäten, Bücher und Schallplatten, während der Rest des Gebäudes in Büros umgewandelt wurde. Einige der traditionellen Bewohner sind noch übrig – Reparaturwerkstätten für Uhren und elektrische Rasierer –, der Rest reicht wegen der ungewöhnlichen Raumaufteilung von Pressure-Groups, die einen kleinen Verschlag gemietet haben, bis hin zu kleinen Anwaltskanzleien, die eine ganze Büroflucht mieten können, genau auf ihre Bedürfnisse zugeschnitten.

Das Büro, nach dem ich suchte, lag auf der Rückseite. Das Empfangszimmer war so klein, daß man es schon winzig nennen konnte, aber wenigstens hatte die Empfangsdame einen herrlichen Blick auf die Kathedrale von Manchester. Ich hoffte nur, daß sie auf die Scheißgotik stand. Sie war Ende Vierzig, der mütterliche Typ. Binnen drei Minuten hatte ich eine Tasse Tee in der Hand und das Versprechen erhalten, daß Mr. Cheetham mich in der nächsten halben Stunde einschieben könne. Sie hatte abgewinkt, als ich mich entschuldigen wollte, weil ich keinen Termin hatte. Ich verstand nicht, wie sie ihren Job behielt, bei all der Höflichkeit gegenüber dem Publikum.

Einer der Gründe, warum es mir nicht leid tat, mein Jurastudium aufzugeben, war die nach zwei Jahren gewachsene Erkenntnis, daß ich im Zug von Manchester nach London lieber die ganze Strecke stand als neben einem Rechtsanwalt zu sitzen. Es gibt natürlich beachtenswerte Ausnahmen, liebenswürdige Menschen, für deren Kompetenz und Ehrlichkeit ich meine Hand ins Feuer legen würde. Leider gehörte Martin Cheetham nicht dazu. Zunächst einmal war mir schleierhaft, wie man eine leistungsfähige Kanzlei führen konnte, wenn die Papiere überall chaotisch aufgestapelt waren. Auf dem Fußboden, auf dem Schreibtisch, auf den Aktenschränken, sogar oben auf dem Computerbildschirm. Wer weiß, vielleicht lauerten irgendwo darunter noch Klienten. Er winkte mich zu einer der beiden kleinen Flächen im Raum, auf denen sich kein Papierstapel türmte. Ich setzte mich auf den unbequemen Bürostuhl, während er zu der anderen freien Fläche ging, einem luxuriösen schwarzen Drehsessel. Da die meisten Spezialisten für Eigentumsübertragungen ihre Klienten sehr selten zu Gesicht bekommen, legte er wohl keinen großen Wert darauf, für ihre Bequemlichkeit zu sorgen. Zudem war er offenbar auch kein Fan der Kathedrale, denn sein Sessel stand dem Raum zugewandt.

Er ließ sich mit Alexis' Vollmacht viel Zeit, und ich nutzte die Gelegenheit, um ihn einer eingehenden Prüfung zu unterziehen. Er war um die einssiebzig groß und schlank, ohne mager zu sein. Er war in Hemdsärmeln, die Anzugjacke aus einer Ladenkette hing auf einem Bügel seitlich an einem Aktenschrank. Dunkle, fast schwarze

Haare, modisch kurz geschnitten, und seelenvolle, glänzende braune Augen. Er hatte einen Teint, der bleich und ungesund wirkt, wenn man mehr als einen Monat nicht in die Sonne geht, aber momentan schien seine Haut in Topform zu sein. Augenscheinlich war er völlig überreizt, denn seine adretten kleinen Füße und Hände zuckten und klopften unaufhörlich, während er das Schreiben las. Schließlich legte er die Finger zu einem Dach zusammen und lächelte mich vorsichtig an. »Ich weiß nicht recht, was ich Ihrer Meinung nach für Sie tun kann, Miss Brannigan«, sagte er.

»Ich schon«, sagte ich zu ihm. »Zunächst mal habe ich vor, T. R. Harris, den Bauunternehmer, ausfindig zu machen. Miss Lee und Miss Appleby haben ja durch Sie erfahren, daß dieses Land zum Verkauf stand. Daher denke ich, daß Sie einiges über Mr. T. R. Harris wissen müssen. Ich denke überdies, daß sie eine Adresse von ihm haben müssen, da Sie Miss Lee und Miss Appleby in dieser Angelegenheit vertreten haben und vermutlich in Briefwechsel mit ihm standen.«

Cheethams Mund zuckte. »Es tut mir leid, Sie enttäuschen zu müssen, aber ich weiß sehr wenig über Mr. Harris. Ich wußte von dem Land, weil ich ein Inserat in einer Lokalzeitung gesehen hatte. Und um Ihrer Frage zuvorzukommen, ich bedaure, aber ich kann mich nicht erinnern, in welcher. Ich lese jede Woche mehrere Zeitungen, und die alten Ausgaben bewahre ich nicht auf.« Es sah so aus, als seien Zeitungen die einzigen Produkte aus zu Zellulose verarbeiteten Bäumen, die er nicht aufbewahrte. »Ich habe einen Klienten, der sich nach etwas Ähnlichem umsieht«, fuhr er fort, »doch als ich mich nach Einzelheiten erkundigte, wurde mir klar, daß dieses besondere Grundstück zu groß für ihn war. Ich erwähnte es zufällig Miss Lees Kollegen gegenüber, und von da nahmen die Dinge ihren Lauf.«

»Also hatten Sie Harris vorher nie gesehen?«

»Ich habe Mr. Harris überhaupt nie gesehen«, stellte er richtig. »Ich stand in Verbindung mit seinem Anwalt, einem Mr. Graves.« Er stand auf und wählte scheinbar aufs Geratewohl einen Papierstapel aus, blätterte in den Papieren und zog ein Bündel heraus, das von einer Büroklammer zusammengehalten wurde. Dann ließ er es vor mir auf den Tisch fallen und deckte den Text des obenliegenden Briefs mit einem leeren Blatt zu. »Das sind Mr. Graves' Adresse und Telefonnummer.«

Ich holte meinen Block heraus und notierte mir die Angaben vom Briefkopf. »Hatten Sie denn dann eigentlich schon die Verträge ausgetauscht?«

Cheethams Blick wich mir aus. »Ja. Als die Kautionen hinterlegt wurden, selbstverständlich.«

»Und Sie waren überzeugt, daß alles mit rechten Dingen zuging?«

Er nahm die Papiere wieder an sich und flüchtete hinter seinen Schreibtisch. »Natürlich. Ich hätte nicht weitergemacht, wenn es nicht so gewesen wäre. Worauf wollen Sie eigentlich hinaus, Miss Brannigan?« Sein linkes Bein zitterte wie Gelee auf einer Wäscheschleuder.

Ich wußte es selbst nicht so genau. Doch mein Gefühl, daß man Martin Cheetham nicht trauen konnte, wurde von Minute zu Minute stärker. Vielleicht führte er etwas im Schilde, vielleicht hatte er auch nur schreckliche Angst, daß ich ihn als nachlässig hinstellen würde, oder vielleicht hatte er einfach nur das Pech, von Geburt an so verdächtig auszusehen. »Und Sie haben keine Ahnung, wo ich Mr. Harris finden kann?« fragte ich.

Er schüttelte den Kopf und sagte: »Nein. Nicht die geringste Ahnung.«

»Da bin ich aber überrascht«, sagte ich. »Ich war davon ausgegangen, daß seine Adresse auf den Verträgen steht.«

Cheethams Finger trommelten das hübsche kleine Motiv aus der ›Ouvertüre Solennelle 1812‹ auf das Papierbündel. »Natürlich, natürlich, wie dumm von mir, daran habe ich überhaupt nicht gedacht«, stieß er hervor. Er ging wieder die Papiere durch. Ich wartete geduldig, sagte nichts. »Es tut mir leid, diese schockierende Angelegenheit hat mich völlig durcheinandergebracht. Da ist es ja. Wie töricht von mir. T. R. Harris, 134 Bolton High Road, Ramsbottom.«

Ich schrieb es mir auf, dann erhob ich mich. Mir war zwar nicht zumute wie nach einem freien und offenen Meinungsaustausch, aber mir war klar, daß ich mit Cheetham nicht weiterkam, es sei denn, ich hatte ganz bestimmte Fragen auf Lager. Und zumindest konnte ich jetzt Harris und seinen Anwalt aufsuchen.

Ich nahm die Abkürzung über die Hintertreppe, eine wackelige Holzstiege, die mir immer das Gefühl gibt, ich befände mich in einer anderen Zeit. Meine Stimmung sank, je tiefer ich kam. Ich hatte noch einige Wintergärten südwestlich des Stadtzentrums zu überprüfen, und von dieser Aussicht war ich ebensowenig begeistert wie davon, T. R. Harris' Anwalt zu konfrontieren. Aber dafür wurde ich ja wenigstens bezahlt. Dieser Gedanke hob meine Laune wieder etwas, allerdings nicht so sehr wie der tolle Typ, auf den mein Blick fiel, als ich die Tür zur Straße aufriß. Er sprang gerade aus einem Transit-Lieferwagen, den er auf den gelben Streifen abgestellt hatte, und er sah umwerfend aus. Er trug enge Jeans und ein weißes T-Shirt – an einem bitterkalten Oktobertag, um Himmels willen! – mit Gips- und Ziegelstaubflecken. Er hatte einen festen, muskulösen Körper, der mich auf Gedanken brachte, die nette Feministinnen eigentlich gar nicht kennen, geschweige denn denken sollten. Sein Haar war hellbraun und wellig, wie das von Richard Gere, bevor er zu Buddha fand. Seine Augen waren braun und funkelten, seine Nase war gerade, sein Mund entschlossen. Er sah leicht gefährlich aus, als sei ihm alles scheißegal.

Ich jedenfalls war ihm scheißegal, denn er schaute geradewegs durch mich hindurch, als er die Tür des Lieferwagens zuschlug und an mir vorbei in die Getreidebörse ging. Vermutlich um jemanden einzuschüchtern, der so dumm war, seine Rechnung nicht zu bezahlen. Er hatte die entschlossene Haltung eines Mannes, der einfordert, was ihm zusteht. Ach ja, man kann eben nicht alles haben. Ich sah mir den Lieferwagen genauer an und prägte mir die Aufschrift ein. Renew-Vations, mit einer Telefonnummer aus Stockport. Man weiß ja nie, wann man mal eine Wand hochziehen muß. Sagen wir, mitten durch einen Wintergarten...

6. Kapitel

Ich fuhr kurz zu Hause vorbei, um meinen Sportbeutel zu holen. Ich wollte, da ich ohnehin in diesem Teil der Stadt war, noch beim Center für Thai-Boxen vorbeischauen; vielleicht war jemand da, mit dem ich ein paar Übungen machen konnte. Das würde mir besser bekommen als ein Mittagessen. Nach dem Frühstück von heute morgen brauchte ich dringend ein paar Entspannungsübungen.

Alexis war längst fort, und Richard schien in sein eigenes Reich zurückgekehrt zu sein. Auf dem Anrufbeantworter war eine Nachricht von Shelley, daher rief ich zurück. Manchmal bringt sie mich wirklich auf die Palme. Ich wollte mich ja auf jeden Fall melden, aber sie hatte es wieder einmal geschafft, daß ich mich wie ein Schulkind fühlte, das zu spät kam.

»Mortensen und Brannigan, was kann ich für Sie tun?« ratterte sie in übelstem Geschäftston herunter. Das war nicht meine Idee, ich schwöre es. Bills wohl auch nicht.

»Brannigan. Was kann ich für Sie tun?« sagte ich.

»Hallo, Kate. Wo bist du?«

»Ich bin auf der Durchreise zwischen zwei Terminen in meinem Wohnzimmer«, erwiderte ich. »Was liegt an?«

»Brian Chalmers von PharmAce hat angerufen. Er sagt, er muß mit dir sprechen. So bald wie möglich, aber nicht LuT.« Der M-&-B-Code für »keine Sache auf Leben und Tod«.

»Na schön. Ich muß sowieso nach Urmston, also fahre ich über Trafford Park zurück und statte ihm einen Besuch ab. Kannst du einen Termin für mich gegen zwei mit ihm vereinbaren? Wegen der genauen Zeit rufe ich noch einmal an.«

»In Ordnung. Und Ted Barlow hat angerufen, um zu fragen, ob du schon Fortschritte gemacht hättest.«

»Sag ihm, ich führe gerade die Vorermittlungen durch und melde mich bei ihm, sobald ich etwas Stichhaltiges zu berichten habe. Und du?«

»Was ist mit mir?« Shelley klang aufrichtig verblüfft. Das mußte eine Premiere für sie sein.

»Ob du irgendwelche Fortschritte machst.«

»Wie ich meinen beiden Kindern immer wieder in Erinnerung rufen muß« – die Betonung lag auf »Kindern« – »hat Unverschämtheit nichts mit Intelligenz zu tun.«

»Ich betrachte mich hiermit als erzogen. Aber hast du nun oder nicht?«

»Das zu wissen, steht nur mir zu, du mußt es schon selbst herausfinden. Auf Wiedersehen, Kate.« Ich hatte nicht einmal Zeit, mich zu verabschieden, die Leitung war schon unterbrochen.

Es war kurz vor zwölf, als ich endlich jemanden fand, der mir brauchbare Informationen zu meinen verschwundenen Wintergärten geben konnte. Das Warten hatte sich gelohnt. Diane Shipley war der Traum eines jeden Privatdetektivs. Sie lebte am oberen Ende von Sutcliffe Court, von ihrem Bungalow hatte sie die ganze Straße im Blick. In einem Winkel meines Hirns hatte ich die erhöhten Blumenbeete und die Rampe, die zur Haustür hinaufführte, gleich registriert, doch das hielt mich nicht davon ab, die falsche Blickhöhe zu haben, als die Tür aufging. Ich orientierte mich um und starrte in ein Habichtsgesicht hinunter; kurze graubraune Haare, wache braune Augen, tiefliegend und mit schweren Lidern, eine schmale Nase wie der Schnabel eines Papageientauchers und, nicht ganz dazu passend, ein breiter und humorvoller Mund. Die Frau saß in einem Rollstuhl, und es schien sie nicht im geringsten zu stören.

Ich sagte meinen gewohnten Spruch über den Wintergarten des Nachbarhauses auf, und auf ihrem Gesicht erschien ein Lächeln. »Sie meinen Rachel Browns Wintergarten?« erkundigte sie sich.

Ich schaute auf meiner Liste nach. »Ich habe hier Rowena und Derek Brown stehen«, sagte ich.

»Aha«, sagte die Frau. »An der Kreuzung wird gearbeitet, viel Dreck aufgewirbelt. Kommen Sie also lieber herein. Mein Name ist übrigens Diane Shipley.«

Ich stellte mich vor, während ich ihr durch die Diele folgte. Wir bogen nach links in einen ungewöhnlichen Raum ein. Er erstreckte sich bis zur Rückseite des Hauses, mit Fenstern an drei Wänden, und vermittelte den Eindruck von viel Licht und Luft. Er war weiß gestrichen, mit einem Bodenbelag aus Korkfliesen. Die Wände waren mit herrlich ausgeführten Zeichnungen von Blumen und Pflanzen dekoriert. In einer Ecke stand ein Zeichentisch, auf die perfekte Höhe für ihren Stuhl eingestellt. »Ich verdiene mir meinen Lebensunterhalt mit Illustrationen für Kinderbücher«, sagte sie. »Die anderen Sachen mache ich zum Vergnügen«, fügte sie hinzu und deutete auf die Wände. »Falls Sie sich gefragt haben, ich hatte vor acht Jahren einen Reitunfall. Völlig tot von der Taille abwärts.«

Ich schluckte. »Stimmt. Ähm, das tut mir sehr leid.«

Sie grinste. »Deshalb habe ich es Ihnen nicht erzählt. Ich habe festgestellt, wenn ich es nicht tue, konzentrieren sich die Leute immer nur halb auf das, was ich sage, weil sie so davon in Anspruch genommen sind, über meine Behinderung nachzudenken. Ich ziehe hundertprozentige Aufmerksamkeit vor. Und was kann ich für Sie tun?«

Ich wartete mit den altbekannten Fragen auf. Doch diesmal erhielt ich einige anständige Antworten. »Wenn ich arbeite, schaue ich gewöhnlich ziemlich viel aus dem Fenster. Und ich muß gestehen, wenn Leute draußen auf dem Platz sind, dann beobachte ich sie. Ich sehe mir an, wie ihre Körper sich bewegen, ihre Gestalt. Das hilft, wenn ich Menschen in Aktion zeichne. Deshalb, ja, ich habe Rachel sehr oft beobachtet.«

»Können Sie sie beschreiben?«

Diane fuhr zu einem Satz Schubladen. »Ich kann sogar noch mehr«, sagte sie, zog eine der Schubladen auf und holte einen DIN A4-Ordner heraus. Sie ging die Papierbögen darin durch, nahm ein paar heraus und hielt sie mir hin. Voller Neugier nahm ich sie entgegen. Es war eine Serie von Zeichnungen eines Kopfes, manche sehr detailliert, andere eher Cartoons aus wenigen flüchtigen Strichen. Sie zeigten eine Frau mit einem kleinen, hübschen Gesicht, spitzem Kinn, um die Augen wurde das Gesicht breiter. Ihr Haar war schulterlang, wellig. »Es war gesträhnt«, sagte Diane, die meinem Blick folgte. »Manchmal habe ich mich gefragt, ob es nicht eine Perücke ist. Es sah immer genauso aus. Nie so, als wäre sie gerade beim Friseur gewesen. Aber wenn es eine Perücke war, dann eine sehr gute. Man konnte es nicht erkennen, nicht einmal, wenn man direkt vor ihr stand.«

»Wie gut kannten Sie sie?« fragte ich.

»Zunächst überhaupt nicht. Soviel Zeit hat sie hier gar nicht zugebracht. Im Mai ist sie eingezogen, und wirklich, sie war höchstens drei oder vier Abende in der Woche hier, von Montag bis Freitag. An Wochenenden war sie nie da. Dann, eines Abends, im Juni, kam sie rüber. Es war so gegen halb neun. Sie sagte, ihre Gasleitung wäre undicht und sie warte auf den Notdienst. Sie sei zu nervös, zu Hause zu bleiben, zumal man ihr gesagt hätte, sie solle kein Licht machen. Also bat ich sie herein und gab ihr etwas zu trinken. Weißwein. Ich hatte schon eine Flasche geöffnet.«

Ich war begeistert. Eine Zeugin, die mir sagen konnte, was sie vor vier Monaten getrunken hatte. »Und hat sie Ihnen irgend etwas über sich erzählt?«

»Ja und nein. Sie sagte mir ihren Namen, und ich machte eine

Bemerkung über die zufällige Namensgleichheit. Sie sagte, ja, sie hätte bei der Vertragsübergabe zum Kauf des Hauses gemerkt, daß sie denselben Namen wie die Besitzer trug, aber mit einem Namen wie Brown hätte sie sich an solche Zufälle gewöhnt. Ich war ein wenig überrascht, weil ich keine Ahnung hatte, daß Rowena und Derek das Haus verkauft hatten.«

Ich hatte dieses Gefühl, das einen beschleicht, wenn man in der Mitte des ersten Akts eines neuen Stücks ins Theater kommt. Was sie sagte, klang völlig vernünftig, ergab jedoch keinen Sinn, wenn man nicht die ersten zwanzig Minuten gesehen hatte. »Tut mir leid, das müssen Sie mir etwas ausführlicher erklären. Sicher war Ihnen doch klar, daß die Browns das Haus verkauft hatten, als sie nicht mehr dort wohnten und eine neue Person einzog?«

Sie sah mich ihrerseits verblüfft an. »Aber Derek und Ro leben schon seit vier Jahren nicht mehr in dem Haus. Derek ist als Ingenieur in der Ölindustrie tätig, und er war zwei von vier Wochen nicht daheim, daher wurden Ro und ich richtig enge Freundinnen. Dann, vor vier Jahren, bot man Derek einen Fünfjahresvertrag in Mexiko an und als Zugabe ein Firmenhaus. Deshalb beschlossen sie, ihr Haus hier zu vermieten, an eine Reihe Mieter auf Zeit. Als Rachel einzog, dachte ich, sie sei bloß eine von vielen Mietern, bis sie mich eines Besseren belehrte.«

»Aber bestimmt haben Sie doch gemerkt, daß das Haus zum Verkauf angeboten wurde? Selbst wenn dort kein Schild eines Immobilienmaklers stand, kann Ihnen doch nicht entgangen sein, daß man Leute herumführte«, sagte ich.

»Komisch, daß Sie das sagen. Genau das habe ich nämlich auch gedacht. Aber Rachel erzählte mir, sie habe eine Anzeige im EVENING CHRONICLE gesehen und das Haus gleich am nächsten Tag besichtigt. Vielleicht war ich gerade einkaufen, oder sie kam abends, als es schon dunkel war und ich nicht arbeitete. Auf jeden Fall sah ich keinen Grund, in Zweifel zu ziehen, was sie mir erzählte. Warum sollte man so etwas auch vorlügen, um Himmels willen? Es ist keine Schande, ein Haus zu mieten!« Ein Lachen stieg in Dianes Kehle auf.

»War sie alleinstehend oder lebte sie mit jemandem zusammen?« fragte ich.

»Sie hatte einen Freund. Aber er war nie dort, wenn sie nicht auch da war. Und er war nicht immer da, wenn sie da war. Ich habe ihn öfter wegfahren als kommen sehen, ein paarmal sah ich ihn allerdings auch gegen elf Uhr abends ein Taxi bezahlen.«

»Ging er morgens zusammen mit Rachel weg?« Ich begriff noch nicht, wie das alles zusammenpaßte, aber ich war entschlossen, aus dieser hilfsbereiten Zeugin soviel zu machen wie nur möglich.

Diane nahm sich nicht einmal Zeit, um nachzudenken. »Sie gingen immer zusammen weg. Deshalb habe ich auch keine Zeichnungen von ihm. Sie war immer zwischen mir und ihm, und er stieg jedesmal auf der Beifahrerseite ein, deshalb hatte ich ihn nie klar im Blick. Aber er war modisch gekleidet. Selbst aus dieser Entfernung konnte ich sehen, daß er sich gut anzog. Wenn morgens die Sonne schien, trug er sogar einen Strohhut. Können Sie sich das vorstellen, einen Strohhut in Urmston?«

Ungefähr wie Cordon Bleu in einer Autobahnraststätte, es war schwer, das in den Kopf zu kriegen. »Also erzählen Sie mir von dem Wintergarten.«

Diesmal nahm sie sich doch etwas Zeit, um nachzudenken. »Es muß gegen Ende Juli gewesen sein«, sagte sie langsam, jedoch ohne zu zögern. »Ich war vom ersten bis fünfzehnten August in Ferien. Der Wintergarten wurde ein paar Tage vor meiner Abreise hochgezogen. Dann, als ich aus Italien zurückkam, waren sie alle verschwunden. Der Wintergarten, Rachel Brown und ihr Freund. Vor sechs Wochen kam ein Schwung neuer Mieter. Aber ich weiß immer noch nicht, ob Rachel das Haus vermietet hat oder ob sie es überhaupt jemals gekauft hat. Ich weiß nur, daß die Leute, die jetzt dort wohnen, es über dieselbe Agentur gemietet haben, deren Dienste auch Derek und Ro in Anspruch nahmen, DKL ESTATES. Sie haben eine Filiale in Stretford, aber die Zentrale liegt wohl in Warrington.«

Ich war beeindruckt. »Sie sind sehr gut informiert«, sagte ich.

»Meine Beine funktionieren zwar nicht mehr, aber mein Verstand sehr wohl. Ich möchte dafür sorgen, daß es so bleibt. Manche Leute halten mich für aufdringlich. Ich bezeichne es lieber als gesunde Neugier. Was sind Sie denn eigentlich? Eine Art Gerichtsvollzieher? Verschonen Sie mich mit diesem Quatsch von wegen, Sie seien eine Vertreterin der Wintergartenfirma. Dafür sind Sie viel zu clever. Außerdem ist da ganz offensichtlich etwas faul. Sie prüfen nicht nur nach, an wen Sie alles Wintergärten verkauft haben.«

Ich hätte weiter bluffen können, doch ich sah keinen Sinn darin. Diane hatte sich eine Art Gegenleistung verdient. »Ich bin Privatdetektivin«, sagte ich. »Mein Partner und ich ermitteln in Sachen Wirtschaftskriminalität.«

»Und das hier ist der Fall der verschwundenen Wintergärten, ja? Wunderbar! Ich könnte Ihnen um den Hals fallen, Kate Brannigan.«

Als ich in Richtung Trafford Park davonfuhr, dachte ich, daß ich eigentlich Diane Shipley um den Hals hätte fallen müssen.

Brian Chalmers von PharmAce war alles andere als erfreut, als ich ihm die Ergebnisse meiner externen und internen Arbeit in Werk und Lager schilderte. Er war wütend auf sich selbst, weil er einen Seniorlabortechniker beschäftigte, dem sein eigenes Bankkonto mehr am Herzen lag als sein Chef. Leider hatte er aufgrund meiner Schlamperei mit dem Observierungsfilm keinerlei Beweis, bis auf meine Aussage, was nicht genügte, um den Typ in sein Büro zu zitieren und ihn fristlos zu entlassen. Und da er seinen Ärger ja an irgend jemandem auslassen mußte, bezog ich die Prügel, die eigentlich dem Labortechniker galten. Und da der Klient immer recht hat (wenigstens solange er im selben Raum ist), mußte ich in den sauren Apfel beißen und die Schimpfkanonade über mich ergehen lassen.

Ich ließ ihn gute zehn Minuten wettern, dann bot ich an, zu einem ermäßigten Tarif am Wochenende die Observierungsübung zu wiederholen. Das nahm ihm, wie von mir beabsichtigt, den Wind aus den Segeln. Als ich Chalmers' Büro verließ, kam ich leider an einem der Techniker vorbei, mit denen ich während meiner kurzen Undercover-Zeit bei PharmAce zu tun gehabt hatte, aber obgleich er mich ansah, als sollte er mich eigentlich kennen, ging er weiter, ohne zu grüßen. Sah so aus, als hätte ich noch einmal Glück gehabt. Das Phänomen, daß man Leute außerhalb des gewohnten Zusammenhangs oft nicht wiedererkennt, hatte sich zu meinen Gunsten ausgewirkt. Was sollte schließlich auch eine Aushilfe aus dem Lager ganz in Schale geworfen im Büro des Geschäftsführers zu suchen haben?

Es war kurz vor drei, als ich draußen vor dem Center für Thai-Boxen hielt. Mein Kopf fühlte sich an, als wäre er voller Schrauben und Rädchen, die sich alle in verschiedenem Rhythmus drehten. Ich versuchte zu verarbeiten, was Diane Shipley mir erzählt hatte, und in Einklang mit dem zu bringen, was ich über die anderen Häuser in Erfahrung gebracht hatte. Bislang ergab das alles keinen rechten Sinn. Ich wußte aus bitterer Erfahrung, daß es, wenn es in meinem Kopf drunter und drüber geht, kein besseres Mittel gibt als schwere körperliche Anstrengung. Was für mich neuerdings Thai-Boxen bedeutet.

Es fing als reine Zweckübung an. Mein Freund Dennis, der Einbrecher, wies mich darauf hin, daß ich Selbstverteidigung lernen müsse. Dabei dachte er nicht so sehr an den Beruf, den ich ausübe, als vielmehr an das Viertel, in dem ich lebe. Er überredete mich, zu dem Club mitzukommen, in dem seine heißgeliebte Tochter im Teenageralter Juniormeisterin ist. Als ich das Gebäude von außen sah, eine scheußliche Ytong-Konstruktion, einer überdimensionalen Pfadfinderhütte nicht unähnlich, war ich nicht im mindesten beeindruckt. Doch drinnen ist es sauber, warm und hell erleuchtet. Und die Trainerin für die Frauen, Karen, ist eine ehemalige Weltmeisterin, die den Profisport aufgab, um eine Familie zu gründen. Eine der schrillsten Szenen, die es in unserem Club zu sehen gibt, ist, wie ihr Dreijähriger im Ring herumläuft, an Leute, die doppelt so groß sind wie er, Tritte austeilt und ihnen viel Kummer macht.

Ich hatte Glück, denn Karen war in dem winzigen Verschlag, den sie Büro nennt, und suchte verzweifelt nach einer Ausrede, um sich vor dem Papierkram zu drücken. Sie hatte ebenfalls Glück, denn ich war so genervt von der verbalen Tracht Prügel, die ich von Brian Chalmers bezogen hatte, daß ich ihr das bisher anspruchsvollste Training lieferte.

Kaum war das Durcheinander in meinem Kopf sich selbst überlassen, ordnete es sich allmählich ganz von allein. Als wir unseren Schlagabtausch schließlich beendeten, wußte ich, wo ich mich auf den Spuren der verschwundenen Wintergärten als nächstes umsehen mußte.

7. Kapitel

Da das Grundbuchamt sich an Bürozeiten hält und nicht an die Öffnungszeiten von Supermärkten, hatte ich an diesem Nachmittag keine Chance mehr, selbst wenn man davon ausgehen durfte, keinen Termin im voraus ausmachen zu müssen, um das Register einzusehen. Der Hammer war, daß Ted ohne sein Wissen die Wintergärten an Häuser geliefert hatte, die von zwei verschiedenen Dienststellen erfaßt wurden; die in Warrington fielen unter Birkenhead, die in Stockport unter Lytham St. Anne's, eine Regelung, die etwa so logisch war, als lasse man London von Southampton erfassen. Um die Verwirrung noch zu steigern, befindet sich das Amt von Lytham in Birkenhead House... Hatten Sie auch schon mal den Eindruck, daß man eigentlich nicht will, daß Sie Ihr Recht auf Einsichtnahme in die verstaubten Wälzer wahrnehmen? Wie dem auch sei, es gelang mir, einen Termin in Birkenhead für Montag morgen zu bekommen. Als ich die Liste mit Adressen vorlas, klang die Frau, mit der ich sprach, geradezu vergnügt. Es ist eine Freude, mit Leuten umzugehen, die ihre Arbeit mögen. Ich dachte, nachdem ich diese Sache erst geklärt hätte, könnte ich reinen Gewissens die Spur von Alexis' zweifelhaftem Bauunternehmer aufnehmen.

Ich fuhr nach Hause, um mir etwas weniger Einschüchterndes als ein Straßenkostüm anzuziehen. Von dort versuchte ich, T. R. Harris' Anwalt, Mr. Graves, anzurufen. Es läutete, doch niemand ging ran. Die Trägheit so manchen Vertreters der Anwaltszunft versetzt mich doch immer wieder aufs neue in Erstaunen. Zwanzig nach vier, und alle hatten für heute Feierabend gemacht. Vielleicht schloß man donnerstags in Ramsbottom ja allgemein früher. Ich fand T. R. Harris nicht im Telefonbuch, was ärgerlich, jedoch nicht allzu verwunderlich war angesichts der Gewohnheiten von Bauunternehmern.

Mein Haar war immer noch feucht vom Duschen im Sportcenter, deshalb fönte ich es kurz. Vor ein paar Monaten habe ich beschlossen, es wachsen zu lassen. Mittlerweile reicht es mir bis zu den Schultern, doch statt länger scheint es nur wilder zu werden. Und ich habe schon einige graue Haare zwischen den kastanienbraunen bemerkt. Manche Haarfarben werden mit Anmut grau, Kastanienbraun gehört allerdings nicht dazu. Bislang sind es noch so wenige, daß man sie ausreißen kann, aber ich vermute, es dauert nicht mehr lange, dann muß ich zum Henna greifen, so wie vor mir meine Mutter.

Leise fluchend wählte ich eine rotbraune Hose, einen cremefarbenen Rollkragenpullover aus Angora und Lammwolle und eine Tweedjacke. Jetzt, da die Nächte länger wurden, war es Zeit für mein liebstes Winterschuhwerk, meine gelbbraunen Cowboystiefel, die zwar schon bessere Tage gesehen haben mochten, jedoch saßen wie ein Paar Handschuhe. Genau das Richtige für eine Fahrt auf das schauderhafte, üble, windige, nasse, dunkle Land. Wenn man die Stadt schon verlassen muß, dann sollte man zumindest richtig dafür angezogen sein. Als mir der Mangel an Straßenlaternen da draußen einfiel, steckte ich noch eine kleine Taschenlampe ein.

Auf der Fahrt durch die Stadt in Richtung Autobahn kam ich zu dem Schluß, daß ich den Farmer ausfindig machen mußte, der das Land ursprünglich an T. R. Harris verkauft hatte. Aber auf der Autobahn entschied ich mich dann dafür, doch zunächst Harris' Firma zu überprüfen. Ich wollte wissen, wo ich ihn zu fassen kriegen konnte, wenn ich erst meine Munition hatte.

134 Bolton High Road war nicht der Bauhof, den ich erwartet hatte. Es war ein Tante-Emma-Laden, der noch geöffnet hatte, damit man dort Brot, Schokolade, Zigaretten und alles andere kaufen konnte, was die Vergeßlichen für den Fernsehabend zu besorgen versäumt hatten. Als ich die Tür öffnete, bimmelte eine altmodische Glocke an einer Sprungfeder. Der Teenager hinter dem Tresen schaute von seiner Motorradzeitschrift auf und unterzog mich der kurzen Musterung, die denjenigen vorbehalten war, die in den letzten fünfzehn Jahren nicht regelmäßig über seine Schwelle getreten waren.

»Ich suche einen Bauunternehmer«, sagte ich.

»Tut mir leid, Süße, die führen wir hier nicht. Keine Nachfrage, wissen Sie.« Er gab sich alle Mühe, ein ernstes Gesicht zu machen, doch es mißlang.

»Ich frage aber danach«, sagte ich. Ich wartete darauf, daß er sich eine Antwort einfallen ließ.

Er brauchte nur wenige Sekunden. »O ja, Süße. Wie kann ich helfen?«

»Ein Bauunternehmer namens Harris. T. R. Harris. Man hat mir diese Adresse hier genannt. Stellen Sie sich als Briefkastenadresse für andere zur Verfügung?«

Er schüttelte den Kopf. »Meine Mom will nichts davon hören. Sie sagt, Leute, die nicht ihre eigene Adresse benutzen wollen, führen mit Sicherheit nichts Gutes im Schilde. Tom Harris, der Typ, den Sie suchen, er hat für ein paar Monate eines der Büros oben gemietet. Zahlte in bar und so weiter.«

»Dann wohnen Sie also nicht über dem Laden?«

»Nein.« Er klappte die Zeitschrift zu und lehnte sich gegen die Regale mit den Zigaretten, froh über die Abwechslung. »Meine Mom hat zu meinem Dad gesagt, es wäre zu vulgär, hat ihn das Haus nebenan kaufen lassen. Er hat das obere Stockwerk hier zu Büros umgebaut. Brian Burley, der Versicherungsmakler, er hat zwei von den Büros und Benutzungsrecht für das Bad und die kleine Küche. Er ist seit fünf Jahren hier, seit mein Dad die Büros eingerichtet hat. Aber das andere Büro, da waren schon jede Menge Leute drin. Das ist ja auch kein Wunder, da kann man sich nicht rühren, so eng ist es.«

»Also ist Tom Harris nicht mehr hier?« fragte ich.

»Nee. Er hat bis Ende letzter Woche bezahlt, und seither haben wir ihn nicht mehr gesehen. Er sagte, er brauche bloß ein Büro, bis er hier ein paar Geschäfte getätigt hätte. Er sagte, er komme unten aus dem Süden, aber so klang er nicht. Klang auch nicht, als käme er aus dieser Gegend. Warum sind Sie denn hinter ihm her? Hat er Sie sitzengelassen oder so was?« Er konnte es sich nicht verkneifen, und er war so niedlich, daß man es ihm durchgehen ließ. Noch ein paar Jahre, und er wäre tödlich. Der Himmel steh den Frauen von Ramsbottom bei.

»Ich muß nur mit ihm reden, weiter nichts. Wäre es möglich, daß ich mich oben mal umsehe? Um zu sehen, ob er etwas dagelassen hat, das mir einen Anhaltspunkt geben könnte, wohin er gegangen ist?« Ich schenkte ihm mein heißestes Lächeln.

»Da oben werden Sie nicht mal einen Fingerabdruck finden«, sagte der Junge enttäuscht. »Meine Mom hat es am Sonntag geschrubbt. Und wenn sie saubermacht, dann macht sie sauber.«

Ich konnte es mir vorstellen. Es schien nicht viel Zweck zu haben, weiter zu drängen, und wenn Harris bar gezahlt hatte, dann war es ohnehin wenig wahrscheinlich, daß es einen Anhaltspunkt zu seinem derzeitigen Verbleib gab. »Haben Sie ihn überhaupt kennengelernt?« fragte ich.

»Ich habe ihn rein- und rausgehen sehen, aber für Leute wie mich hatte er nichts übrig. Hielt sich für was Besseres, wenn Sie verstehen, was ich meine. Für einen harten Burschen.«

»Wie sah er denn aus?« fragte ich.

»Ein Bauunternehmer. Nichts Besonderes. Braune Haare, muskulös, ziemlich groß. Er fuhr einen weißen Transit, an der Seite stand ›T. R. Harris Bauunternehmungen‹. Hey, Sie sind doch kein Bulle, oder?« fragte er, und plötzlich mischte sich ein Unterton von Besorgnis in seinen Eifer.

Ich schüttelte den Kopf. »Ich versuche nur, ihn für eine Freundin ausfindig zu machen, der er versprochen hat, etwas für sie zu erledigen. Wissen Sie, ob er sich in irgendeinem der Pubs am Ort herumtrieb?«

Der Junge zuckte die Achseln. »Keine Ahnung. Sorry.« Er sah aus, als meine er es ernst. Ich kaufte ein Pfund Cox-Orange-Äpfel, um meinen knurrenden Magen zu besänftigen, und fuhr wieder los.

An manchen Tagen werden die Dinge klarer, je mehr Zeit vergeht. An anderen Tagen werden sie nur immer undurchsichtiger. Dieser Tag sah aus wie ein Goldfischbecken, das seit Weihnachten nicht saubergemacht worden war. Die Adresse, die ich bei Martin Cheetham sorgfältig von Graves' Briefkopf abgeschrieben hatte, war nicht das Büro eines Anwalts. Es war überhaupt kein Büro, um genau zu sein. Es war das Farmer's Arms. Der Pub lag etwa eine Viertelmeile vom nächsten Haus entfernt, dem letzten Gebäude auf einer schmalen Straße, die zu dem Heideland hinaufführte, wo Alexis und Chris ihr Traumhaus zu bauen gehofft hatten. Trotz seiner relativ abgeschiedenen Lage schien der Pub gute Geschäfte zu machen. Der Parkplatz war mehr als halb voll, und das Mauerwerk war vor kurzem gereinigt worden.

Drinnen war er im »Country Pub«-Stil der großen Brauereien renoviert worden. Freigelegte Mauern und Balken, Paneele aus Buntglas in den Innentüren, Holzstühle mit geblümten Chintzkissen, Steinfliesen auf dem Fußboden und eine unübertroffene Auswahl an schäumenden Faßbieren, die alle gleich schmecken. Es mochten etwa sechzig Gäste da sein, doch der Raum war so groß, daß man immer noch den Eindruck von Weite hatte. An der Bar sorgten zwei Frauen in mittlerem Alter und ein Mann Ende Zwanzig für einen reibungslosen Betrieb.

Ich setzte mich auf einen Hocker an der Bar und brauchte nicht lange auf mein St. Clement's zu warten. Etwa zehn Minuten beobachtete ich die Kundschaft. Sie hörten sich im großen und ganzen nach Einheimischen an und waren überwiegend um die Zwanzig und Dreißig. Neben mir an der Bar hielt sich eine Gruppe auf, der sich in meinen Augen T. R. Harris zugehörig fühlen mochte. Aber zunächst mußte ich das Problem der fragwürdigen Adresse seines Anwalts klären.

Ich wartete eine Flaute ab, dann gab ich einer der Barfrauen ein Zeichen. »Noch mal dasselbe?« fragte sie.

Ich nickte, und während sie nachschenkte, sagte ich: »Ich bin etwas verwirrt. Ist das hier 493 Moor Lane?«

Es erforderte einiges an Beratung mit dem Barpersonal und Kunden, doch schließlich wurde Übereinstimmung erzielt. Ja, es war 493. »Man hat mir dies als Adresse für einen Typ namens Graves angegeben«, sagte ich zu ihnen. Aus irgendeinem Grund schüttelten sich die Männer an der Bar vor Lachen.

Die Barfrau machte einen Schmollmund. »Sie müssen schon entschuldigen«, sagte sie. »Die sind nicht ganz richtig im Kopf. Sie lachen, weil der Parkplatz des Pubs hinten an den Friedhof stößt. Wir haben ständig Theater mit dem Vikar, weil einige Idioten, die es nicht besser wissen, im Sommer rausgehen und sich mit ihrem Bier auf die Grabsteine setzen.«

Allmählich war ich total genervt von T. R. Harris und seinem Versteckspiel. »Also gibt es hier niemanden namens Graves?« fragte ich müde. »Und Sie vermieten keine Zimmer oder haben Büros oben?«

Die Barfrau schüttelte den Kopf. »Tut mir leid. Da hat Sie jemand reingelegt.«

Ich lächelte gezwungen. »Kein Problem. Von Ihnen kennt wohl keiner einen Bauunternehmer namens Tom Harris? Der ein Stück Land weiter oben die Straße rauf gekauft hat?«

Rings um mich Lächeln und wissendes Nicken. »Das ist der Typ, der Harry Cartwrights 12-Hektar-Feld gekauft hat«, sagte einer. »Der Mann von Nirgendwo«, fügte ein anderer hinzu.

»Warum sagen Sie das?« fragte ich.

»Warum fragen Sie?« konterte er.

»Ich versuche ihn in Zusammenhang mit dem Land, das er gekauft hat, ausfindig zu machen.«

»Es gehört ihm nicht mehr. Letzte Woche hat er es verkauft«, sagte die Barfrau. »Und seitdem haben wir ihn nicht mehr gesehen.«

»Wie lange kam er hierher?« fragte ich.

»Seit er mit Harry wegen des Landes verhandelte. Muß etwa drei Monate her sein«, sagte einer der Männer. »Angenehmer Bursche. Hatte ein paar tolle Geschichten auf Lager.«

»Was für tolle Geschichten?« fragte ich.

Wieder brüllten alle vor Lachen. Vielleicht sollte ich für den Comedy Store vorsprechen. »Nicht von der Sorte, die man erzählt, wenn Damen anwesend sind«, keuchte einer lachend.

Ich konnte kaum fassen, daß ich das hier freundschaftshalber über mich ergehen ließ. Nach dieser Sache würde Alexis lebenslang in meiner Schuld stehen. Ich holte tief Luft und sagte: »Von Ihnen weiß wohl keiner, wo sein Bauhof ist? Oder wo er wohnt?«

Sie verständigten sich leise und schüttelten zweifelnd die Köpfe. »Das hat er nie gesagt«, erklärte einer. »Er hat ein Büro über dem Tante-Emma-Laden an der Bolton High Road gemietet, vielleicht weiß man es da.«

»Da habe ich es schon versucht. Leider kein Glück. Ihr Jungs seid meine letzte Hoffnung.« Ich klimperte mit den Wimpern, der Himmel steh mir bei. Bei der Sorte von Arschlöchern, die in Pubs herumsitzen und sich Schmutzgeschichten erzählen, um sich für den Mangel an etwas auch nur entfernt Aufregendem in ihrem eigenen erbärmlichen kleinen Leben zu entschädigen, hilft oft ein Appell an ihre Ritterlichkeit.

Deprimierenderweise klappte es. Wieder steckten sie die Köpfe zusammen und tuschelten. »Sie sollten mit Gary reden«, verkündete ihr Sprecher schließlich zuversichtlich.

Nicht, wenn er euch auch nur annähernd ähnlich ist, dachte ich. Ich lächelte honigsüß und sagte: »Gary?«

»Gary Adams«, sagte er in dem gereizten Tonfall, den Männer für Frauen reservieren, die sie für begriffsstutzig oder dumm halten. »Gary hat das Land für Tom Harris gerodet. Als er es kaufte, stand dort ein Wäldchen, zwischen den Bäumen war es ganz überwuchert von Brombeersträuchern und Stechginster. Gary hat die nötige Ausrüstung, verstehen Sie? Er erledigt in dieser Gegend alle diese Arbeiten.«

Ich nagelte das Lächeln weiter auf meinem Gesicht fest. »Und wo kann ich Gary finden?« fragte ich, fast ohne die Lippen zu bewegen.

Uhren wurden überprüft, stirnrunzelnde Blicke ausgetauscht. Die Barfrau sagte ärgerlich: »Er wohnt 31 Montrose Bank. Das ist durchs Stadtzentrum, den Hügel rauf und dann die dritte links. Vermutlich finden Sie ihn in seiner Garage beim Zusammenbauen seines blöden großen amerikanischen Autos.« Ich bedankte mich bei ihr und ging, wobei es mir gelang, so lange das Lächeln festzuhalten, wie die Typen mich sehen konnten. Meine Gesichtsmuskeln fühlten sich an, als hätten sie gerade ein Jane-Fonda-Training hinter sich.

Wie vorausgesagt war Gary in der Garage, die an ein hübsches Steincottage angebaut war. Die hochklappbare Tür war offen und gab den Blick auf ein Cadillac-Kabrio aus den Vorkriegsjahren frei. Die Motorhaube stand offen, und der Mann, in dem ich Gary Adams vermutete, stand über den Motor gebeugt. Als ich näher kam, sah ich, wie er etwas mit einem Schraubenschlüssel von dem Umfang des Unterarms eines Ringers anstellte, das furchtbar brutal wirkte. Ich räusperte mich und befahl meinen Gesichtsmuskeln, wieder die Nummer mit dem Lächeln zu bringen. Zögernd gehorchten sie. Gary schaute überrascht auf. Er war Mitte Dreißig und hatte einen Haarschnitt, als wäre er beim Militär.

»Gary?« sagte ich.

Er richtete sich auf, legte den Schraubenschlüssel liebevoll auf den Motorblock und runzelte die Stirn. »Stimmt genau. Und wer sind Sie?«

Ein weiteres Ammenmärchen war gefragt. »Mein Name ist Brannigan. Kate Brannigan. Ich bin Architektin. Eine Freundin von mir hat ein Stück Land von Tom Harris gekauft, und sie will wegen eines anderen Geschäfts Kontakt mit ihm aufnehmen. Die Jungs im Farmer's Arms meinten, Sie wüßten vielleicht, wo ich ihn finden kann.«

Gary lächelte schlau und wischte sich die Hände an seinem ölverschmierten Overall ab. »Er schuldet Ihnen Geld, wie?«

»Eigentlich nicht«, sagte ich. »Aber ich muß mit ihm reden. Wieso? Schuldet er Ihnen Geld?«

Gary schüttelte den Kopf. »Da habe ich vorgesorgt. Leute seines Schlages, die gibt es wie Sand am Meer. Bitten dich, eine Arbeit für sie zu erledigen, du machst es, du sagst ihnen, was es kostet, sie ignorieren dich. Deshalb habe ich ihn bar zahlen lassen. Die Hälfte vorher, die Hälfte nachher. Zum Glück habe ich das getan, wenn man sich anguckt, wie schnell er verschwunden ist, seit er diese Grundstücke weiterverkauft hat.«

»Was hat Sie auf den Gedanken gebracht, daß er nicht ganz sauber ist?«

Gary zuckte die Achseln. »Ich kannte ihn nicht, weiter nichts. Er stammte nicht aus dieser Gegend. Und er wollte offensichtlich auch nicht bleiben.«

Das war ja wie Zähne ziehen. Manchmal denke ich, ich wäre für eine Laufbahn als Psychotherapeutin besser geeignet. Die Patienten wollen vielleicht auch nicht mit einem reden, aber zumindest sitzt man dabei in einem warmen, gemütlichen Büro. »Warum sagen Sie das?« fragte ich.

»Wenn Sie Geschäftsmann sind und vorhaben, sich irgendwo niederzulassen, richten Sie sich dort doch ein Bankkonto ein, oder nicht? Ist doch logisch«, sagte er triumphierend.

»Und Tom Harris tat das nicht?«

»Ich habe sein Scheckbuch gesehen. Er wollte mir einen Scheck als Vorauszahlung auf meine Arbeit geben, aber ich sagte, kommt nicht in Frage, ich wolle Bargeld. Trotzdem habe ich genug gesehen, um zu wissen, daß er sein Konto nicht bei einer Bank aus dieser Gegend hatte.«

Ich versuchte zu überspielen, wie gespannt ich war. »Welche Bank war es denn?« erkundigte ich mich und widerstand der Versuchung, ihn durch einen Tritt halb ins Jenseits zu befördern.

»Die Northshires Bank, in Buxton. Das ist nicht mal in Lancashire. Und das Konto lief auch nicht auf seinen Namen. Es war irgendeine Firma.« Ich öffnete den Mund, und es zuckte um Garys Mundwinkel, als er mir zuvorkam. »Auf den Namen habe ich nicht geachtet. Ich habe nur gemerkt, daß er nicht Tom Harris lautete.«

»Danke, Gary«, sagte ich. »Sie haben mir sehr geholfen. Sie kennen wohl nicht zufällig jemanden, der wissen könnte, wo ich Tom Harris erwischen kann?«

»Es ist wirklich wichtig, nicht wahr?« fragte er. Ich nickte. »Harry Cartwright ist der Farmer, der ihm das Land verkauft hat. Er weiß es vielleicht.«

»Wo liegt seine Farm?« fragte ich.

Gary schüttelte mit dem halben Lächeln eines Mannes, der es mit einer Verrückten zu tun hat, den Kopf. »Wie gut können Sie mit Dobermännern umgehen? Und wenn Sie an denen vorbeikommen, empfängt er Sie mit seiner Schrotflinte. Er ist kein umgänglicher Mensch, unser Harry.« Ich muß ausgesehen haben, als wollte ich in Tränen ausbrechen. Er nahm wohl an, daß es Verzweiflungstränen waren, in Wahrheit waren es Frusttränen. »Ich sag Ihnen was«, meinte er. »Ich begleite Sie. Warten Sie einen Moment, ich ziehe nur meinen Overall aus und rufe den alten Spinner an, um ihm Bescheid zu sagen, daß wir kommen. Mich kennt er lange genug, um erst zu reden und dann zu schießen.«

Ich ging zum Auto zurück und drehte die Heizung voll auf. Ich hasse das Land.

8. Kapitel

Zehn Minuten nachdem wir Garys Haus verlassen hatten, fuhren wir einen ungeteerten Pfad hinauf. Ich hielt vor einem fünffach mit Stacheldraht verzierten Weidengitter, und Gary sprang hinaus, um es zu öffnen. Sobald er es hinter mir geschlossen hatte, sprintete er zum Wagen. Kaum hatte er die Tür hinter sich zugeschlagen, da warfen sich auch schon zwei riesige Dobermänner gegen die Beifahrerseite, sie bellten und geiferten hysterisch. Gary grinste, was mich davon überzeugte, daß er nicht ganz normal war. »Ich wette, Sie sind heilfroh, daß Sie mich mitgenommen haben«, sagte er.

Ich legte wütend den Gang ein und fuhr weiter den Pfad hinauf. Nach einer halben Meile hoben meine Scheinwerfer ein niedriges Steingebäude aus der ländlichen Dämmerung hervor. Das Dach schien in der Mitte durchzuhängen, und die Fensterrahmen sahen derart morsch aus, daß ich dachte, die ersten Winterstürme würden wohl das Glas über den Hof verteilen. Daß es ein Bauernhof war, erkannte ich an dem Gestank nach Mist. Ich fuhr so dicht wie möglich an die Tür heran, doch noch ehe ich den Motor abstellen konnte, erschien ein älterer Mann in der Tür. Wie Gary so zuversichtlich vorausgesagt hatte, fuchtelte er mit einer doppelläufigen Schrotflinte herum. Im selben Augenblick kamen auch die Hunde und stimmten ein mißtönendes Gebell an, daß mir die Plomben weh taten. Ich liebe das Land ungemein.

»Und was nun?« wollte ich von Gary wissen.

Der alte Mann kam näher. Er trug eine schmierige Strickjacke über einem kragenlosen Hemd, das vielleicht von Anfang an die Farbe eines Öllappens gehabt hatte. Ich glaubte es allerdings nicht. Er trat dicht an den Wagen und starrte durchs Fenster, die Gewehrläufe waren bedrohlich auf die Scheibe gerichtet. Meine Meinung von T. R. Harris und seinem Schneid war gerade um hundert Prozent in die Höhe gegangen. Nachdem Cartwright sich überzeugt hatte, daß mein Mitfahrer tatsächlich Gary war, trat er zurück und pfiff nach seinen Hunden. Sie fielen wie Holzbalken vor seine Füße. Gary sagte: »Alles klar, Sie können aussteigen.« Er öffnete seine Tür und stieg aus. Argwöhnisch folgte ich ihm.

Ich ging dicht genug heran, um den Geruch des alten Mannes wahrzunehmen. Es reichte, um den inständigen Wunsch in mir aufkeimen zu lassen, wir könnten die Angelegenheit draußen im Hof regeln. Cartwright sagte: »Gary sagt, Sie sind hinter Tom Harris her. Mein Handel mit ihm war völlig legal, völlig korrekt.«

»Das weiß ich, Mr. Cartwright. Ich muß nur mit Tom reden, und niemand scheint zu wissen, wo ich ihn finden kann. Ich hatte gehofft, Sie wüßten das vielleicht.«

Er klemmte sich das Gewehr unter einen Arm, wühlte in der tiefen Tasche seiner schmutzigen Kordhose und brachte ein Dokument zum Vorschein, mit dem er mir vor der Nase herumwedelte. »Das ist alles, was ich weiß«, sagte er.

Ich griff danach, aber er riß es mir weg. »Sie können gucken, aber Sie dürfen es nicht anfassen«, sagte er, so wie ein Fünfjähriger. Ich hielt den Atem an und ging dicht genug heran, um es lesen zu können. Es war ein Vertrag zwischen Henry George Cartwright, Stubbleystall Farm, und Thomas Richard Harris, 134 Bolton High Road, Ramsbottom. Weiter brauchte ich nicht zu lesen. In meinem Kopf läuteten mehr Glocken als in Oxford am Morgen des 1. Mai. Ich lächelte höflich, bedankte mich bei Harry Cartwright und stieg

71

wieder in meinen Wagen. Verwirrt zwängte Gary sich neben mich, und wir schossen den Pfad hinunter.

Thomas Richard Harris. Tom, Dick und Harry alias Hinz und Kunz. Wenn Thomas Richard Harris ein echter Name war, dann war ich Maria von Rumänien.

Um elf am Freitag morgen war ich fast hysterisch. Shelley war hingerissen, weil ich hinsichtlich unserer beiden bezahlten Aufträge, den Wintergärten und den Pharmazeutika, matt gesetzt war, und sie hatte nicht vor, mich türmen zu lassen, damit ich den Hinweisen auf Alexis' Schwindler nachgehen konnte. Ich saß fest in einem Büro mit einer Frau, die wollte, daß ich Papierkram erledigte, und ich hatte keine Ausrede, um zu entkommen. Um zehn waren alle meine Dateien auf den neuesten Stand gebracht. Um elf waren meine Fallnotizen nicht nur geschrieben, sondern in einem Maß geschliffen, daß ich einer Schriftstellergruppe beitreten und sie dort hätte vortragen können. Um fünf nach elf probte ich den Aufstand. Ich schnappte mir die Ted-Barlow-Akte, rauschte durch das Vorzimmer und sagte Shelley, ich verfolgte eine neue Spur. Die Spur führte mich geradewegs in den Cornerhouse Coffeeshop, wo ich in der Akte schmökerte und geruhsam einen Cappuccino trank. Als ich mich erneut durch meine Gesprächsnotizen arbeitete, kam mir die Idee. Es gab etwas, das ich tun konnte, während ich auf meinen Termin am Montag morgen im Grundbuchamt wartete.

Die Immobilienagentur DKL ESTATES, die Diane Shipley erwähnt hatte, befand sich in einer Ladenzeile gegenüber von Chorlton Baths. Es sah so aus, als floriere das Geschäft, und ich stellte auf Anhieb fest, daß es einen guten Grund dafür gab. DKL war auf Vermietungen spezialisiert und auf den Erstverkauf von Eigenheimen, die man selbst am Tiefpunkt einer Rezession loswird. Es gibt immer Leute, die unbedingt die Eigentumsleiter erklimmen wollen, ganz zu schweigen von den armen Teufeln, die absteigen. Ich hatte den Eindruck, daß sie auch eine ganze Anzahl ehemaliger Sozialwohnungen auf ihrer Liste stehen hatten, was ziemlichen Mut erforderte. Ihre Risikofreude schien sich jedoch ausgezahlt zu haben. Direkt vor mir ging eine Frau hinein, und drinnen waren bereits einige andere ernsthafte Interessenten. Ich gesellte mich zu ihnen und studierte die Kaufangebote.

Die Frau, hinter der ich hereingekommen war, wählte zwei Objektbeschreibungen aus, dann ging sie zu dem jungen Mann an dem quer zum Raum stehenden Tresen. Er sah aus, als gehöre er in ein Klassenzimmer, um dort für seine Schulabschlußprüfung zu pauken. Ich weiß, man sagt im allgemeinen, daß man sich Sorgen machen sollte, wenn die Polizisten immer jünger aussehen, aber Immobilienmakler? Sie fragte mit leiser, kultivierter Stimme, ob sie für beide Häuser einen Besichtigungstermin vereinbaren könne. Ich war überrascht. Sie trug ein italienisches Strickkostüm, das mindestens dreihundert Pfund gekostet haben mußte, ihre Schuhe sahen aus, als stammten sie von Bally oder Ravel, ihre Handtasche war von Tula, und ich wäre jede Wette eingegangen, daß der Regenmantel ein vierhundert Pfund teurer Aquascutum war. Andersherum ausgedrückt, sie sah nicht so aus, als sei ein Reihenhaus in Whalley Range ihre Vorstellung von einem festen Wohnsitz. Vielleicht hielt sie Ausschau nach einer netten kleinen Kapitalanlage.

Während ich sie musterte, telefonierte der Junge am Tresen, um Besichtigungstermine für sie zu vereinbaren. Ich registrierte ihr gepflegtes Äußeres: die polierten Nägel, die tadellos gestylten dunkelbraunen Haare, das geschickte Make-up, das ihre dunklen Augen betonte. Ich konnte ihrem Stil meine Bewunderung nicht versagen, wenn es auch ein Stil war, den zu imitieren ich keinerlei Ambitionen hatte.

Ich hatte sie jedoch zu lange angestarrt. Die Frau mußte meinen Blick gespürt haben, denn sie drehte scharf den Kopf und fing meinen Blick auf. Ihre Augen schienen sich zu weiten, und ihre Brauen schnellten in die Höhe. Unvermittelt machte sie auf dem Absatz kehrt und ging eilig zur Tür. Ich war wie vor den Kopf geschlagen. Ich kannte sie absolut nicht, aber offensichtlich kannte sie mich. Oder vielleicht sollte ich sagen, sie wußte offenbar, wer ich war.

Der Junge schaute von seinem Notizblock auf und merkte, daß seine Kundin schon fast draußen war. »Madam«, rief er, »Madam, wenn Sie bitte noch einen Moment warten wollen...« Sie beachtete ihn nicht und ging weiter, ohne sich umzusehen.

»Wie bizarr«, sagte ich und ging zum Tresen hinüber. »Haben Sie immer diese Wirkung auf Frauen?«

»Es gibt so 'ne und solche«, sagte er mit einer zynisch-resignierten Haltung, die an einem zehn Jahre älteren Mann deprimierend gewirkt hätte. »Wenigstens hat sie die Beschreibungen mitgenommen. Wenn sie die Objekte besichtigen will, kann sie ja immer noch anrufen. Vielleicht erinnert sie sich an einen der Termine.«

Ich pflichtete ihm bei. Innerlich durchkämmte ich mein Gedächtnis, ob ich die elegante Brünette nicht irgendwo in einem der letzten Fälle unterbringen konnte. Als der Junge fragte, ob er mir behilflich sein könne, gab ich auf. »Ich möchte gern mit dem Verantwortlichen sprechen, wer es auch sein mag«, sagte ich.

Er lächelte. »Könnten Sie mir sagen, in welcher Beziehung? Ich kann Ihnen vielleicht auch helfen.«

Ich holte eine Geschäftskarte aus meiner Brieftasche, die, auf der Mortensen und Brannigan: Sicherheitsberatung steht. »Ich möchte nicht unhöflich erscheinen, aber die Angelegenheit ist vertraulich«, sagte ich zu ihm.

Er sah leicht beunruhigt aus, woraufhin ich mich fragte, an welch kleiner Gaunerei DKL wohl beteiligt sein mochte. Er schob seinen Stuhl zurück und sagte »Wenn Sie einen Augenblick warten möchten«, dann ging er rückwärts durch den Raum und durch eine Tür in der Ecke gegenüber. Knapp eine Minute später kam er zurück und sah etwas mitgenommen aus. »Wenn Sie bitte durchgehen möchten, wird Mrs. Lieberman Sie jetzt empfangen.«

Ich lächelte ihm kurz zu, dann öffnete ich die Tür. Als ich das Hauptbüro betrat, erhob sich eine Frau, die ich auf Ende Vierzig schätzte, von einem Drehstuhl hinter einem L-förmigen Schreibtisch. Auf einer Ecke des Tisches stand ein Apple Mac, auf dessen Bildschirm ein ganzseitiges Modell einer Hausbeschreibung zu sehen war. Mrs. Lieberman streckte eine sorgfältig manikürte Hand aus, an der Gold, Saphire und Diamanten im Werte von mehreren tausend Pfund funkelten. »Miss Brannigan? Ich bin Rachel Lieberman. Nehmen Sie doch Platz. Wie kann ich Ihnen behilflich sein?« Jetzt war mir klar, von wem der junge Mann im Vorzimmer seine Manieren hatte.

Ich musterte sie schnell, während ich mich auf einem bequemen Sessel niederließ. Leinenkostüm und eine Bluse aus weichem Veloursleder. Ihr braunes Haar mit den auffallenden Silberfäden war über dem spitzen Gesicht, das gerade anfing, um das Kinn herum zu verwischen, zu einer brotlaibähnlichen Frisur hochgesteckt. In ihren braunen Augen lag ein gewitzter Ausdruck, was noch durch die kleinen Fältchen unterstrichen wurde, als sie mich gleichfalls musterte. »Es geht um eine Angelegenheit, die ich im Auftrag einer Klientin überprüfe. Es tut mir leid, wenn ich ohne Termin hereinplatze, aber ich war gerade in der Gegend, daher dachte ich, ich schaue mal vorbei, könnte ja sein, daß ich Sie erwische«, begann ich. Sie sah aus, als glaube sie kein Wort davon, einer ihrer Mundwinkel zuckte. »Vielleicht können Sie etwas für mich klären. Ich weiß, daß Ihre Zentrale in Warrington liegt, aber sind Sie eigentlich die Eigentümerin von DKL oder leiten Sie nur diese Filiale?«

»Mir gehört die Firma, Miss Brannigan.« Aus ihrer Stimme war der nördliche Akzent weitgehend getilgt. »Und zwar seit dem Tod meines Mannes vor drei Jahren. Daniel Kohn Lieberman, daher der Name der Firma. Was hat das denn mit Ihrer Klientin zu tun?«

»Nichts, Mrs. Lieberman, ich kann mir nur nicht vorstellen, daß die Leiterin einer Geschäftsstelle die Befugnis hätte, mir die Informationen zu geben, auf die ich aus bin. Tja, ein Angestellter würde vermutlich auch nicht begreifen, welche Wichtigkeit dieser Sache beizumessen ist.« Ich probierte es einmal damit. Ich hoffte, daß sie eine Frau war, die auf Schmeicheleien reagierte. Wenn nicht, blieben mir als Mittel nur noch Drohungen, und ich mag es nicht, bei Tageslicht jemanden einzuschüchtern. Das erfordert soviel mehr Energie.

»Und um welche Informationen geht es?« fragte sie, beugte sich in ihrem Stuhl vor und spielte mit einem goldenen Füller herum.

»Ich möchte gern offen zu Ihnen sprechen, wenn ich darf. Meine Firma ist auf Wirtschaftskriminalität spezialisiert, und ich ermittle in einem Betrugsfall. Es geht um eine sechsstellige Summe, vermutlich über eine Million. Ich habe den Verdacht, daß die Täter für ihre Aktionen Häuser benutzen, die auf Zeit vermietet werden.« Mrs. Lieberman hörte zu, den Kopf auf die Seite gelegt. Bislang war keinerlei Reaktion von ihrem Gesicht abzulesen. Ich kämpfte mich weiter vor.

»Eines dieser Häuser, die ich im Auge habe, wurde durch Ihre Agentur vermietet. Momentan versuche ich, einen gemeinsamen Nenner zu finden. Ich gelange nämlich allmählich zu der Auffassung, daß das Mieten der Häuser einer der wesentlichen Punkte in der Vorbereitung des Betrugs ist, und ich habe gehofft, daß Sie, wenn ich Ihnen die Adressen der anderen Häuser gebe, die meiner Vermutung nach beteiligt sind, sie für mich überprüfen könnten, nachsehen, ob sie auf Ihrer Liste stehen.« Ich legte eine Pause ein. Ich wollte eine Rückmeldung. Zur Politikerin wäre ich niemals geeignet.

Mrs. Lieberman richtete sich in ihrem Stuhl auf und zog ihre Unterlippe unter die Zähne. »Und das ist alles, was Sie wissen möchten? Ob sie auf meiner Liste stehen oder nicht?«

»Nicht ganz, fürchte ich. Ob sie gegenwärtig auf Ihrer Liste stehen oder mal dort gestanden haben, ist der erste Schritt. Sobald wir das ermittelt haben, möchte ich sie nach den Namen der Eigentümer fragen.«

Sie schüttelte den Kopf. »Ausgeschlossen. Sicherlich werden Sie das verstehen. Es geht um sehr vertrauliche Dinge. In dieser Gegend gibt es nur wenige Agenturen, die auf Mieteigenheime spezialisiert sind, und wir sind bei weitem die größte. Ich fungiere als Vermittlerin für fast dreihundert Mieteigenheime, und der Großteil davon wird auf Zeit vermietet. Von daher können Sie sich denken, wie wichtig es ist, daß meine Klienten die Gewißheit haben, mir vertrauen zu können. Ich kann Ihnen unmöglich Namen nennen. Und ich kann auch nicht glauben, daß Sie das im Ernst von mir erwartet haben. Ich bin sicher, Sie geben Informationen dieser Art über Ihre Klienten auch nicht weiter.«

»Eins zu null für Sie. Aber Sie können mir doch sagen, ob ein bestimmtes Haus auf Ihrer Liste steht, oder? Wenn Sie dann die Beschreibung dazu auf Ihrem Bildschirm aufrufen, stellen Sie vielleicht ein Muster fest.«

»An was für ein Muster hatten Sie denn dabei gedacht, Miss Brannigan?«

Ich seufzte. »Das weiß ich ja eben nicht, Mrs. Lieberman. Bisher ist mein einziger Anhaltspunkt die Vermutung, daß die meisten der in diesen Schwindel verwickelten Häuser vermietet werden. In einem Fall, in dem ich mir meiner Sache sicher bin, hatte das Paar, das das Haus mietete, denselben Nachnamen wie das Paar, dessen Eigentum es war.«

Rachel Lieberman lehnte sich in ihrem Stuhl zurück und musterte mich erneut. Ich kam mir vor wie eine frisch entdeckte Pflanzenspezies – fremdartig, exotisch und möglicherweise giftig. Nach einer Zeitspanne, die mir sehr lang vorkam, nickte sie, als ob sie zu einem Ergebnis gekommen wäre.

»Ich sage Ihnen, was ich tun werde, Miss Brannigan. Wenn Sie mir die Adressen geben, an denen Sie interessiert sind, gehe ich meine Unterlagen durch und schaue, was mir dazu einfällt. Offen gestanden glaube ich, daß es Zeitverschwendung sein wird, aber heute abend hatte ich ohnehin nichts vor. Ich rufe Sie an und sage Ihnen Bescheid. Reicht Montag morgen, oder hätten Sie es lieber, wenn ich Sie am Wochenende zu Hause anrufe?«

Ich grinste. Tief drinnen war Mrs. Lieberman eine Frau ganz nach meinem Herzen.

Den Nachmittag verbrachte ich bei Ted Barlow und erledigte solche langweiligen Dinge wie seine gesamten Unterlagen durchzusehen, mir Notizen über ehemalige Vertreter zu machen, die entlassen worden waren, und zu lernen, wie genau ein Wintergarten installiert wird. Als ich mich wieder hinter das Steuer meines Nova setzte, warf ich einen Blick auf die Uhr am Armaturenbrett. Kurz nach zehn. Es würde schneller gehen, wenn ich die Autobahn nahm, als auf direktem Weg durch die Stadt nach Hause zu fahren. Einige Minuten später fuhr ich achtzig Meilen auf der Mittelspur, und die Pet Shop Boys dröhnten aus allen vier Lautsprechern. Vor mir erhob sich die Barton Bridge, die die Autobahn in weitem Bogen über den schmalen, jetzt dunklen Manchester Ship Canal führte, glitzernd gegen den Himmel ab. Als die Brücke näher kam, wechselte ich auf die Innenspur und ordnete mich ein, um an der Ausfahrt auf der anderen Kanalseite die Autobahn zu wechseln. Ich sang gerade aus vollem Hals »Where the streets have no name«, da registrierte ich instinktiv einen weißen Ford Transit, der außen auf der Mittelspur herankam.

Ich achtete nicht weiter auf den Lieferwagen, als er gleichzog und dann leicht überholte. Dann drehte sich ganz plötzlich seine Schnauze in meine Richtung. Mein Verstand schaltete auf Zeitlupe um. Alles schien eine Ewigkeit zu dauern. Aus dem Seitenfenster meines Wagens sah ich nur die weiße Seite des Lieferwagens, die schnell auf mich zukam. Ich sah den unteren Rand irgendeines Firmenzeichens oder -schilds, doch nicht genug, um einen der Buchstaben zu erkennen. Ich hörte einen Schrei, dann merkte ich, daß es meine eigene Stimme war.

Ein Alptraum wurde wahr. Es krachte. Der Lieferwagen drückte die Tür meines Wagens in meine rechte Seite. Gleichzeitig schleuderte der Wagen seitlich gegen die Leitplanke. Ich hörte das Knirschen von Metall gegen Metall, ich spürte den Anstieg der Temperatur von der durch die Reibung erzeugten Wärme, ich sah, wie sich die Leitplanke verbog, ich hörte mich selber schluchzen: »Bitte gib nicht nach, du Scheißding, gib nicht nach!«

Das Vorderteil meines Wagens schien zwischen den Verstrebungen der Leitplanke eingekeilt zu sein. Ich kippte in einem irren Winkel nach vorn. Unter mir sah ich die Lichter auf dem schwarzen Wasser des Ship Canal blinken. Der Kassettenrecorder war stumm. Ebenso der Motor. Ich hörte nur noch das Knacken des überlasteten Metalls der Leitplanke. Ich versuchte die Fahrertür zu öffnen, doch mein rechter Arm wurde von der eingedrückten Tür festgehalten. Ich wollte mich drehen und sie mit links öffnen, aber es hatte keinen Zweck. Ich saß in der Falle. Ich hing in der Luft, dreißig Meter über den Tiefen des Kanals. Und der Ford Transit hatte längst das Weite gesucht.

9. Kapitel

Als ich in der Kabine der Unfallstation des Manchester Royal Infirmary saß, fällte ich eine sehr wichtige Entscheidung. Ein Yuppie-Telefon war angesagt. Sind Sie in letzter Zeit mal auf einer Unfallstation gewesen? Da es ein Verkehrsunfall war, hatte man mich gleich in aller Eile auf einer Rollbahre durch den Wartebereich geschoben und in einer Kabine deponiert. Das hieß natürlich nicht, daß ich auch schneller an die Reihe kam, o nein. Ich erkannte sehr schnell, daß ich das hier als mein ganz persönliches Wartezimmer zu betrachten hatte. Und das, obwohl ich nicht einmal Privatpatientin war!

Nach etwa zehn Minuten steckte ich den Kopf durch die Vorhänge und fragte eine vorbeikommende Schwester, wo ich ein Telefon finden könnte. Sie schnauzte mich an: »Bleiben Sie, wo Sie sind, die Ärztin kommt, sobald sie kann.« Manchmal frage ich mich, ob die Worte, die die Leute hören, dieselben sind wie die, die aus meinem Mund kommen.

Einige Minuten später versuchte ich es noch einmal. Eine andere

Schwester. »Entschuldigen Sie, ich war mit jemandem verabredet, bevor ich diesen Unfall hatte, und er wird sich Sorgen machen.« Verdammt unwahrscheinlich, dachte ich, wenn nicht gerade ein Kalendermonat verstrichen ist. »Ich muß ihn unbedingt anrufen«, bettelte ich. Es ging mir weder um Mitgefühl noch darum, seine nicht vorhandenen Ängste zu zerstreuen. Mir war bloß nicht danach, die halbe Meile nach Hause zu Fuß zurückzulegen oder mich mit einem Taxi abzuplagen. Gut, ich gebe es zu, ich hatte einen Schock. Zum Teufel mit dem Image des harten Privatschnüfflers. Ich zitterte, mein Körper fühlte sich wie eine einzige, 1,57 m große Schramme an, und ich wollte mir nur noch die Bettdecke über den Kopf ziehen.

Die zweite Schwester hatte ihren Abschluß offenbar an derselben Schule für charmanten Umgang gemacht. »Die Ärztin hat alle Hände voll zu tun. Sie hat keine Zeit, zu warten, bis Sie vom Telefonieren zurückkommen.«

»Aber die Ärztin ist nicht da«, sagte ich. »Ich habe meine Zweifel, ob die Ärztin überhaupt in diesem Krankenhaus weilt.«

»Bitte warten Sie in der Kabine«, befahl sie und rauschte davon. Das war der Augenblick, in dem ich einsah, daß mein Sträuben gegen ein Mobiltelefon ein klassisches Beispiel dafür war, wie man sich ins eigene Fleisch schneidet. Ist doch egal, daß sie immer im unpassenden Moment läuten. Ist auch egal, daß sogar die leichtesten Modelle schwer genug sind, um deine Handtasche in eine Angriffswaffe zu verwandeln oder dein Jackenfutter zu ruinieren. Zumindest vermögen sie Ritter in schimmernder Rüstung herbeizuzitieren. Nein, ich muß mich berichtigen. Zumindest vermögen sie Rockjournalisten mit spezialangefertigten VW-Käfer-Kabrios in knalligem Pink herbeizuzitieren.

Etwa eineinhalb Stunden später, nachdem man mich endlich untersucht, geröntgt und auf sämtliche schmerzenden Stellen gedrückt hatte, ließ man mich zu einem Telefon. Die Ärztin teilte mir mit, daß ich schwere Prellungen an Rückgrat, Rippen, rechtem Arm und rechtem Bein hatte sowie einige oberflächliche Schnittwunden an der rechten Hand, wo mich der Splitterregen vom Fenster auf der Fahrerseite getroffen hatte. Oh, und einen Schock natürlich. Man gab mir ein schmerzstillendes Mittel und sagte, in ein paar Tagen wäre ich wieder völlig in Ordnung.

Ich ging zum Wartezimmer durch und hoffte, daß Richard bald käme. Ein uniformierter Polizist setzte sich neben mich. »Miss Brannigan?« sagte er.

»Genau.« Über Staunen war ich hinaus. Die Wirkung des Schmerzmittels hatte eingesetzt.

»Es geht um den Unfall. Leider habe ich ein paar Fragen.«

Ich schloß die Augen und holte tief Luft. Das war mein erster Fehler. Meine Rippen hatten beschlossen, für heute Feierabend zu machen, und ich krümmte mich schließlich keuchend und hustend zusammen. Natürlich mußte Richard genau in diesem Augenblick auftauchen. Als erstes hörte ich sein Schreien. »He, Sie da, lassen Sie sie in Ruhe! Himmel, glauben Sie nicht, daß sie heute schon genug durchgemacht hat?« Dann hockte er vor mir, schaute mir in die Augen, und auf seinem Gesicht malten sich echte Furcht und Besorgnis. »Brannigan«, murmelte er. »Dich kann man nicht alleine nach draußen lassen, weißt du das?«

Wenn ich nicht befürchtet hätte, daß es mich umbringen würde, hätte ich gelacht. Das ausgerechnet von dem Mann, der, wenn er beim Tante-Emma-Laden an der Ecke ankommt, schon vergessen hat, was er kaufen wollte? Auf einmal war ich ganz sentimental. Muß die Kombination aus Schockzustand und Medikamenten gewesen sein. Ich spürte, wie mir eine heiße Träne an der Nase hinunterlief. »Danke, daß du gekommen bist«, sagte ich mit zittriger Stimme.

Richard klopfte mir sanft auf die Schulter, dann richtete er sich auf. »Sehen Sie denn nicht, daß Sie völlig durcheinander ist?« schimpfte er. Ich drehte den Kopf herum, um den Polizisten anzusehen, einen jungen Mann, der vor Verlegenheit knallrot war. Der Rest des Warteraums verfolgte gespannt das Drama und vergaß vorübergehend seine eigenen Schmerzen.

»Es tut mir leid, Sir«, murmelte der Cop. »Leider brauche ich von Miss Brannigan einige Angaben zu dem Unfall. Damit wir die entsprechenden Schritte einleiten können.«

Richard schien sich leicht zu entspannen. Oje, jetzt kommt's, dachte ich. »Und damit können Sie nicht bis morgen früh warten? Was ist Ihr Problem, Kumpel? Sind heute nacht etwa keine echten Kriminellen da draußen in der schutzlosen Stadt unterwegs?«

Der Polizist wirkte gehetzt. Sein Blick schoß durch den Raum und suchte verzweifelt nach einem Verbündeten. Ich hatte Mitleid mit ihm. »Richard, es ist schon gut. Bring mich einfach nach Hause, bitte. Wenn der Polizist Auskünfte braucht, kann er uns nachfahren.«

Richard zuckte die Achseln. »Na schön, Brannigan. Dann mal los.«

Wir waren schon fast an der Tür, als der Cop uns einholte. »Ähm, entschuldigen Sie, ich habe Ihre Adresse nicht.«

Richard sagte: »Vier«, ich sagte: »Zwei«, dann sagten wir im Chor »Coverley Close«. Der Polizist sah vollends verwirrt aus.

»Ähm, könnte ich Sie bitten, mich mitzunehmen, Sir? Leider habe ich keinen Wagen hier.« Der arme Junge sah richtig unglücklich aus. Noch unglücklicher sah er aus, als er sich auf den Rücksitz von Richards Käfer zwängen mußte, den Helm auf den Knien.

Als ich endlich meinen erschöpften Körper den Weg hochgeschleppt hatte, zog ich ernsthaft nicht nur ein Mobiltelefon, sondern auch ein Jacuzzi in Betracht. Ich war ganz und gar nicht in der Stimmung für ein polizeiliches Verhör. Andererseits wollte ich es hinter mich bringen.

Wir klärten schon einmal Name, Adresse, Geburtsdatum und Beruf (Sicherheitsberaterin) ab, während Richard Tee kochte. Der Polizist war völlig perplex, als Richard das Tablett auf meinem Kaffeetisch ablud, verkündete, ich hätte keine Milch mehr, und sich in den Wintergarten verzog. Als er mit einer halben Flasche Milch zurückkam, erbarmte ich mich des jungen Polizisten.

»Der Wintergarten zieht sich hinten an beiden Häusern entlang«, erklärte ich. »So treten wir uns nicht gegenseitig auf die Füße.«

»Sie meint, sie kommt darum herum, mein Geschirr zu spülen und meine Socken zu waschen«, sagte Richard und setzte sich neben mich auf das Sofa. Ich zuckte zusammen, als er sich an mich lehnte, und er zog sich schnell zurück. »Sorry, Brannigan«, sagte er und streichelte meinen gesunden Arm.

Ich berichtete in groben Zügen, was auf der Barton Bridge passiert war. Ich muß zugeben, es bereitete mir Genugtuung zu sehen, wie sowohl Richard als auch der Polizist blaß wurden, als ich ihnen die Einzelheiten schilderte. »Und dann kam die Feuerwehr und schnitt mich heraus. Ungefähr zu der Zeit, als ich mein erstes knuspriges Krabbenwonton hätte essen sollen«, fügte ich an Richard gewandt hinzu.

Der Polizist räusperte sich. »Haben Sie den Fahrer des Lieferwagens überhaupt gesehen, Miss?«

»Nein. Ich habe nicht aufgepaßt, bis es zu spät war.«

»Und hatte der Lieferwagen irgendein Erkennungsmerkmal?«

»Da war etwas, aber ich konnte es nicht richtig sehen. Es war höher als mein Fenster. Ich konnte nur den unteren Rand sehen. Und seine Zulassungsnummer habe ich auch nicht. Ich war vollauf beschäftigt mit dem Gedanken, daß ich in den Ship Canal fallen würde. Haben Sie schon mal gesehen, in welchem Zustand das Wasser da drinnen ist?«

Der Polizist war noch blasser geworden. Er holte tief Luft. »Und hatten Sie den Eindruck, daß es ein absichtlicher Versuch war, Sie von der Straße abzudrängen?«

Die 64 000-Dollar-Frage. Ich setzte eine ahnungslose Miene auf, nicht etwa, weil ich Lust hatte, die Heldin zu spielen und ganz allein damit fertigzuwerden. Ich konnte nur in diesem Moment keine lange Befragung durchstehen. Außerdem hätte es bedeutet, daß ich vertrauliche Informationen über Klienten weitergab, die wir eigentlich unter Einsatz unseres Lebens schützen sollten, und das konnte ich nicht machen, ohne es zuvor mit Bill abzusprechen. »Officer, ich kann mir nicht vorstellen, wieso das jemand tun sollte«, sagte ich. »Wir sind hier in Manchester, nicht in L. A. Ich war wohl gerade nur im toten Winkel des Typs. Vielleicht war er müde oder hat auf dem Heimweg von der Arbeit einen zuviel über den Durst getrunken, und so hat er gar nicht mitgekriegt, daß ich da war. Dann, als er mit mir zusammenstieß, ist er in Panik geraten, ganz besonders wenn er einen getrunken hatte. Ich glaube nicht, daß etwas Schlimmes dahintersteckt.«

Er fiel darauf herein. »Schön.« Er klappte sein Notizbuch zu und stand auf, dabei setzte er seinen Helm auf. »Es tut mir sehr leid, daß ich Sie belästigt habe, obwohl Sie sich nicht allzugut fühlen. Aber wir wollen diesen Witzbold schnappen, und wir mußten sehen, was Sie uns dazu sagen konnten.«

»Ist schon gut, Officer. Wir müssen alle unsere Arbeit tun«, sagte ich honigsüß. Richard sah aus, als müsse er sich übergeben. »Begleite den netten Officer doch hinaus, Richard, ja?«

Richard kam zurück. »Wir müssen alle unsere Arbeit tun«, äffte er mich nach. »Lieber Himmel, Brannigan, wo hast du bloß diese Scheiße ausgegraben? Na gut, den Sheriff hast du hinters Licht geführt, aber mich, den einsamen Cowboy, kannst du nicht täuschen. Was ist heute abend da unten wirklich passiert?«

»Wunderbar«, murmelte ich. »Das FBI darf Tonto nicht verhören, Gott bewahre. Aber du kannst alles fragen, was du willst, ja?«

Er lächelte und zuckte die Achseln. »Ich liebe dich. Ich habe das Recht dazu.«

»Wenn du mich wirklich liebst, würdest du mir ein Bad einlassen«, sagte ich zu ihm. »Dann erzähle ich dir alles.«

Zehn Minuten später aalte ich mich in dem üppigen Seifenschaum von Van Cleef & Arpel's First. Wenn ich sage üppig, dann meine ich üppig. Richard hat kein Händchen für Schaumbäder. Ich schätzte, daß mich Schaum im Wert von mindestens fünf Pfund umgab. Es hätte gereicht, um mich zur Hauptdarstellerin eines Ausstattungsfilms im Hollywood der vierziger Jahre zu machen.

Richard saß auf dem Klodeckel und rauchte einen Joint, der einen sehr schweren Geruch hatte. Seine Brille war beschlagen, deshalb hatte er sie auf den Kopf geschoben wie eine Fliegerbrille. Mit seinen haselnußbraunen Augen spähte er kurzsichtig zu mir herüber. »Also, Brannigan. Was ist heute abend wirklich passiert?« fragte er den Spiegel über meinem Kopf.

»Da wollte mich jemand entweder einschüchtern oder mich umlegen.« Es hatte keinen Sinn, die Sache zu verharmlosen.

»Scheiße«, flüsterte Richard. »Und weißt du, wer?«

»Vor Gericht könnte ich es nicht beschwören, aber ich habe eine Theorie. Ich habe gerade einen Betrugsfall bei einer pharmazeutischen Firma aufgedeckt, der in die hunderttausend Pfund geht. Sie benutzen weiße Ford Transits mit einem Firmenzeichen ziemlich oben an der Seite. Das erklärt ja wohl alles, oder?« Ich streckte vorsichtig die Glieder, dann wünschte ich, ich hätte es nicht getan. Die nächsten paar Tage würden kein Vergnügen werden.

»Und was willst du unternehmen?« fragte Richard. Eines muß ich ihm lassen: Er spielt sich nicht als Macho auf, wenn es um meine Arbeit geht. Ihm gefällt zwar nicht, daß ich Risiken eingehen muß, aber im allgemeinen hält er zu dem Thema den Mund.

»Morgen werde ich einen unserer freien Mitarbeiter dorthin schicken, er soll sich mal ihre Fahrzeuge ansehen. Und ich werde ihn den Laden observieren lassen, bis wir die Aufnahmen haben, die wir brauchen. Und du, mein Goldschatz, wirst einen Tagesausflug nach Buxton mit mir machen.«

»Buxton? Was gibt's denn in Buxton zu sehen?«

»Jede Menge hübscher Dinge. Es wird dir gefallen. Aber momentan will ich nur in dieser Wanne hier liegen, bis das heiße Wasser verbraucht ist, anschließend krieche ich dann ins Bett.«

»Na schön. Willst du im Bett zu Abend essen? Falls ja, gehe ich schnell zum Chinesen.«

Diese Worte waren Musik in meinen Ohren. Ich war zwar nicht sicher, ob ich etwas so Kompliziertem wie Stäbchen gewachsen war, aber Richard war ja der einzige Zeuge. Und falls er jemals drohte, es weiterzuerzählen, fand ich bestimmt etwas, um ihn durch Erpressung zum Schweigen zu bringen. Immerhin weiß ich, daß er eine CD von Barry Manilow sein eigen nennt.

Ich wachte in derselben Stellung auf, in der ich eingeschlafen war. Als ich mich zu bewegen versuchte, begriff ich auch, wieso. Zentimeter um schmerzenden Zentimeter stieg ich aus dem Bett und richtete mich auf. Ins Bad zu gehen war die reinste Tortur. Ich hatte es gerade wieder in den Korridor geschafft, als Richard am anderen Ende auftauchte, mit zerzaustem Haar und hinter ihm auf dem Boden schleifendem Federbett. Er rieb sich verschlafen die Augen, murmelte »Alles in Ordnung?« und griff nach seiner Brille. Als er sie aufgesetzt hatte und mich ansah, prustete er los. »Tut mir leid«, keuchte er. »Wirklich. Aber du siehst aus wie halb Mensch, halb Marmeladentörtchen. Auf einer Seite bist du fleischfarben, auf der anderen bist du braun und dunkelrot. Schrill!«

Ich schaute an mir hinunter. Er hatte recht. Zumindest fand er es lustig und nicht abstoßend. »Du kannst einer Frau wirklich das Gefühl geben, etwas Besonderes zu sein«, grummelte ich. Es war nett von ihm, daß er auf meinem Sofa geschlafen hatte, anstatt in sein eigenes Haus zu gehen. Ich wollte mich gerade bei ihm bedanken, als ich das Chaos sah, das er mit einem einzigen chinesischen Essen in meiner Küche angerichtet hatte. Es sah aus, als ob die ganze Volksarmee hindurchmarschiert wäre und sich den Bauch vollgeschlagen hätte. Ich hatte weder die Energie noch die Beweglichkeit, um etwas dagegen zu tun, deshalb versuchte ich, es zu übersehen, während ich mir aus der Kanne von gestern eine Tasse Kaffee einschenkte und darauf wartete, daß die Mikrowelle ihren Zauber wirkte.

Als ich meine erste Tasse ausgetrunken hatte, war Richard wieder zur Stelle, geduscht und rasiert. Mir ging erst jetzt allmählich auf, wie sehr mein Unfall ihn geängstigt und mitgenommen hatte. Er weiß, wie sehr ich es hasse, wenn man Wirbel um mich macht, daher versuchte er mit allen Kräften zu überspielen, daß er in der Küche herumrannte wie eine aufgescheuchte Henne. Ich weiß, es schadet dem Image, aber ich war gerührt, das muß ich zugeben.

»Was steht also heute auf dem Programm?« fragte er. »Willst du immer noch nach Buxton fahren?«

»Wie sieht's bei dir aus?« fragte ich.

»Ich kann mir freinehmen. Muß nur ein paar Anrufe erledigen, mehr nicht.«

»Kannst du mich beim Türkischen Bad vorbeifahren? Und mich nach einer Stunde wieder abholen?«

Das Türkische Bad ist eine Wohltat. Es gehört zu den Hathersage Road Public Baths, ein prachtvoller viktorianischer Bau etwa zehn Minuten zu Fuß von meiner Wohnung entfernt. Falls einem danach ist, zu Fuß zu gehen. Da es der Stadt gehört, war nie Geld da, um es zu renovieren und neu einzurichten, so daß es nach wie vor voll ist mit den Herrlichkeiten seiner viktorianischen Glanzzeit. Die Wände zieren noch die ursprünglichen grünen, gelben und blauen Kacheln. Es gibt dort auch noch die altmodischen Rundumduschen: das Wasser kommt nicht nur von oben, heißes Wasser kommt auch aus den Leitungen, die einen an drei Seiten umgeben. Das einzige Zugeständnis an das letzte Jahrzehnt des zwanzigsten Jahrhunderts sind die Plastikstühle, die die alten Marmorbänke im Dampfraum ergänzen. Wie gesagt, es ist stets eine Wohltat. Doch an diesem speziellen Samstag morgen war es noch wohltuender als sonst.

Nach einer Stunde kam ich heraus und fühlte mich fast wieder menschlich. Richard kam nur fünf Minuten zu spät, um mich abzuholen – ein Rekord aller Zeiten. Zu Hause rief ich die Reparaturwerkstatt an, die die Überreste meines Nova abgeschleppt hatte, und meine Versicherung. Danach hinterließ ich eine Nachricht auf dem Anrufbeantworter im Büro, in der ich Shelley bat, am Montag morgen als erstes das günstigste Angebot für ein Mobiltelefon für mich einzuholen.

Zu guter Letzt rief ich noch Brian Chalmers von PharmAce an. »Tut mir leid, wenn ich Sie zu Hause störe, Brian, aber war irgendeiner Ihrer Lieferwagen in den letzten vierundzwanzig Stunden in einen Unfall verwickelt?«

»Ich glaube nicht. Wieso fragen Sie?«

»Ich dachte, ich hätte gestern abend einen Ihrer Wagen bei einem Zusammenstoß auf der Autobahn gesehen. Ich dachte, Sie brauchen vielleicht einen Zeugen. Könnten Sie es für mich nachprüfen?«

Er fragte sich ganz offensichtlich, wieso um alles in der Welt mich das so interessierte, doch ich hatte gerade eine undichte Stelle für ihn gestopft, die ihn ein Vermögen kostete, daher beschloß er wohl, mir den Gefallen zu tun.

Zehn Minuten später rief er zurück. »Keiner unserer Lieferwagen hat gestern abend einen Unfall gemeldet«, sagte er. »Allerdings wurde am Donnerstag abend einer unserer Transits aus dem Depot gestohlen. Schon möglich, daß es der Lieferwagen war, den Sie gesehen haben.«

Donnerstag abend. Direkt nach meinem Gespräch mit Chalmers im Büro von PharmAce. Was ich jetzt nur noch brauchte, war ein Beweis. Vielleicht konnten wir den fehlgeleiteten Labortechniker zu einem Geständnis bewegen, wenn wir ihn zur Rede stellten. Bis dahin wäre ich möglicherweise auch wieder fit genug, ihn seine Nieren so schmerzhaft spüren zu lassen, wie sich meine jetzt anfühlten.

Wir wollten gerade gehen, als das Telefon schon wieder läutete. »Geh nicht ran«, rief Richard aus dem Korridor. Aber ich kann nicht anders. Ich wartete, bis der Anrufbeantworter sich einschaltete.

»Hier ist Rachel Lieberman, heute ist Samstag...« war zu hören, bevor ich am Telefon war.

»Mrs. Lieberman?« keuchte ich. »Entschuldigung, ich war gerade auf dem Weg nach draußen. Hatten Sie Zeit, die Beschreibungen durchzugehen?«

»Es gibt ein Muster, Miss Brannigan. Bis auf eines stehen oder standen alle Häuser auf unserer Liste. Sie werden alle auf Zeit vermietet, zwischen drei und sechs Monaten. Und in jedem einzelnen Fall hatten die Mieter den gleichen Zunamen wie die Eigentümer.«

Fast hätte ich tief Luft geholt, um mich zu beruhigen, da fiel mir wieder ein, daß das momentan nicht zu meinem Repertoire gehörte. »Vielen Dank, Mrs. Lieberman«, sagte ich. »Sie haben keine Ahnung, wie dankbar ich Ihnen bin.«

»Keine Ursache. Ich mag Herausforderungen, hin und wieder«, erwiderte sie mit einer Wärme in der Stimme, die ich zum erstenmal hörte. »Aber vielleicht hat es nicht viel zu bedeuten. Es sind ganz gewöhnliche Namen – Smith, Johnson, Brown; es ist kein solch großer Zufall. Übrigens, ich weiß nicht, ob es Sie interessiert, aber nachdem ich die Beschreibungen durchgegangen war, habe ich noch unsere jüngsten Vermietungen überprüft. Es gibt drei weitere Häuser, bei denen sich dasselbe Muster zu wiederholen scheint. Eines wurde vor drei Monaten vermietet, das andere vor zwei Monaten und das dritte vor drei Wochen.«

Ich schloß die Augen und sandte ein Dankgebet zum Himmel. »Es interessiert mich sehr, Mrs. Lieberman. Sie könnten mir wohl nicht...«

Sie schnitt mir das Wort ab. »Miss Brannigan, ich schmeichle mir, über ein gutes Urteilsvermögen zu verfügen. Die Adressen habe ich gestern abend an Ihr Büro durchgefaxt. Mir behagt der Gedanke nicht, daß mein Geschäft, wenn auch noch so unfreiwillig, für einen Betrug benutzt wird. Halten Sie mich auf dem laufenden, ja?«

Sie auf dem laufenden halten? Vielleicht würde ich ihr in Zukunft sogar jedes Jahr eine Karte zum Chanukkafest schicken!

10. Kapitel

Ich hatte wenig Chancen, mir das, was Rachel Lieberman mir erzählt hatte, durch den Kopf gehen zu lassen. Ich muß gestehen, daß ich ziemliche Schwierigkeiten habe, mich zu konzentrieren, wenn Edward the Second und die Red Hot Polkas in einer Lautstärke gespielt werden, die meine Plomben zum Vibrieren bringen. Ich weiß, das ist ein Zeichen für meine ganz persönliche Unzulänglichkeit, aber wir müssen uns alle mit unseren kleinen Schwächen abfinden. Und es hielt den Chauffeur bei Laune. Ich beschloß, die neuerworbenen Informationen in dem Teil meines Gehirns mit der Aufschrift »unerledigt« abzulegen. Zudem wollte ich mich nicht in irgendwelche Theorien verlieben, die mein Urteil trüben könnten, bevor ich im Grundbuchamt gewesen war und sämtliche Informationen von dort, aus Teds Unterlagen und aus dem Material, das Joshs Julia gestern nachmittag an das Büro gefaxt hatte, verglichen hatte.

Noch vor Mittag waren wir in Buxton angelangt, nur zweimal waren wir falsch abgebogen. Ich weiß nicht, was ich erwartete, aber bestimmt nicht das, was ich sah. Es gibt dort ein schwülstiges kleines Opernhaus mit einem Wintergarten, den irgendein geistiger Vorläufer von Ted Barlow erbaut hatte. Ich hätte nur zu gern den Sermon des Vertreters gehört. »Also, Mr. und Mrs. Stadtrat, gehe ich recht in der Annahme, daß Sie mit Freuden Ihre Zustimmung geben würden, wenn ich Ihnen zeige, wie Sie den touristischen Wert Ihres Opernhauses steigern können, ohne wesentlich höhere Kommunalsteuern erheben zu müssen?« Es gibt dort außerdem eine prachtvolle georgianische Häuserzeile, die einem eigentlich die Sprache verschlagen sollte, doch man hat zugelassen, daß sie verkommt, so wie eine trunksüchtige Herzogin, die sich über den Sherry zum Kochen hergemacht hat. Offen gestanden leuchtete mir nicht ein, warum solch ein Wirbel um diesen Ort gemacht wurde. Wenn das hier das Kronjuwel des Peak District war, war ich nicht scharf darauf, den Rest zu Gesicht zu bekommen. In Oxford aufgewachsen zu sein, hat mich wohl für jegliche Architektur großen Stils verdorben, die nicht tipptopp in Schuß gehalten wird.

Wie Oxford ist Buxton ein Opfer seiner eigenen Reklame. Jeder kennt Oxford wegen der Universität, man sieht nicht, daß es dort eigentlich wie in Detroit ist. Das Auto läßt nämlich das Geld in den Kassen der Ladeninhaber von Oxford klingeln, nicht die privilegierten Bewohner der Colleges. Und als wir durch Buxton gingen, brauchte ich nicht lange, um zu begreifen, daß dort nicht die Kultur oder die Heilquelle das Geschäft belebten, sondern der Kalkstein.

Richard war ebenso entzückt von dem Ort wie ich. Noch bevor wir die eher triste Hauptstraße ganz hinuntergegangen waren, fing er an zu nörgeln. »Ich hab keine Ahnung, wieso zum Teufel du mich hierher schleppen mußtest«, murrte er. »Ich meine, sieh es dir an. Was für eine Müllkippe, und es regnet auch noch.«

»Du wirst einsehen, daß es nicht nur in Buxton regnet«, sagte ich.

»Darauf würde ich mich lieber nicht verlassen«, erwiderte er mürrisch. »Es ist ein ganzes Stück kälter als in Manchester. Ich sehe nicht ein, wieso es nicht auch ein ganzes Stück nasser sein sollte.« Er blieb stehen und starrte feindselig in das beschlagene Fenster einer Frittenbude. »Was zum Teufel tun wir hier, Brannigan?«

»Ich tue nur, was du mir gesagt hast«, sagte ich honigsüß.

»Was *ich* dir gesagt habe? Wie kommst du denn darauf? Ich habe nie gesagt, komm mit, wir suchen uns die scheußlichste Touristenattraktion im ganzen Nordwesten und laufen da den ganzen Tag im Regen rum.« Richard ist nicht so leicht zu bremsen, wenn er aufgebracht ist. Bevor er richtig in Fahrt kam und anfing, eine Ansprache an die Nation zu halten, gab ich nach.

Ich hakte mich bei ihm unter, mehr mich zu stützen, als um meine Solidarität zu demonstrieren. »Der Typ, der Alexis und Chris ausgenommen hat, hat eine Verbindung nach Buxton«, erklärte ich. »Er hat einen Falschnamen benutzt, um das Ding zu drehen, und mein einziger Anhaltspunkt ist, daß er sein Bankkonto in Buxton hat.« Richard öffnete den Mund, aber ich fuhr unerbittlich fort. »Und bevor du mich daran erinnerst, daß du dein Konto noch immer in Fulham hast, möchte ich darauf hinweisen, daß dieser Typ angeblich Bauunternehmer ist und das betreffende Konto ein Geschäftskonto zu sein scheint.«

»Und was machen wir also? Durch Buxton marschieren und Leute fragen, ob Sie irgendwelche zweifelhaften Bauunternehmer kennen, die unsere Freunde ausgenommen haben könnten? Oh, und hier kommt der entscheidende Hinweis. Wir wissen, bei welcher Bank er sein Konto überzieht! Ich meine, wissen wir denn wenigstens, wie der Typ aussieht?«

»Alexis sagt, er ist Ende Zwanzig, Anfang Dreißig. Wellige braune Haare, mittelgroß, regelmäßige Gesichtszüge. Laut einem anderen Zeugen braune Haare, sehr muskulös, ist von sich eingenommen, fährt einen weißen Transit«, sagte ich.

»Einen weißen Transit?« unterbrach Richard. »Himmel! Du glaubst doch nicht, daß er es war, der versucht hat, dich gestern abend von der Straße abzudrängen?«

»Benimm dich«, sagte ich zu ihm. »Fast alle Handwerker fahren Transits, und die Hälfte davon ist weiß. Du kannst nicht hingehen und jeden Klempner, Tischler oder Glaser von Groß-Manchester verdächtigen. Wer dieser Typ auch sein mag, er hat nicht die leiseste Ahnung, daß ich mich für ihn interessiere, und erst recht nicht, daß ich ihn als Betrüger im Visier habe.«

»Sorry«, sagte Richard. »Also, was machen wir?«

»Zunächst kaufen wir uns mal eine Lokalzeitung, und dann suchen wir uns ein nettes Lokal, um zu Mittag zu essen, und während du dir in aller Ruhe den Bauch vollschlägst, sehe ich die Zeitung durch, was es hier für Bauunternehmen gibt. Dann, nach dem Mittagessen, verhalten wir uns wie normale Touristen und machen einen Rundgang durch Buxton. Wir sehen uns bloß nicht die Wahrzeichen an, sondern die Baufirmen.«

»Aber an einem Samstag nachmittag wird niemand da sein«, wandte Richard ein.

»Das weiß ich auch«», sagte ich und verzog den Mund. »Aber es werden Nachbarn da sein. Du weißt schon. Von der neugierigen Sorte, die dir sagen können, welchen Wagen die Leute fahren, wie sie aussehen und ob schon mal ein Lieferwagen mit der Aufschrift ›T. R. Harris Bauunternehmen‹ auf den Hof gefahren ist.«

Richard stöhnte auf. »Und dafür verpasse ich MAN UNITED und ARSENAL.«

»Ich bezahle das Mittagessen«, versprach ich. Er machte ein skeptisches Gesicht. »Und das Abendessen.« Seine Miene hellte sich auf.

Wir landeten in einem Pub in der Nähe der Oper, der aussah, als wäre er allein für den letztjährigen Umsatz von Laura Ashley verantwortlich. Die Stühle waren mit einem Stoff überzogen, der zu der Tapete paßte, und das Mobiliar aus gebeiztem Mahagoni fand seine Entsprechung in der großen, freistehenden ovalen Bar in der Mitte des großen Raums. Doch trotz der Ausstattung war das Angebot offenbar ausschließlich auf die einheimische Kundschaft ausgerichtet. Richard beklagte sich bitter, weil die hiesige Vorstellung von Designerbier aus einer Flasche Malzbier bestand. Schließlich hielt er ein Glas Lager in der Hand und bestand darauf, daß wir uns an einen seitlichen Tresen mit Blick auf die Tür setzten, so daß er, falls jemand hereinkam, den er kannte, sein Getränk schnell gegen meinen Wodka mit Grapefruitsaft austauschen konnte. Ich tat ihm den Gefallen und setzte mich so, daß ich den Rest des Raums im Blick hatte. Zum Glück war das Essen gut. Wunderbare Sandwiches, tolle Fritten. Richtige Fritten, dick und braungolden, so wie meine Granny Brannigan sie früher in einer Fritteuse gemacht hatte, die so alt und abgenutzt war, daß sie schon schwarz aussah. Und meine Bemühung, Richard bei Laune zu halten, erhielt Auftrieb, als er auf der Dessertkarte Sticky-Toffee-Pudding entdeckte.

Nach seiner zweiten Portion wollten wir aufbrechen. Ich wankte nach oben zum Damenklo, während Richard den Versuch unternahm, das Muster von seinem Teller abzukratzen. Als ich die breite Treppe wieder hinunterging, wurde mir die Art von Überraschung zuteil, die einen gerade auf einer Treppe leicht ins Stolpern bringen kann, so daß man verschlungen wie ein menschlicher Brezel unten auf dem Boden aufkommt. Das hat die unselige Nebenwirkung, enorm viel Aufsehen zu erregen. Da ich am Abend zuvor nur knapp der Invalidität entronnen war, hielt ich mich zum Glück am Geländer fest.

Vorsichtig ging ich die letzten Stufen hinunter und schlüpfte hinter die ovale Bar, von wo ich meine Beute weniger auffällig beobachten konnte. Auf der Treppe saß man ja vielleicht ganz bequem, aber man konnte von dort entsetzlich schlecht observieren. Ich drückte mich hinter die Bar, was mir einige komische Blicke des Barkeepers einbrachte, bis ich sie im Spiegel sehen konnte, ohne daß sie mich klar im Blick hatten.

Drüben an einem kleinen Tisch am Panoramafenster war Martin Cheetham in ein ernstes Gespräch mit einem Mann vertieft, den ich schon mal gesehen hatte. Der Supertyp mit dem Lieferwagen, der draußen vor der Getreidebörse direkt durch mich hindurchgesehen hatte, nach meinem Gespräch mit Cheetham. Heute hatten sie beide ihre Arbeitskleidung abgelegt. Cheetham trug eine Cordhose und einen Aranpullover, während sein Gefährte in einem blauen Rugbyshirt, das in einer Levis steckte, noch toller aussah als das letzte Mal. Über der Armlehne seines Stuhls lag ein schwarzer Lederblouson. Worüber sie auch reden mochten, Cheetham wirkte unzufrieden. Er beugte sich immer wieder vor und hielt sein Bierglas umklammert. Sein Körper glich einer Illustration für nervliche Anspannung in einem Lehrbuch.

Im Gegensatz dazu machte sein Gefährte einen so lockeren Eindruck wie ein Urlauber. Er saß in seinen Stuhl zurückgelehnt und rauchte lässig eine schlanke Zigarre. Dabei lächelte er Cheetham immer wieder zu, was diesen keineswegs beruhigte. Mich hätte es durchaus beruhigt, wenn ich die Empfängerin gewesen wäre, im Ernst. Er war unheimlich sexy.

Leider sah es allmählich so aus, als sei er auch ein unheimlicher Schurke. Da saß Martin Cheetham, der Mann, der Alexis und Chris das Land vermittelt hatte, und trank und redete mit einem Mann in Buxton, den ich als Bauunternehmer identifiziert hatte. Und Alexis und Chris waren in einem Handel um ihr Geld betrogen worden, den derselbe Martin Cheetham zusammen mit T. R. Harris, einem Bauunternehmer mit Beziehungen zu Buxton, eingefädelt hatte. Ich versuchte mich an den Namen auf dem Lieferwagen zu erinnern, den der Supertyp draußen vor der Getreidebörse geparkt hatte, doch die Gehirnzelle, die sich mit dieser Information befaßt hatte, schien eine von denen zu sein, die auf der Barton Bridge ihr Leben hatten lassen müssen.

Mir ging auf, daß es mir eigentlich nichts nützte, die beiden nur zu beobachten. Ich mußte ihr Gespräch mithören. Ich wandte meine Aufmerksamkeit der Raumaufteilung zu. Logischerweise wollte ich nicht, daß Cheetham mich sah. Falls er nicht an einem schmutzigen Geschäft beteiligt war, hätte er natürlich kein Problem mit meiner Anwesenheit. Aber ich hatte allmählich ernsthafte Zweifel bezüglich seiner Rolle in dieser Sache, daher dachte ich nicht daran, ein Risiko einzugehen.

Ich hatte vor, in Cheethams Rücken den Raum zu durchqueren und dann über eine Polsterbank zu rutschen, bis ich direkt hinter ihm war. So müßte ich ihr Gespräch eigentlich mithören können. Die Aktion erforderte keine große Geschicklichkeit, was nur gut war, wenn man meinen körperlichen Zustand in Betracht zog. Ich schaffte es, den Raum zu durchqueren, doch als ich über die Bank rutschte, wurde der Supertyp auf mich aufmerksam. Er war sofort auf der Hut, setzte sich auf und beugte sich vor, um etwas zu Cheetham zu sagen. Der Anwalt fuhr auf seinem Stuhl herum. Ich war mit einem Schlag enttarnt.

Ich beugte mich dem Unvermeidlichen (eine Haltung, die mir nicht leichtfällt), stand auf und ging zu ihnen hinüber. Auf Cheethams Gesicht malte sich flüchtig Panik, und er sah über die Schulter zu seinem Gefährten, der einen wachsamen Blick auf mich warf und etwas zu Cheetham sagte, das ich nicht mitbekam. Cheetham fuhr sich nervös mit der Hand durch sein dunkles Haar, dann kam er auf mich zu. »Miss Brannigan, welch eine Überraschung, darf ich Ihnen etwas zu trinken holen?« sagte er, ohne zwischendurch Luft zu holen. Er trat nach links und versperrte mir den Weg.

Völlig frustriert sah ich, wie sein Gefährte praktisch aus dem Lokal hinausrannte. Ich blickte Cheetham fest an. Auf seiner Stirn glänzte Schweiß, und unter seiner Bräune war alle Farbe aus seinem Gesicht gewichen, wodurch er aussah, als hätte er ganz plötzlich Leberzirrhose. »Ich hatte gehofft, sie würden mich Ihrem Freund vorstellen«, sagte ich, um das Beste aus der Situation zu machen.

Sein Lächeln fiel dürftig aus, es reichte nicht bis zu seinen Augen. »Äh, nein, tut mir leid, er hatte es eilig.« Er nahm sein Glas und trank schnell einen Schluck. »Darf ich Ihnen denn wirklich nichts zu trinken holen, Miss Brannigan?«

»Nein danke. Ich wollte auch gerade gehen. Haben Sie viele Freunde im Baugewerbe, Mr. Cheetham?«

Er sah aus, als werde er gleich in Tränen ausbrechen. »Im Baugewerbe? Tut mir leid, ich weiß nicht, ob ich Sie recht verstehe.«

»Ihr Freund. Der gerade gegangen ist. Er ist doch Bauunternehmer, oder?«

Er lachte nervös. Er hörte sich an wie ein Spaniel, der fast an einer Entenfeder erstickt. Nach seiner Miene zu urteilen, merkte er selbst, daß es nicht funktioniert hatte. Er wechselte die Strategie, versuchte es auf die legere Tour. »Da müssen Sie etwas verwechseln. John ist Lastwagenfahrer. Er arbeitet für eine der Steinbruchfirmen.«

»Und da sind Sie ganz sicher, ja?« fragte ich.

»Nun, ich kenne ihn und seine Familie seit Jahren«, sagte er und fing sich wieder, »und wenn er nicht Lastwagenfahrer ist, dann ist es ihm glänzend gelungen, uns alle an der Nase herumzuführen. Ich habe mit seiner Schwester zusammen studiert.« Eine grandiose Vorstellung.

Ich hatte keinen Beweis. Nur eine Reihe von Verdachtsmomenten und ein oder zwei zufällige Übereinstimmungen. Das reichte kaum aus, um ein Mitglied des Anwaltsverbands unter Druck zu setzen. »Wir sehen uns später noch«, sagte ich und versuchte, es mehr nach einer Drohung als nach einem Versprechen klingen zu lassen. Ich stolzierte davon, wobei die Wirkung durch mein Humpeln ziemlich verdorben wurde.

Ich fand Richard draußen auf dem Gehsteig, wo er sauer auf mich wartete. »Na endlich!« stieß er hervor. »Mußt du zu einer Apotheke, um dir ein Abführmittel zu besorgen, oder hast du die Lektüre des BUXTON ADVERTISER so sehr genossen, daß du nicht auf die Zeit geachtet hast? Ich habe mir hier die Beine in den Bauch gestanden.«

»Hast du zufällig einen Typ gesehen, der vor ein paar Minuten aus dem Pub gestürzt kam? Schwarze Lederjacke, braune Haare, übellauniges Gesicht?« fragte ich und überhörte seine Klagen.

»Der noch nicht mitgekriegt hat, daß er zu alt für die James-Dean-Nummer ist? War es der?«

»Genau. Du hast wohl nicht gesehen, wohin er gegangen ist?«

»Er ist in den Park gewetzt«, sagte Richard und zeigte in die ungefähre Richtung der Pavilion Gardens. »Wieso? Ist er ausgerückt, ohne seine Stulle zu bezahlen?«

»Ich glaube, das war unser Mann. T. R. Harris höchstpersönlich. Scheiße. Wenn ich mich doch bloß an den Namen auf dem Lieferwagen erinnern könnte!« zischte ich.

Richard sah mich verständnislos an. »Aber er hat keinen Lieferwagen gefahren.«

»Als ich ihn das letztemal gesehen habe, schon. Es war irgendein schauderhaftes Wortspiel«, murmelte ich, schlug wieder die Zeitung auf und überflog die Anzeigen.

»Arm und dachlos?« witzelte Richard, während ich weitersuchte.

Dann erregte eine Annonce meine Aufmerksamkeit. »Gestalten Sie Ihr Heim neu? Entscheiden Sie nichts, bis Sie uns angerufen haben. Cliff Scott & Sons.« Darunter in Großbuchstaben: »Renovation ist unsere Spezialität.« Ich atmete zufrieden auf. »Renew-Vations«, verkündete ich triumphierend.

»Ja, klar«, sagte Richard und musterte mich mit dem unsicheren Blick, der normalerweise für Menschen im Spätstadium des Wahnsinns reserviert ist.

Der Blick verschwand auch nicht, als ich in den Pub zurückmarschierte. Dort bat ich um das Telefonbuch. Während ich wartete, stellte ich fest, daß inzwischen eine modische und attraktive Brünette mit einer ganzen Ladung Einkaufstüten zu Cheetham gestoßen war. Nach den Geschäftsemblemen zu urteilen, war sie nicht etwa zu Safeway gegangen, um Tiefkühlhähnchen zu kaufen. Sie streichelte besitzergreifend Cheethams Oberschenkel, während er sie anscheinend zu den Einkaufstüten verhörte. Dann kam das Telefonbuch, und ich mußte mich von ihnen losreißen. Überraschung, Überraschung. Renew-Vations war nicht aufgeführt. Zurück zu Plan A.

Erstaunlicherweise stand Richard immer noch auf dem Gehsteig, als ich zum zweitenmal aus dem Pub kam. Er sah aus wie ein Mensch, der die Einsicht gewonnen hat, daß das Glück nur über den Weg des geringsten Widerstandes zu erlangen ist. »Was jetzt, meine Liebste«, sang er in einer schlechten Imitation von Shirley Bassey und versuchte, mich in seine Arme zu ziehen. Ich zuckte zusammen und wich ihm aus, und er ließ sofort ab. »Sorry, Brannigan, ich vergesse immer wieder, daß du ein verwundeter Krieger bist.«

Daran brauchte er mich nicht erst zu erinnern. Ich wurde allmählich müde und war schwach auf den Beinen. Offen gestanden war ich froh, ruhig im Wagen sitzen zu können, während Richard mich zu den Bauhöfen fuhr, die ich angekreuzt hatte. Wir hatten wieder kein Glück. Es gab keine Spur von einem Lieferwagen mit der Aufschrift Renew-Vations. Oder auch T. R. Harris. Die Befragung der jeweiligen Bewohner des Viertels ergab, daß sechs von neun Bauunternehmern weiße Transits fuhren. Auf vier von ihnen paßte die Kurzbeschreibung von Tom Harris. Als ich fragte, bei welcher Bank sie Kunde waren, erntete ich einige sehr komische Blicke und nur wenig nützliche Antworten.

Um vier Uhr war ich erledigt. Aber ich wollte noch nicht aufgeben, trotz Richards unmißverständlicher Andeutungen, es sei Zeit, nach Hause zu fahren.

»Ich habe eine Idee«, sagte ich, als wir ins Stadtzentrum zurückfuhren. »Wie wär's, wenn wir uns ein nettes kleines Hotel suchen und uns für heute nacht ein Zimmer nehmen? Dann brauchst du mich morgen nicht wieder hierher zu fahren.«

»Du willst was?« explodierte er. »Auf dieser Müllkippe *übernachten*? Das muß ein Witz sein, Brannigan. Eher würde ich in ein Konzert von Richard Clayderman gehen.«

»Das ließe sich arrangieren«, murmelte ich. »Sieh mal, ich habe so ein Gefühl im Bauch wegen dieses Typs. Ich muß unbedingt seinen Namen herausfinden und wo er wohnt. Und von Manchester aus kann ich das nicht.«

»Dann warte bis zu einem Wochentag, wenn sich die Bauunternehmer in ihrer Firma aufhalten und die Geschäfte für Baubedarf geöffnet sind«, sagte Richard, ganz die Stimme der Vernunft.

»Das Problem ist, daß ich es nur Alexis zu Gefallen mache. Bill kommt am Montag von den Kanalinseln zurück, und er wird nicht gerade begeistert sein, wenn ich gratis unterwegs bin, anstatt an den Aufträgen zu arbeiten, für die ich bezahlt werde. Ich möchte das eigentlich gern bis morgen geklärt haben. Außerdem muß ich am Montag zum Grundbuchamt«, fügte ich pathetisch hinzu.

Richard machte ein finsteres Gesicht. »Na schön, Brannigan, du hast gewonnen.«

Hatte er denn jemals daran gezweifelt?

11. Kapitel

Es war ein ganz neues Abenteuer in Sachen Peinlichkeit, in Buxton ein Hotelzimmer zu finden, das Richard zusagte. Zunächst einmal mußte es einen Farbfernseher und ein Telefon am Bett haben. Es mußte über eine richtige Bar verfügen, nicht so eine mickrige eingebaute Cocktailbar, wie Dart- und Snookerspieler sie in einer Ecke des Spielsalons haben. Außerdem mußte es einem das Gefühl geben, daß es dem zwanzigsten Jahrhundert angehörte, was die meisten von vornherein ausschloß. Zu guter Letzt bestand er noch auf einem Fahrstuhl, weil ich verletzt war, ja, ob man das denn nicht sehen könne? Nachdem er gegenüber der Frau im Touristenzentrum über das Elend der Behinderten gepredigt hatte, landeten wir schließlich in einem höchst angenehmen Haus mit Blick auf den Park. Zumindest war man dort angenehm, als wir das Zimmer bezogen. Leider hatte ich das Gefühl, daß das Verhältnis bei unserer Abreise weit gespannter sein würde. Wenn Richard erst richtig loslegt, würde es selbst dem Personal im Buckingham Palast schwerfallen, seine Forderungen zu erfüllen.

· 96

Ich ging gleich ins Bad, um meine schmerzenden Glieder zu verwöhnen, während Richard den Fernseher einschaltete, sich aufs Bett fallen ließ und über das Fehlen a) einer Fernbedienung und b) eines Satellitenempfangs klagte. Ich muß gestehen, mir tat das nicht leid. Ich hatte rasende Kopfschmerzen und glaubte seinem gewohnten Zappen und MTV in voller Lautstärke nicht gewachsen zu sein, ohne dem Drang nachzugeben, eine schwere Körperverletzung zu begehen. Ich schloß die Tür zum Bad, um seine Kommentare zu den Berichten über Fußballspiele nicht mithören zu müssen, und sank dankbar in das heiße Wasser, wo ich Ordnung in meine Gedanken zu bringen versuchte.

Nummer eins, die Wintergärten. Dank Rachel Lieberman wußte ich jetzt, daß die Häuser, deren Wintergärten verschwunden waren, alle vermietet wurden. Es hatte den Anschein, daß die Mieter denselben Zunamen wie die Eigentümer trugen. Kam dem Umstand, daß alle durch DKL vermietet wurden, irgendwelche Bedeutung zu? Oder lag es nur daran, daß DKL eine der wenigen Agenturen in der Gegend war, die sich auf Mieteigenheime spezialisierte? Was ich nicht verstand war, wohin die Wintergärten verschwanden oder wie der Schwindel mit den Neuhypotheken funktionierte. Immerhin sind Kreditinstitute heutzutage doch etwas pingeliger in der Frage, wem sie Geld leihen, als früher. Ein weiteres Problem war, daß ich keinen Schimmer hatte, wer das Ding drehte. Vielleicht war da etwas, das ich übersah, aber je mehr ich herausfand, um so stärker wurde der Eindruck, daß nicht unbedingt ein Zusammenhang zwischen Ted Barlow und den Verbrechern bestand. Ich sah jedoch keine Möglichkeit, herauszufinden, wer dahintersteckte, solange ich nicht ausgeknobelt hatte, wie die Sache funktionierte. Es war ungeheuer frustrierend. Vielleicht würde ja alles klarer, nachdem ich im Grundbuchamt gewesen war und das Material gesichtet hatte, das Julia ausgegraben hatte.

Nummer zwei, PharmAce. Ich war recht zuversichtlich, daß Paul Kingsley, der Freelancer, den ich für heute abend engagiert hatte, die nötigen Fotos beschaffen würde. Nach dem Zusammenstoß gestern abend auf der Brücke hatte ich ein ganz persönliches Interesse an dem Fall. Wenn es ein Lieferwagen von PharmAce gewesen war, der meine vielversprechende Laufbahn hatte beenden wollen, dann wünschte ich zu wissen, wer ihn gefahren hatte, damit ihm jemand, wenn schon nicht dieselben Verletzungen, so doch dieselbe Angst bereitete wie er mir.

Und schließlich, Nummer drei, der Fall des korrupten Bauunternehmers. Ich wußte instinktiv, wer »John« war. Es reihten sich einfach zu viele Zufälle aneinander. Außerdem ging es hierbei auch um meine Berufsehre. Es war mir stets gelungen, Alexis durch mein Geschick zu imponieren, hauptsächlich weil sie immer nur das Endresultat meiner Arbeit sah. Ich wollte nicht, daß sie jetzt auch meine verborgenen Schwächen sah.

Trotzdem hatte ich noch keine zündende Idee, wie ich den unzugänglichen »John« alias »T. R. Harris« aufspüren sollte, und das Badewasser wurde auch allmählich kalt. Vorsichtig zog ich mich hoch, bis ich auf dem Rand der Wanne hockte, dann schwang ich die Beine aus dem Wasser. Ich wickelte mich in ein großes Badelaken und ging zu meinem Herzliebsten, der inzwischen seinen Spott über eine geistlose Gameshow ergoß.

Ich kuschelte mich neben ihn, und er hielt lange genug in seiner Schmährede inne, um zu fragen: »Gibt es in Buxton einen Chinesen?«

»Sieh doch mal in der Zeitung nach. Oder im Telefonbuch. Oder ruf die Rezeption an.«

Der letzte Vorschlag erforderte offenbar die geringste Anstrengung. Während er die Empfangsdame beglückte, wankte ich zurück ins Bad und stieg mühsam in meine Kleider, wobei ich wünschte, ich hätte daran gedacht, Nachtzeug mitzubringen. Zum Glück enthält meine Handtasche stets ein Fläschchen Grundierungscreme und eine praktische Schminkpalette mit Lidschatten, Rouge, Wimperntusche und Lippenstift, so konnte ich die dunklen Ringe unter meinen Augen und den Bluterguß an meinem Kinn verdecken.

Als ich fertig war, brannte Richard schon darauf, loszuziehen. Ich hatte leider das Gefühl, daß es noch ein bißchen früh fürs Abendessen war, und das sagte ich auch. »Ich habe aber Hunger«, sagte Richard. Ich hob die Augenbrauen. Er lächelte verlegen. »Die Empfangsdame hat gesagt, es gibt einen Pub, wo sie samstags abends Live-Musik bringen. Einheimische Bands und so. Ich hab mir gedacht, daß du wahrscheinlich früh ins Bett willst und ich vielleicht später dort vorbeischauen könnte, ob es sich lohnt, sich die Leute anzuhören.«

Was übersetzt hieß: »Dieser Ausflug sieht bis jetzt nach einer Niete aus. Wenn einer von uns einen gewissen Nutzen daraus ziehen kann, war es wenigstens keine totale Zeitverschwendung.« Einer der Wege, über die Rockjournalisten wie Richard an ihre Storys herankommen, besteht darin, gute Beziehungen zu den Leuten der Plattenfirmen zu pflegen, die neue Gruppen anwerben, um die nächsten U2 aus ihnen zu machen. Insofern hält Richard stets Ausschau nach U3, um einem seiner Kumpel einen Wink geben zu können.

»Kein Problem.« Ich seufzte. »Gehen wir also essen.« Es war einfacher nachzugeben, vor allem weil ich nicht glaubte, daß mein Appetit durch weiteres Warten zunehmen würde. Die Reaktion auf den Unfall schien sich einzustellen, und ich war insgeheim dankbar bei der Aussicht, früh ins Bett zu gehen ohne die Aussicht, Richard unterhalten zu müssen.

Das Chinarestaurant lag auf der Main Street, über einer Reiseagentur. Dafür, daß es halb sieben an einem Samstagabend war, herrschte in dem Lokal überraschend viel Betrieb. Gut zehn Tische waren besetzt. Wir werteten das beide als Indiz, daß das Essen ganz ordentlich war. Ich hätte es besser wissen müssen. Alle anderen Indizien zeugten vom Gegenteil. Das Aquarium enthielt Goldfische statt Koi-Karpfen, die Tische waren bereits mit Löffeln und Gabeln gedeckt, auf der Speisekarte – in erster Linie Süßsaures und *Chop Suey* – war nicht ein einziges chinesisches Schriftzeichen zu entdecken. Ich hatte noch nie viel für *Chop Suey* übrig, nicht seit mir jemand in böswilliger Absicht erzählt hat, es sei Chinesisch für »Allerlei«. Außerdem ist es nicht mal ein ursprünglich chinesisches Gericht, sondern bloß etwas, das man erfunden hat, um die Yankies glücklich zu machen.

Richard stöhnte empört auf, als er die Speisekarte las. Als der Ober mit unserem kleinen Lager kam, öffnete Richard seine Brieftasche und holte ein stark zerknittertes Stück Papier heraus, das er auseinanderfaltete und dem Ober unter die Nase hielt. Der Ober studierte ernst die chinesischen Schriftzeichen. Wenigstens schien er Richards fünf liebste *Dim-Sum*-Gerichte identifizieren zu können. Vor einiger Zeit hat Richard den Geschäftsführer seines Stammrestaurants in der Stadt überredet, sie ihm für Notfälle aufzuschreiben. Das hier war eindeutig ein Notfall. Der Ober räusperte sich, faltete den Zettel sorgfältig zusammen und gab ihn Richard zurück.

»Kein *Dim Sum*«, sagte er.

»Wieso nicht? Ich habe Ihnen doch gezeigt, was ich haben will«, protestierte Richard.

»Kein *Dim Sum*. Bambus nicht hygienisch«, gab der Ober zurück. Er ging weg, bevor Richard seine Stimme wiederfand.

»Bambus nicht hygienisch?« wiederholte Richard schließlich, die Ungläubigkeit in Person. »So was hab ich ja noch nie gehört. Du lieber Himmel, Brannigan, was hast du mir da bloß wieder eingebrockt?«

Es gelang mir, ihn zumindest so lange zu beschwichtigen, bis er bestellen konnte, was mein nächster Fehler war. Sie hatten keine Salz- und Pfefferrippchen, dafür standen Grillrippchen auf der Speisekarte. Sie waren orange. Ich meine damit kein glänzendes Rötlichbraun. Ich meine orange, wie in Jaffa. Der Geschmack spottete jeder Beschreibung. Selbst Richard war stumm vor Staunen. Er trank einen großen Schluck Tee, um ihn loszuwerden, und mußte fast würgen. Nach einem vorsichtigen Schluck meinerseits begriff ich, wieso. Da man es hier offenbar nicht gewohnt war, daß jemand chinesischen Tee wollte, hatte man uns eine Kanne sehr dünnen, jedoch bitteren Beuteltee serviert.

Ich dachte, schlimmer könne es nicht kommen, aber es konnte. Als der erste Gang kam, dachte ich, Richard würde der Schlag treffen. Das süßsaure Schweinefleisch bestand aus einem Hügel kugelrunder Bälle mit einer grellroten Soße, die, möchte ich wetten, genug E-Werte enthielt, um halb Buxton hyperaktiv zu machen. Das Hähnchen auf schwarzen Bohnen sah verwachsen aus, und das Kanton-Filetsteak schien einer Mister-Minit-Absatzreparatur entsprungen. Der Ober wollte nicht verstehen, daß wir Stäbchen und Schalen wünschten. Der Gipfel war, als ich den Deckel von dem gebratenen Reis nahm. Er war pink. Ich schwöre bei Gott, der Reis war pink. Richard saß nur da und starrte das alles an, als wäre es ein schlechter Witz und das richtige Essen würde gleich noch gebracht.

Ich holte tief Luft. »Versuch es als eines der Dinge zu sehen, die man aus Liebe tut.«

»Heißt das, wenn ich es dem Ober an den Kopf werfe, denkst du, ich liebe dich nicht mehr?« ächzte Richard.

»Das nicht. Aber ich glaube nicht, daß es dadurch besser wird, und ich fühle mich nicht stark genug, um damit umzugehen, wenn du den Ober aus reinem Rachedurst in kleine Stücke reißt. Essen wir, soviel wir runterkriegen, und dann gehen wir.« Normalerweise wäre ich die erste gewesen, die sich beschwert, aber mir fehlte die Energie dazu. Außerdem konnte ich den Gedanken nicht ertragen, auf der Suche nach einem Lokal mit halbwegs anständigem Essen durch ganz Buxton zu ziehen.

Richard las wohl an meinem Gesicht ab, wie erschöpft ich war, denn ausnahmsweise gab er nach, ohne Theater zu machen. Wir stocherten beide eine Zeitlang in unserem Essen herum, dann verlangten wir frostig die Rechnung. Der Ober schien nichts von unserer Unzufriedenheit zu bemerken, bis Richard die zehn Prozent Bedienung von der Rechnung abzog. Das war offensichtlich eine Premiere, und zwar eine, die er sich nicht bieten ließ.

Ich war dem Ärger nicht gewachsen, deshalb ging ich nach unten auf die Straße, während Richard dem Ober wortreich klarmachte, wieso er nicht die Absicht hatte, auch nur einen Shilling für die Bedienung zu zahlen. Ich lehnte mich gegen den Türrahmen und fragte mich, wie lange ich wohl würde warten müssen, bis ich ein menschliches Wesen zu Gesicht bekam, als der Schutzheilige der Schnüffler auf mich hinunterblickte und beschloß, daß es an der Zeit war, mir eine kleine Entschädigung zu gewähren.

Ein weißer Transit-Lieferwagen fuhr die Seitenstraße mir gegenüber hinunter und bog auf die Main Street ein. Aufgrund meiner jüngsten fixen Idee prägte ich mir den Namen auf den Tafeln ein, die an den Seiten des Lieferwagens angebracht waren. »B. Lomax, Bauunternehmen« las ich. Es war eine der Firmen, die ich am Nachmittag inspiziert hatte. Der Lieferwagen hielt an, und ich hörte, wie die Fahrertür auf- und zuging. Sehen konnte ich nichts, weil der Lieferwagen dazwischen war. Ich nahm an, daß der Fahrer zu der Pizzeria ging, die ich auf der gegenüberliegenden Straßenseite gesehen hatte.

In diesem Augenblick kam Richard heraus, er lächelte verbissen. »Geschafft?« fragte ich.

»Ich hab ihn dazu gebracht, noch um ein paar Pfund runterzugehen, weil die Rippchen eine allergische Reaktion ausgelöst und dir einen Asthmaanfall beschert haben.«

Ich habe kein Asthma. Soweit ich weiß, bin ich gegen gar nichts allergisch, außer gegen blödes Gequatsche. Darauf wies ich auch Richard hin, als wir zum Auto zurückgingen. »Na und?« erwiderte er. »Das wissen die doch nicht, oder? Und außerdem...«

»Halt die Klappe!« unterbrach ich, weil ich mir denken konnte, was kam. »Ich will *nicht* hören, daß ich so beschissen aussehe, als hätte ich einen Asthmaanfall.«

»Wie du willst«, sagte er.

Ich stieg behutsam ein, dann kreischte ich vor lauter Aufregung los. »Er ist es, Richard, er ist es!« rief ich und stieß Richard heftiger in die Rippen, als ich beabsichtigt hatte.

»Wer denn?« japste er.

»Der Typ, den ich suche«, schrie ich und konnte den Blick nicht von dem Mann losreißen, der mit drei Pizzaschachteln in der Hand aufgetaucht war, die er jetzt vorsichtig auf den Beifahrersitz des weißen Transit legte. Es war der Mann, den ich mit Cheetham gesehen hatte, derselbe Mann, den ich in dem Renew-Vations-Lieferwagen gesehen hatte, der Mann, von dem ich stark vermutete, daß er auch T. R. Harris war.

»Das ist der Typ, der heute mittag aus dem Pub geprescht kam«, sagte Richard, wie immer am Ball.

»Ich weiß. Ich glaube, er ist der Typ, der Alexis und Chris ausgenommen hat«, erklärte ich ihm.

»Dann sehen wir uns doch mal an, wohin er fährt«, sagte Richard. Er wartete, bis unser Mann auf den Fahrersitz geklettert war, bevor er den verräterischen Motor des Käfers anließ. Ein VW-Kabrio in knalligem Pink war nicht unbedingt das Auto, das ich ausgewählt hätte, um jemanden zu beschatten, doch ich hatte keine andere Wahl.

»Fahr nicht so nah ran«, warnte ich ihn.

Wir warteten, als der Lieferwagen ausscherte und langsam zu einem Mini-Kreisverkehr fuhr, wo der Fahrer kurz anhielt. Als er rechts abbog, nahm Richard den Fuß von der Bremse und schoß hinterher. Wir konnten gerade noch die Rücklichter des Lieferwagens sehen, der weiter vorn die Kurve nahm. Wenig später fuhren auch wir um die Kurve und sahen, wie der Lieferwagen an der Ampel abbog. »Fahr zu«, rief ich Richard zu. Die Ampel sprang auf gelb.

Er trat aufs Gaspedal und riß das Lenkrad herum, mit quietschenden Reifen fuhr er um die Ecke. Dem Himmel sei Dank für Profilreifen und spezialangefertigte Käfer. Der Lieferwagen war noch in Sicht, und wir folgten ihm gemächlich über eine weitere Ampel und einen Hügel hinauf. Dann bog er in eine Einfahrt. Ich atmete erleichtert auf. Es ist schwieriger, sich an ein Fahrzeug zu hängen, als die meisten glauben. Gute dreißig Prozent der Zeit verliert man sie völlig aus den Augen.

»Gut gemacht. Aber fahr nicht langsamer«, sagte ich zu Richard. »Halt erst hinter der nächsten Ecke an.«

Wenige Sekunden später hielt er, und ich war aus dem Wagen gesprungen, noch ehe er den Motor ausgeschaltet hatte. Meine schmerzenden Glieder, die ich während der Verfolgungsjagd vor Aufregung vergessen hatte, forderten plötzlich wieder ihr Recht. Ich zuckte zusammen, als ich mich aufrichtete, und wankte über die Straße, was Richard die Möglichkeit gab, mich einzuholen.

»Was glaubst du, was du hier tust?« wollte er wissen. »Du solltest im Bett liegen und nicht die Straßen von Buxton runterrasen.«

»Ich will mir nur das Haus ansehen.«

»Für einen Abend hast du genug getan«, erwiderte Richard. »Komm schon, Kate, sei nicht albern. Du solltest dich schonen. Soviel erwartet Alexis nicht von dir.«

Ich schüttelte seine Hand ab. »Ich muß unbedingt wissen, welches Haus es ist«, sagte ich. »Etwas Riskanteres habe ich ja gar nicht vor.« Was die reine Wahrheit war. Zumindest im Augenblick.

Vierzig Minuten später ging ich ganz offen die Einfahrt von »Hazledene« hoch. Das ist ein Trick, den ich in dieser Branche schon sehr früh gelernt habe. Nie schleichen, geduckt gehen oder dich an den Wänden entlangdrücken, wenn du auch ganz frei gehen kannst. Nichts ist unverdächtiger als eine Person, die aussieht, als wüßte sie genau, wohin sie geht, und als hätte sie jedes Recht dazu. Zum Glück war die Zufahrt asphaltiert, so bestand nicht die Gefahr, daß man im Haus Kies unter meinen Füßen knirschen hörte.

Richard hatte mich zum Hotel gebracht, nachdem wir am Wohnsitz von B. Lomax, Bauunternehmer, vorbeispaziert waren. Ich hatte ihm gesagt, ich werde es mir vor dem Fernseher gemütlich machen und dann früh ins Bett gehen. Wann genau, hatte ich nicht gesagt, oder auch, ob das alles war, was auf meinem Programm stand. Auf jeden Fall war er zufrieden losgezogen, um sich die ein-

heimischen Bands anzusehen, und ließ freundlicherweise die Auto-
schlüssel da in Erwartung, daß er etwas fand, das er gern trank. Ich
gab ihm fünfzehn Minuten Vorsprung, dann fuhr ich zu der Seitenstraße in der Nähe von Lomax' Haus zurück.

Das Haus war stabil, quadratisch und sah aus, als würde es jeden
Angriff überstehen. So mußte es wohl auch sein, um dem Winter in
Buxton zu trotzen. Das muß ich den Viktorianern lassen, sie wußten, wie man für die Ewigkeit baut. Ich wette, die Architekten fallen
jeden Morgen auf die Knie und sprechen ein Dankgebet, weil diese
Tradition ausgestorben ist. An einer Seite war die Einfahrt von einer
dichten Ligusterhecke und hohen Bäumen gesäumt, die genauso alt
aussahen wie das grau angelaufene Haus. Als ich mich dem Haus
näherte, hielt ich mich im Schatten der Hecke.

Ein schwarzer BMW der 3er Serie stand in der Krümmung der
Einfahrt, die im Bogen um die Vorderseite des Hauses herumführte.
Der Lieferwagen war seitlich geparkt und blockierte die Türen einer
großen freistehenden Holzgarage. An der Vorderseite des Hauses
war kein Licht zu sehen, bis auf die Buntglaslaterne über der stabi-
len Haustür. Ich bewegte mich so vorsichtig, wie meine steifen Glieder es zuließen, und hielt mich im Schutz des Lieferwagens. Als ich
das Führerhaus des Lieferwagens umrundete, sah ich, daß Licht-
flecke auf den Rasen hinter dem Haus fielen.

Es war nahezu gespenstisch still. Das Brausen des Verkehrs war
so weit entfernt, daß ich mich anstrengen mußte, um es zu hören.
Ich schlüpfte wieder hinter den Lieferwagen, holte vorsichtig meine
Minitaschenlampe heraus und beleuchtete die Seite des Fahrzeugs.
Unmöglich zu sagen, was sich hinter der angeschraubten Tafel aus
Sperrholz befand. Ich war jedoch nicht umsonst Pfadfinderin.
Außerdem hatte ich vorsichtshalber den Werkzeugkasten in Ri-
chards Kofferraum geplündert. Der kleine Schraubenschlüssel, den
ich gewählt hatte, war goldrichtig.

Leider war ich es nicht. Die oberen Schrauben waren einfach zu
hoch für mich. Und es gab auf den ersten Blick nichts, worauf man
sich stellen konnte. Also machte ich das Beste aus der Situation und
drehte an den vier Schrauben am unteren Ende der Tafel. Sie ließen
sich problemlos lockern. Die Tatsache, daß sie nicht angerostet waren, kam mir verdächtig vor.

Ich schob einen Schraubenzieher unter die Kante der Tafel und hob sie etwa drei Zentimeter an. Indem ich den Kopf verdrehte und die Lampe schräg unter die Tafel hielt, konnte ich so eben noch das »Renew-Vations«-Logo erkennen. Volltreffer! Ich merkte mir die Telefonnummer, dann drehte ich die Schrauben wieder fest. Schon diese kleine Anstrengung reichte, um mich in Schweiß ausbrechen zu lassen. Mir war jetzt wirklich danach, zum Hotel zurückzufahren und ins Bett zu kriechen, andererseits wollte ich die Gelegenheit nutzen, nach Herzenslust zu schnüffeln, solange mein Zielobjekt anderweitig – mit einer Pizza und Gästen – beschäftigt war.

Ich schlich wieder zur Vorderseite des Lieferwagens und untersuchte die Garage. Der Lieferwagen parkte etwa sechzig Zentimeter von der Doppeltür entfernt. Sie war durch einen massiven Riegel samt Vorhängeschloß gesichert. Ich war noch nie sehr geschickt im Knacken von Schlössern trotz der fachmännischen Unterweisung durch meinen Freund Dennis, den Einbrecher, und ich fühlte mich dem ganz und gar nicht gewachsen. Dann ging mir auf, daß ich, wenn ich mich auf die Stoßstange des Lieferwagens stellte, vielleicht durch die schmutzigen Scheiben oben an der Tür etwas sehen könnte. Zumindest würde es mir einen Eindruck verschaffen, ob es sich überhaupt lohnte, meine Safeknacker-Nummer abzuziehen.

Ich zog mich hoch und lehnte mich nach vorn gegen die Tür, die so laut knarrte, das ich fast einen Herzinfarkt bekam. Ich hielt den Atem an, doch nichts rührte sich. Ich biß die Zähne zusammen und hielt die Taschenlampe über meinen Kopf, so daß sie durch die Scheibe die Garage beleuchtete.

Meine Ahnung bestätigte sich. Ich brauchte mich nicht als Einbrecherin zu betätigen, um den Beweis zu sehen, der mir gefehlt hatte.

12. Kapitel

Ich wartete, bis Richard seine zweite Tasse Kaffee fast ausgetrunken hatte, dann teilte ich ihm die gute Nachricht mit. »Du kannst nach Manchester zurückfahren, wenn du willst«, sagte ich und bestrich lässig eine Scheibe Toast mit Butter.

»Ich kann was?« stieß er hervor.

»Du kannst nach Manchester zurückfahren, wenn du willst.« Ich warf einen Blick auf meine Uhr. »Ja, wenn du in der nächsten halben Stunde losdüst, bist du vermutlich sogar noch rechtzeitig zu deinem Fußballspiel da«, fügte ich hinzu und lächelte honigsüß. Ich habe noch nie verstanden, warum Richard das Bedürfnis verspürt, jeden Sonntagmorgen zusammen mit einem Haufen von Freunden, alles große Kinder, über einen matschigen Platz zu laufen. Ich sage ihm immer wieder, daß er keinen Vorwand braucht, um sonntagmittags in den Pub zu gehen, doch er besteht hartnäckig darauf, daß dieses Ritual ein wichtiger Teil seines Lebens sei. Seit ich ihn überredet hatte, in Buxton zu übernachten, grummelte er schon, daß er sein Spiel verpassen würde.

»Und was ist mit diesem Typ? Lomax oder Harris oder wie immer er sich nennt. Ich dachte, du hättest heute hier jede Menge zu tun?«

»Ich habe überlegt, da es Alexis' Angelegenheit ist, soll sie herkommen und mir bei der Lauferei helfen. Und zu deiner Vorstellung von Spaß paßt es sicher nicht unbedingt, den Sonntag zusammen mit Alexis in Buxton zu verbringen«, sagte ich schlau.

In diesem Augenblick erschien die Kellnerin mit einem reichhaltigen englischen Frühstück und meinem Rührei. Wir schwiegen eine Zeitlang, während Richard eines seiner Spiegeleier verspeiste, bevor es fest wurde. »Und was genau soll Alexis tun, was ich nicht kann?« fragte er argwöhnisch. »Ich weiß nicht, ob ich euch beide zusammen auf die Menschheit loslassen kann. Falls ihr den Typ findet, der Alexis ausgenommen hat, wird sie da nicht ausflippen? Und du bist momentan nicht in der Verfassung, um es mit jemandem aufzunehmen.«

Ich war gerührt. Das war beunruhigend. Noch vor einem Jahr hätte ich jedem Mann den Kopf abgerissen, der andeutete, ich sei eventuell nicht imstande, auf mich aufzupassen. Jetzt war ich gerührt. Zweifellos beunruhigend. »Es wird schon gutgehen«, sagte ich. »Nach unserem Glückstreffer gestern abend ist mir klargeworden, daß ich eigentlich nichts mehr tun kann, bevor Alexis den Typ nicht eindeutig identifiziert hat.« Ich hatte Richard nicht von meinem kleinen Ausflug erzählt. Nach seiner Sorge um meine Gesundheit zu urteilen, war das wohl auch nur gut so.

Er sah skeptisch aus. »Ich weiß nicht«, sagte er, während er ein Würstchen kaute. »Du schleifst mich in dieses gottverlassene Kaff mit, du zwingst mich, das schlechteste chinesische Essen meines Lebens hinunterzuwürgen, vielleicht mit Ausnahme des Essens damals in Saltcoats, wo eine Garnele in dem Bananen-Beignet war, du schickst mich weg, damit ich mir die einfalls- und lustloseste Musik reinziehe, die ich seit Billy Joels letztem Album gehört habe, und dann eröffnest du mir, daß du mich durch einen weiblichen Schreiberling von der Abendzeitung ersetzen willst! Was soll man davon halten?«

»Sei doch dankbar, daß ich dich nicht bis zum Mittagessen hierbehalte, Kumpel«, erwiderte ich und grinste. »Hör zu, mir passiert schon nichts. Ich verspreche dir, kein Risiko einzugehen.« Ein Versprechen, das ich guten Gewissens geben konnte. Schließlich war ich bereits sämtliche Risiken bezüglich T. R. Harris eingegangen.

»Na schön«, sagte er. »Solange du mir noch eines versprichst, ja?« Ich hob fragend die Augenbrauen. »Versprich mir, daß du Alexis zwingst, einige Risiken einzugehen. Am liebsten mit möglicherweise tödlichem Ausgang.« Ich habe ja schon erwähnt, daß sie so tun, als könnten sie einander nicht ausstehen.

»Du Schwein«, sagte ich boshaft. »Wenn Alexis dich hören könnte, sie wäre tief getroffen.«

»Wenn ich was hören könnte?« brüllte Alexis drohend. Sie zog einen Stuhl zurück, ließ sich darauf fallen und winkte der Kellnerin. »Guten Morgen, Kinder«, begrüßte sie uns. »Ein englisches Frühstück«, fügte sie an die Kellnerin gewandt hinzu.

»Kate ist nicht in der Verfassung für irgendwelche anstrengenden...«

»Die Glückliche!« unterbrach Alexis ihn, zog den Kopf ein und zwinkerte anzüglich.

»Deshalb habe ich gesagt, wenn sich hier jemand einer Gefahr für Leib und Leben aussetzen sollte, dann du«, schloß er würdevoll.

»Na klar, ist doch logisch«, erwiderte Alexis. »Bei der kleinsten Komplikation bist du über alle Berge und überläßt es uns Frauen, mit den Gefahren für Leib und Leben klarzukommen.«

Ich dachte, er würde ersticken. »Du fährst besser los, wenn du noch rechtzeitig zum Match dasein willst«, sagte ich und trat Alexis unter dem Tisch auf den Fuß.

Richard warf einen Blick auf seine Uhr, sagte: »Scheiße!« und schaufelte den Rest seines Frühstücks in Rekordzeit in sich hinein. Dann schob er seinen Stuhl zurück, stand auf, kippte in einem Zug eine Tasse Tee hinunter und drückte einen fettigen Kuß auf eine Stelle irgendwo in der Nähe meines Mundes. »Bis heute abend, Brannigan«, sagte er und steuerte auf die Tür zu.

»Typisch Mann«, rief Alexis ihm nach. »Wenn es hart auf hart kommt, ergreift ihr die Flucht.«

Inzwischen hatten wir mehr Zuschauer als BSkyB TV. Die übrigen Frühstücksgäste platzten fast vor Neugier. »Halt die Klappe«, raunte ich Alexis zu. Ich winkte Richard zum Abschied, und er verschwand, nachdem er mir noch zugelächelt und zugezwinkert hatte. »Also wirklich«, beschwerte ich mich. »Was ist denn mit dir los? Und sag bloß nicht, er hätte angefangen. Ihr seid beide gleich schlimm. Gott sei Dank haben wir keine stille, unauffällige Undercover-Aktion vor!«

»Sorry«, sagte Alexis ohne jede Reue. »Jetzt erzähl mir alles! Am Telefon hast du mir ja nur das Nötigste gesagt.« Sie zündete sich eine Zigarette an und schaute mich blinzelnd durch den Rauch an.

Ich fing an, ihr zu erzählen, wie ich T. R. Harris aufgestöbert hatte, doch sie fiel mir ungeduldig ins Wort. »Nicht über meinen Fall«, sagte sie. »Über dich! Erzähl mir, wie's dir geht. Ich will ja nicht, daß du dich noch elender fühlst, aber du siehst beileibe nicht aus wie eine Frau, die den Schurken durch ganz Derbyshire jagt. Himmel, Kate, du hättest Harris gestern nicht hinterherlaufen sollen! Du hättest im Bett bleiben müssen, dich erholen.«

Ich schüttelte den Kopf. »Und Richard erfüllt mir jeden meiner Wünsche? Hast du eine Ahnung, wie meine Küche aussehen würde, wenn er dort vierundzwanzig Stunden freie Bahn hätte?« Ich schüttelte mich. »Nein danke. Außerdem war ich ganz froh über die Ablenkung. Es ist nicht sehr entspannungsfördernd zu wissen, daß dich jemand entweder umbringen will oder so nachhaltig erschrecken, daß er es sogar riskiert, dich zu töten.«

»Irgendeine Ahnung, wer dahintersteckt?« fragte Alexis. Sie konnte nicht anders. Nachdem sie bewiesen hatte, daß sie eine mitfühlende Freundin war, schaltete sie wieder auf Profijournalistin um.

»Es könnte einen Zusammenhang geben mit einem Observierungsauftrag, an dem ich gerade arbeite. In ein oder zwei Tagen müßte ich mehr wissen. Keine Sorge, du erfährst es als erste, sobald es druckreif ist«, versicherte ich.

»Deshalb habe ich nicht gefragt«, schimpfte Alexis. »Hast du keine Angst, daß sie es noch mal versuchen?«

»Das könnte natürlich sein. Aber gestern ist uns niemand gefolgt. Ich habe ein neues Gesicht auf den Fall angesetzt, und bis morgen müßte eigentlich alles klar sein. Ich glaube, ich habe alles Menschenmögliche getan, um das Risiko für mich auf ein Minimum zu reduzieren.«

Die Kellnerin erschien und stellte einen dampfenden Teller vor Alexis. Zum zweitenmal an diesem Morgen blickte ich auf Gebratenes in einer Menge, die ausreichte, um ein rumänisches Waisenhaus eine ganze Woche lang durchzufüttern, und mir wurde allmählich leicht übel. »Dann erzähl mir doch mal von T. R. Harris«, drängte Alexis, während sie ihre Zigarette ausdrückte.

Ich setzte sie ins Bild über meine Suche nach dem verschwundenen Bauunternehmer. »Und als ich mit meiner Taschenlampe durch das Garagenfenster leuchtete, sah ich es«, schloß ich.

»Das Firmenschild?« fragte Alexis.

»Das nämliche. Das, auf dem steht: ›T. R. Harris Bauunternehmen‹. Natürlich mußt du den Typ noch für mich identifizieren, aber das ist ja wohl eine reine Formalität.«

»Also hat Cheetham die ganze Sache geplant?« wollte Alexis wissen. »Ich bringe den kleinen Scheißkerl um, wenn ich ihn in die Finger kriege.«

»Ich weiß noch nicht genau, welche Rolle er gespielt hat«, sagte ich. »Er steckt offenbar bis zum Hals mit drin, aber ich weiß nicht, wer wen unter Druck setzt.«

»Ist das denn wichtig? Sie sind alle beide Gauner! Sie werden noch den Tag bedauern, an dem sie Chris und mir begegnet sind, das kannst du mir glauben!« wetterte Alexis. Aufgebracht fuhr sie sich mit der Hand durchs Haar, dann steckte sie sich eine Zigarette an und sog den Rauch tief in die Lunge.

»Darum kümmern wir uns, wenn wir soweit sind«, sagte ich beschwichtigend. »Alles schön der Reihe nach. Wir müssen erst sichergehen, daß wir den Richtigen erwischt haben, daß es nicht eine völlig harmlose Erklärung gibt für das, was ich gesehen habe.«

»Ach ja? Welche denn?« sagte Alexis verächtlich. »Zum Beispiel, daß Cheetham als verdeckter Ermittler für das Betrugsdezernat arbeitet?«

»Nein, zum Beispiel, daß B. Lomax, Bauunternehmer, seine Garage an T. R. Harris, Bauunternehmer, vermietet. Daß B. Lomax, Bauunternehmer, ein alter Freund von Martin Cheetham ist, der sie einander vorgestellt hat, und daß Cheetham ebenso übertölpelt wurde wie du.« Das brachte sie erst einmal zum Schweigen, und ich konnte ihr erklären, daß ich jetzt mein Zimmer räumen mußte.

Oben angelangt, wählte ich Paul Kingsleys Privatnummer. Dieser Anruf hätte durchaus noch warten können, aber ich wollte unbedingt wissen, ob die Observierung etwas erbracht hatte. Paul meldete sich beim dritten Läuten. Er hörte sich zum Glück nicht so an, als sei er gerade aus dem Schlaf gerissen worden. »Wie ist es gelaufen?« fragte ich, nachdem wir die üblichen Höflichkeiten ausgetauscht hatten.

»So wie Sie es vorhergesagt hatten«, erwiderte er, und es gelang ihm nicht, seine Enttäuschung zu verbergen. Sie können eben nicht anders, oder? »Unser Mann tauchte gegen neun Uhr auf, lud Kisten ins Heck und verschwand in die Nacht.«

»Sah es aus, als ob er Verdacht geschöpft hat?« fragte ich.

»Er fuhr einmal über den ganzen Parkplatz, bevor er an der Laderampe hielt. Dann hat er die gleiche Runde noch mal zu Fuß gedreht«, sagte Paul.

»Ich nehme an, er hat Sie nicht gesehen?« Garantiert nicht. Paul arbeitet gut. Er ist Werbefotograf, und es macht ihm großen Spaß, uns ab und zu auszuhelfen. Ich glaube, er kommt sich dann vor wie James Bond, und er zieht wohl mehr Berufsstolz aus dieser Arbeit als wir, die sich ihren vollen Lebensunterhalt damit verdienen.

Paul lachte leise. »Nee. Es gibt da diese Industriemülltonnen. In einer davon steckte ich.« Verstehen Sie, was ich meine? Nie und nimmer hätte ich im Namen der Pflicht einen ganzen Abend zusammen mit Maden verbracht.

»Und Sie haben die Bilder?«

»Ja. Ich bin später noch schnell zu meiner Dunkelkammer gefahren, um sie zu entwickeln und Abzüge zu machen. Ich habe tolle Schnappschüsse von ihm, wie er umherschleicht, einlädt und das Zeug dann an der Autobahnraststätte Knutsford in einen Renault-Lieferwagen ohne Aufschrift umlädt«, sagte Paul stolz.

»Sie konnten ihm folgen?« Ich war beeindruckt. Es war mehr, als ich erreicht hatte.

»Ich hatte Glück«, gab er zu. »Ich mußte warten, bis er nicht mehr zu sehen war, bevor ich aus der Mülltonne klettern konnte, und ich hatte meinen Wagen hinter dem Lagerhaus nebenan abgestellt. Aber er fuhr in dieselbe Richtung wie ich, und ich hatte offenbar mehr Glück mit den Ampeln. Ich hielt an einer Kreuzung in Stretford, und da war er direkt vor mir. Also blieb ich hinter ihm und fotografierte die Übergabe. Und ich habe die Nummer des Lieferwagens, also können Sie herausfinden, wer das Zeug am anderen Ende übernimmt.«

»Hervorragende Arbeit«, sagte ich und meinte es auch so. »Können Sie mir einen Gefallen tun? Könnten Sie die Abzüge morgen früh im Büro abgeben und Shelley sagen, worum es geht? Ich bin morgens noch nicht da, aber ich kümmere mich im Laufe des Tages darum.«

»Kein Problem. Ach, Kate?«

»Hm?«

»Danke, daß Sie an mich gedacht haben«, sagte er und klang aufrichtig. Ich werde Männer nie verstehen. Steck sie stundenlang in eine Abfalltonne, und du hast sie glücklich gemacht.

Alexis ging im Foyer auf und ab und praktizierte dabei dieses hektische Filterschnipsen der Raucher, wenn es gar keine lose Asche gibt, sie jedoch so nervös sind, daß nicht einmal das Nikotin sie beruhigen kann. Als sie mich sah, blieb sie stehen und fing an, mit ihren Wagenschlüsseln zu klimpern, wodurch sie der armen Empfangsdame, die meine Rechnung zu schreiben versuchte, den letzten Nerv raubte.

Widerstrebend stieg ich zu Alexis ins Auto. Journalisten müssen anscheinend überallhin ihr Büro mitnehmen, in seiner ganzen

Scheußlichkeit. In Alexis' altem Peugeot stapelten sich mehr alte Zeitungen, als die durchschnittliche Frittenbude in einer Woche verbrauchen könnte. In dem Aschenbecher lagen noch dieselben Kippen wie schon vier Wochen, nachdem sie den Wagen letztes Jahr gekauft hatte. Die Gepäckablage war zur Heimstätte eines Haufens alter Notizbücher geworden, die jedesmal, wenn sie um eine Kurve fuhr, hin- und herrutschten, außerdem war da noch ein Laptop, der unter dem Beifahrersitz wohnte und dem Mitfahrer jedesmal, wenn Alexis bremste, Blutergüsse an den Fersen beibrachte. Mir wäre es peinlich, jemanden in mein Auto zu lassen, wenn es so aussähe, aber Journalisten scheinen immer merkwürdig stolz auf ihre mobilen Müllkippen zu sein.

Zunächst fuhren wir zum örtlichen Polizeirevier und sahen uns die Wählerliste an. Unter der speziellen Adresse waren zwei Bewohner aufgeführt, Brian und Eleanor Lomax. Seine Frau, nahm ich an. Danach fuhren wir langsam an dem Haus vorbei. Der schwarze BMW war weg, doch der Lieferwagen stand noch draußen. Ich sagte Alexis, sie solle parken, und sie wendete den Wagen in der Seitenstraße und fuhr zu Lomax' Haus zurück. Etwa hundert Meter von dem Haus entfernt hielt sie an. Wir hatten, wenn auch nicht den Lieferwagen, so doch die Haustür und die Einfahrt im Blick.

Alexis, im Observieren ebenso erfahren wie ich, holte ein Paperback aus ihrer Handtasche und lehnte sich gemütlich zurück, um zu lesen, seelenruhig in dem Bewußtsein, daß sie jede Bewegung rund um das Haus sofort aus den Augenwinkeln registrieren würde. Ich meinesteils lutschte Pfefferminzbonbons und hörte Radio.

Es dauerte zwei Stunden, bis sich etwas tat. Wir entdeckten ihn beide im gleichen Moment. Alexis setzte sich auf und warf ihr Buch auf den Rücksitz. Brian Lomax war seitlich am Haus aufgetaucht und ging die Einfahrt hinunter. Er trug das bekannte schwarze Lederblouson und Jeans, diesmal zu einem cremefarbenen Rollkragenpullover. Am Ende der Einfahrt wandte er sich nach rechts, er ging den Hügel hinunter zur Ampelanlage.

»Ist er das?« fragte ich. Es geht nichts über eine Frage, deren Antwort man schon kennt.

Alexis nickte grimmig. »T. R. Harris. Ich würde den Scheißkerl überall wiedererkennen.« Sie drehte den Schlüssel im Zündschloß, und der Peugeot erwachte hustend zum Leben.

»Warte mal!« sagte ich scharf. »Wo willst du hin?«

»Ich will ihm folgen«, sagte Alexis scharf. »Und dann werde ich ihn zur Rede stellen.« Sie legte den Gang ein.

Ich schaltete wieder zurück. »Nein, wirst du nicht«, sagte ich zu ihr.

»Werd ich verdammt doch!« explodierte Alexis. »Dieser Scheißkerl läuft mit unseren fünf Riesen herum, und die will ich zurückhaben.«

»Hör zu, reg dich ab«, befahl ich. Alexis merkte offenbar, daß es mir ernst war, denn sie gab nach, zeigte jedoch ihre Gefühle, indem sie in unregelmäßigen Abständen den Motor aufheulen ließ. »Jetzt, wo du weißt, wie er heißt und wo er wohnt, kannst du ihn packen, wann du willst. Und auch die Cops.«

Alexis schüttelte den Kopf. »Nicht die Cops. Ich will unser Geld zurück, und wenn der Typ im Gefängnis sitzt, verdient er nichts. Ich will ihn bloß zur Rede stellen und unser Geld zurückhaben, sonst nichts.«

»Wenn du ihn zur Rede stellst, heißt das nicht, daß du euer Geld zurückbekommst. Er wird dich nur auslachen. Und selbst wenn du mit einigen deiner nicht so netten Partner bei ihm aufkreuzt, ich glaube nicht, daß er der Typ ist, der sich einschüchtern läßt und deshalb mit dem Geld herausrückt.«

»Und was schlägst du vor? Daß ich es einfach so hinnehme?«

»Nein. Ich weiß, es hört sich etwas drastisch an, aber warum zeigst du ihn nicht an? Das heißt, solange du nicht Cheetham damit beauftragst«, fügte ich hinzu, um sie etwas aufzumuntern.

»Weil es sich ewig hinziehen wird«, jammerte Alexis.

»Das muß nicht sein. Du läßt deinen Anwalt einen Brief schreiben, in dem er die Rückzahlung des Geldes fordert, und wenn er nicht damit herausrückt, läßt du durch ihn oder sie einen Zahlungsbefehl erwirken, was bedeutet, daß Lomax innerhalb einer bestimmten Frist zahlen muß, sonst beantragst du ein Konkursverfahren. Da er etwas Ungesetzliches getan hat, wird er sich wahrscheinlich nicht mehr weigern, euer Geld zurückzuzahlen, sobald du erst vor Gericht gezogen bist«, erklärte ich.

Alexis seufzte. »Na schön, du hast gewonnen. Aber nur unter einer Bedingung.«

»Und die wäre?«

»Daß du ihn ein oder zwei Tage genau im Auge behältst. Ich will wissen, wo er sich vorzugsweise aufhält, wo er arbeitet, mit wem er zusammenarbeitet, nur für den Fall, daß er beschließt unterzutauchen. Natürlich bezahle ich dich dafür. Um es ganz offiziell zu machen.«

Ich seufzte meinerseits. »Du hast dir eine total ungünstige Woche ausgesucht. Ich ersticke in Arbeit, siehe verschwundene Wintergärten und Pharmazeutika.«

»Ich werde erst dann ein Verfahren anstrengen, wenn ich weiß, wo wir ihn packen können, wenn er nicht zu Hause ist«, sagte Alexis stur.

Die Anstrengungen der vergangenen eineinhalb Tage hatten mich endlich eingeholt. Ich hatte keine Energie mehr, um zu streiten, also gab ich mich geschlagen. »Na schön. Leg den Gang wieder ein. Ich kümmere mich darum, sobald ich kann.«

13. Kapitel

Die Adresse des Grundbuchamts von Birkenhead ist Old Market House, Hamilton Square. Klingt fast romantisch, oder nicht? Ich stellte mir ein gesetztes Steinhaus vor, in georgianischem Stil, vielleicht mit einem Portikus. Eventuell mit Holztäfelung und bevölkert von grauen gebeugten Gestalten, die in dickensianischer Stille dahinschlurften. Von wegen. Die Zickzackfahrt über die Einbahnstraßen brachte mich zu einem modernen dunkelroten Ziegelgebäude, sieben Stockwerke hoch und mit zahlreichen Fenstern, von denen man eine atemberaubende Aussicht auf den Eingang des Mersey-Tunnels hatte.

Ich fand eine Lücke auf dem Parkplatz für den Fiesta, den ich als Ersatz für meinen zu Schrott gefahrenen Nova gemietet hatte, und hängte mich an eine Gruppe von Frauen, die auf das Gebäude zusteuerten. Sie führten die üblichen Montagmorgengespräche über das Wochenende. Die beiden ganz vorn blieben am Eingang zu dem Gebäude stehen und gaben eine Zahlenfolge in das Sicherheitsschloß ein. Die Frauen gingen schnell in das Gebäude hinein. Eine von ihnen hielt mir die Tür auf. In diesem Augenblick bemerkte ich das Schild, das mich davon in Kenntnis setzte, daß der Eingang für das Publikum sich an der Vorderseite des Gebäudes befand. Eine der großen Binsenweisheiten unseres Gewerbes ist, daß man, je mehr Sicherheitsvorkehrungen ein Gebäude hat, um so leichter eindringen kann. Ich fing die Tür auf und stand einen Augenblick unsicher da. Es war verlockend, durch die Hintertür angetanzt zu kommen und einen ausgedehnten Spaziergang durchs Haus zu machen, einfach so aus Jux. Aber die Vernunft war stärker als meine Abenteuerlust, und ich ließ die Tür widerwillig zufallen. Ich hatte zuviel zu tun, um den ganzen Tag im Polizeirevier zu verbringen und zu erklären, aus welchem Grund ich in das Computernetzwerk des Grundbuchamts eingedrungen war.

Ich ging um das Gebäude herum zur Vorderseite, die sich von der Rückseite nur durch die Doppeltür unterschied. Ich betrat ein düsteres Foyer mit Sicherheitskontrolle und reihenweise Fahrstuhltüren aus Edelstahl. Die Liverpooler Sicherheitsbeamten waren so effizient, als ob sie privatisiert worden wären. Name und Zweck des Besuchs, zu wem man wollte, wo der Wagen stand, Zulassungsnummer. Dann notieren sie noch deine Ankunftszeit und stellen einen Besucherausweis aus. Wenn ich mit Leib und Seele Hacker wäre, wüßte ich ein halbes Dutzend Möglichkeiten, um an eines ihrer Terminals heranzukommen.

Wieder hielt ich meine Pirateninstinkte im Zaum und ging durch die Halle zur Auskunft. Dort sah es aus wie im Warteraum eines Zahnarztes, einschließlich jahrealter Zeitschriften, die auf einem niedrigen Tisch auslagen. Die Stühle waren von der mit Leinen bezogenen Sorte zwei Klassen über den scheußlichen orangefarbenen Plastikstühlen, die man im Sozialamt findet. Alles war leicht abgewetzt, als habe man hier das letztemal renoviert, bevor Thatcher an die Macht kam. Ich ging zu einem hohen Tresen in der Ecke des Raums hinüber. Er war leer, bis auf eine Kasse und einen Computerbildschirm samt Tastatur. Ich reckte den Hals und las »Willkommen im Computersystem des Grundbuchamts« in amberfarbenen Buchstaben auf dem schwarzen Monitor.

Auf dem Tresen stand ein Schild mit der Aufschrift »Bitte läuten«. Das Schild hat man offenbar aus dem alten Gebäude mitgebracht, da es wohl der einzige Gegenstand in dem ganzen Haus ist,

115

der aus Holz besteht. Auf jeden Fall ist es der einzige Gegenstand aus Holz mit Goldbuchstaben darauf. Ich läutete und erwartete, daß ein vertrockneter alter Mann im Gehrock durch die Tür geschlurft kam.

Das kommt davon, wenn man sich vorschnell ein Bild macht. Nach nur knapp einer Minute erschien eine junge Frau, die offen gestanden nicht meiner Vorstellung von einer Beamtin entsprach. In ihrem modischen Designerpullover in Übergröße und den Jeans hätte sie sogar auf einen von Richards Gigs gepaßt. Und zweitens sah sie aus, als mache ihr die Arbeit Spaß. Und sie verhielt sich auch nicht so, als gehe es ihr furchtbar auf den Geist, sich mit dem Publikum abgeben zu müssen. Alles ein Novum.

»Vielleicht können Sie mir weiterhelfen«, sagte ich. »Mein Name ist Brannigan, Kate Brannigan. Ich habe vorige Woche wegen einer Liste von Adressen angerufen, für die ich Kopien des Registers brauche.«

Die Frau lächelte. »Stimmt. Sie haben mit mir gesprochen. Ich habe die Kopien fertig, wenn Sie einen Augenblick warten möchten?«

»In Ordnung«, sagte ich. Als sie wieder durch die Tür verschwand, erlaubte ich mir ein grimmig-befriedigtes Lächeln. Kein Zweifel, jetzt hieß es doch erst einmal warten. Ich nahm mir eine der ältlichen Zeitschriften und setzte mich. Ich hatte erst einen Abschnitt von der hochinteressanten Geschichte eines Seifenopernstars gelesen, der nur knapp dem Tod auf der Autobahn entronnen war, als sie schon mit einem dicken Dokumentenbündel zurückkam.

»Hier, bitte«, sagte sie. »Sieben Sätze Kopien aus dem Register. Es kommt selten vor, daß so viele Kopien verlangt werden, außer von Experten für Eigentumsübertragungen. Und von so vielen verschiedenen Standorten«, fügte sie hinzu in dem Versuch, mir nähere Informationen zu entlocken.

Ich warf die Zeitschrift hin und ging zum Tresen zurück. »Es hat Ihnen das Leben vermutlich um einiges schwerer gemacht, daß nun jeder jede Eintragung ins Register überprüfen darf«, konterte ich.

»Ich weiß nicht, ob schwerer«, sagte sie. »Aber interessanter schon. Früher habe ich ausschließlich mit Anwälten und deren Sekretärinnen geredet und hin und wieder mal mit Leuten, die Kopien ihrer eigenen Eintragungen haben wollten. Jetzt kommen alle möglichen Leute zu uns. Manche wollen die Eintragungen zum Eigentum ihrer Nachbarn einsehen, weil sie den Verdacht haben, diese würden Einschränkungen mißachten, wie das Verbot, einen Caravan abzustellen. Manche von ihnen sind richtige Querulanten«, fügte sie hinzu und kicherte.

Sie wandte sich der Kasse zu. Ich nahm mir vor, Shelley zu bitten, Buch über die laufenden Ausgaben für Ted zu führen und ihm eine Rechnung zu schicken, sobald wir um fünfhundert Pfund über dem Vorschuß lagen, den er uns gegeben hatte. Ich wollte nicht, daß wir schließlich umsonst gearbeitet hatten, wenn ich den Schwindel nicht schnell genug aufklären konnte, um seinen Betrieb über Wasser zu halten.

Ich nahm meine Kopien der Registereintragungen und zwängte sie in das hintere Fach meiner Handtasche. Dann kam mir ein Gedanke. »Könnten Sie mir vielleicht noch eine Auskunft geben?« fragte ich.

»Wenn es in meiner Macht steht, gern«, sagte die junge Frau mit dem fröhlichsten Lächeln. Zweifellos war sie nicht dazu bestimmt, im öffentlichen Dienst alt zu werden.

»Wie sieht das Verfahren hier eigentlich aus? Und wie lange dauert es von dem Zeitpunkt, wenn Ihnen die Angaben zugeschickt werden, bis diese in das Register eingetragen sind? Ich hatte speziell an Land gedacht, daß zum ersten Mal registriert wird und in Parzellen aufgeteilt wurde.« Wenn mir jemand helfen konnte, Martin Cheethams Rolle in dem Betrug mit dem zweifach verkauften Land aufzudecken, dann das Grundbuchamt.

»Also«, sagte sie und zog das Wort mit typisch Liverpooler Akzent in die Länge. »Das geht so. Jeden Morgen wird eine Tagesaufstellung in den Computer eingegeben. Dort sind sämtliche Titelnummern aufgeführt, die Gegenstand einer Änderung, Auskunft, Registrierung und so weiter sind. Sobald eine Titelnummer in der Tagesaufstellung auftaucht, bleibt sie dort stehen, bis sie in das Gesamtregister aufgenommen wurde. Zu einem beliebigen Zeitpunkt stehen etwa 140 000 Titel in der Aufstellung, deshalb braucht es etwas Zeit, um sie alle zu bearbeiten.«

Ich fing an zu begreifen, wie das Grundbuchamt zu dem Ruf kam, so langsam zu sein wie eine Schildkröte unter Valiumeinfluß. Vor

117

der Computerisierung mußte es ein Alptraum gewesen sein. »Und von welcher Zeitspanne muß man ausgehen?« fragte ich.

»Das kommt ganz darauf an«, sagte sie. »Wir haben etwa eine halbe Million Akten im Computer, was den Prozeß ein wenig beschleunigt hat, es sei denn, das System bricht zusammen.«

»Und wenn man das einkalkuliert, wie lange dauert es, bis Änderungen ins Register gelangen?«

»Bei einem Wechsel des Eigentümers sind wir inzwischen bei etwa vier Wochen. Eine Erstregistrierung dauert etwa elf Wochen, und bei einer Übertragung eines Teils sind es etwa fünfzehn Wochen«, erklärte sie.

Ein Licht ging mir auf, wenn auch noch sehr schwach. »Also wenn jemand zum ersten Mal ein Stück Land registrieren ließe, dann kurz darauf die Aufteilung dieses Lands in Parzellen und den Verkauf dieser Parzellen, könnte der ganze Prozeß sechs Monate dauern?«

»Theoretisch ja«, gab sie zu und wirkte peinlich berührt.

»Und wenn jemand dieselbe Parzelle zweimal verkaufen wollte, könnte er unter Umständen damit durchkommen?«

Sie schüttelte heftig den Kopf. »Auf gar keinen Fall. Vergessen Sie nicht, es stünde in der Tagesaufstellung. Sobald der Anwalt des zweiten Käufers Nachforschungen anstellt, würde man ihm mitteilen, daß die Datei bereits aktiviert ist. Er wäre alarmiert, und jede Transaktion würde auf Eis gelegt.«

»Ich verstehe«, sagte ich und lächelte zum Dank. »Sie haben mir sehr geholfen.«

»Keine Ursache. Mach ich gern.« Sie erwiderte das Lächeln.

In nachdenklicher Stimmung ging ich zum Wagen zurück. Jetzt glaubte ich zu verstehen, wie Alexis und Chris aufs Kreuz gelegt worden waren. Der Betrug fußte auf der zeitlichen Differenz zwischen registriertem und nicht-registriertem Land. Ich durchforstete mein Gedächtnis nach allem, was ich je über Grundbesitz gelernt hatte, was nicht allzu viel war, da Bodenrecht erst im letzten Jahr des Jurastudiums drankommt. Ich habe den Verdacht, daß das einer der ausschlaggebenden Faktoren für meine Entscheidung war, nach dem zweiten Jahr auszusteigen. Aber manchmal, wie in diesem Moment, hätte das letzte Jahr sich doch als ganz nützlich erwiesen.

Die Eigentümer von etwa einem Drittel des Landes im Nordwe-

118

sten Englands sind nie registriert worden. Bei näherer Überlegung besteht ja auch erst seit relativ kurzer Zeit der Bedarf nach Registrierung durch die allgemeine wirtschaftliche und soziale Mobilität, wie die Akademiker es ausdrücken. Wenn man in alten Zeiten, bis zum Zweiten Weltkrieg, ein Grundstück oder ein Stück Land erstand, kannte man gewöhnlich den Menschen, der es verkaufte. Vielleicht war es der Arbeitgeber, oder er hatte dein ganzes Leben in der Kirche des Ortes in der vordersten Bank gesessen. Die unabhängige Registrierung wurde erst zum Thema, als man von einem Fremden kaufen konnte und kein Leumundszeugnis von ihm hatte; vielleicht gehörte ihm die London Bridge ja doch nicht. Seit den dreißiger Jahren, als das Grundbuchamt richtig in Schwung kam, sind die meisten Transaktionen in einem langsamen, aber angeblich sicheren Prozeß registriert worden. Ha ha.

Bevor Ende der Sechziger, Anfang der Siebziger die Pflichtregistrierung eingeführt wurde, wechselten in der Praxis nach wie vor viele Grundstücke den Eigentümer per Handschlag, eine Handvoll Eigentumsurkunden wurden gegen eine Handvoll Geld eingetauscht. Und wenn diese Grundstücke seit damals nicht den Besitzer gewechselt haben, sind sie immer noch nicht registriert. Das bezieht sich nicht nur auf Farmland, das seit Generationen in der Familie geblieben ist; es gibt in Manchester eine ganze Menge Siedlungen mit Reihenhäusern zur Miete, deren Eigentümer seit dreißig oder vierzig Jahren die gleichen geblieben sind. Für das Grundbuchamt existieren sie einfach nicht. Offen gestanden finde ich, daß es eine enorme Verbesserung wäre, wenn sie tatsächlich nicht existierten.

Wie dem auch sei, wenn jemand wie Brian Lomax einen Farmer wie Harry Cartwright dazu überredet, ihm ein Stück Land zu verkaufen, geht der ganze Papierkram ans Grundbuchamt. Und ich spreche hier nicht von blütenweißen Formularen und computergeschriebenen Verträgen. Ich spreche von schmutzigen Papierstücken mit krakeliger Schrift und Siegelwachs. Als die Papiere im Grundbuchamt angelangt waren, kam die Sache, wie ich jetzt wußte, in die Tagesaufstellung und erhielt eine vorläufige Titelnummer. Als Lomax dann das Land in Parzellen aufgeteilt und diese verkauft hatte, mußten die Anwälte Nachforschungen beim Grundbuchamt anstellen, ob es Lomax auch tatsächlich gehörte, und die einzelnen Parzellen hatten eine Nummer erhalten. Soweit alles ganz vorschriftsmäßig.

Was als nächstes passierte, hatte den Schaden angerichtet. Lomax hatte das Land offensichtlich kurz hintereinander zweimal verkauft. Aber damit der Plan funktionierte, mußte ein korrupter Anwalt her, der den zweiten, ungesetzlichen Verkauf des Lands handhabe, ein Anwalt, der nicht die Tagesaufstellung des Grundbuchamts konsultieren würde, ein Anwalt, der seine Klienten über den Eigentumstitel an dem Land belügen würde. Und dieser Anwalt war Martin Cheetham.

Das Problem war, in meinen Augen, daß er ein sehr großes Risiko für einen solch kleinen Profit einging. Sobald die Leute, die man hereingelegt hatte, entdeckten, was geschehen war, würden sie sich postwendend beim Anwaltsverband beschweren. Was leicht das Ende von Martin Cheethams Laufbahn als Anwalt bedeuten konnte, und das für die Hälfte von fünfzig Riesen. Es sei denn… Mir kam ein entsetzlicher Gedanke. Und wenn sie das Land nicht nur zweimal, sondern dreimal oder gar viermal verkauft hatten? Wenn es eine ganze Reihe von Kunden gab, die nicht die geringste Ahnung hatten, daß sie betrogen worden waren? Schließlich war Chris nur durch einen Zufall auf die Vermesser gestoßen. Wenn sie nicht gerade dort gewesen wären, hätten Chris, Alexis und alle ihre Eigenbau-Freunde vermutlich noch den Rest des Geldes übergeben. Das hielt man ja im Kopf nicht aus! Ich hatte allmählich meine Zweifel, ob es wirklich ganz so einfach sein würde, Alexis' Geld wiederzubeschaffen. Wenn Lomax und Cheetham einigermaßen gescheit waren, dann hatten sie vor, sich aus dem Staub zu machen, bevor alles aufflog.

Und ich konnte sehr wenig dagegen tun. Abgesehen von allem übrigen mußte ich eine Lösung für Ted Barlows Problem finden, bevor er bankrott ging. Ich bog in ein Happy Eater ein und bestellte einen Brunch aus Hash Browns, Omelette und Bohnen. Während ich wartete, studierte ich die Registereintragungen für die sieben Häuser, die ihre Wintergärten eingebüßt hatten. Vorsichtshalber war ich auch beim Büro vorbeigefahren, um das Material von Josh und von Rachel Lieberman mitzunehmen. Alles zusammengenommen ergab ein interessantes Bild. Leider ähnelte es mehr einem Jackson Pollock als einem David Hockney.

Erstens waren sämtliche betroffenen Häuser durch DKL vermietet worden. Sämtliche Mieter hatten denselben Zunamen wie die Eigentümer des Hauses. Sämtliche Eigentumstitel zeigten, daß das jeweilige Eigenheim belastet war. Leider verrieten sie mir nicht, in welcher Höhe, wenn die Daten der Aufnahme der gegenwärtigen Belastungen auch ungefähr mit den Terminen übereinstimmten, an denen die Wintergärten gekauft worden waren, und in allen Fällen stammte das Geld von der Finanzierungsgesellschaft, die eine Tochtergesellschaft von Ted Barlows Bank war. Welch eine Überraschung. Interessanterweise hatten Joshs Nachforschungen ergeben, daß sämtlichen Eigentümern gute bis hervorragende Kreditwürdigkeit bescheinigt wurde, weshalb die Finanzierungsgesellschaft von Teds Bank ihnen die Neuhypotheken so bereitwillig gewährt hatte. Nicht beantwortet war damit die Frage, wie es kam, daß diese Neuhypotheken jemand anderem als dem jeweiligen Eigentümer gewährt worden waren.

Irgendwie waren die Neuhypotheken der Schlüssel zu dem Ganzen. Und ich mußte schleunigst herausfinden, wie hoch sie waren. Wenn die Summen in etwa dem entsprachen, was man von einer Neuhypothek über hundert Prozent erwartete, dann ergab sich ein klareres Bild. Wenn man im Kopf behielt, daß jedes Haus sich mindestens vier Jahre im Besitz der gegenwärtigen Eigentümer befand, dann waren die Häuser für bedeutend weniger erstanden worden, als sie jetzt wert waren. Angenommen, die Hypotheken waren auch mindestens vier Jahre lang abbezahlt worden, dann müßte der noch ausstehende Betrag um ein Beträchtliches geringer sein als der laufende Wert des Hauses. Ich ging hinüber zu der Telefonkabine und wählte Joshs Nummer. Zum Glück kam ich gleich zu ihm durch.

»Nur eine ganz kurze Frage«, sagte ich. »Wie kann ich die Höhe des ausstehenden Betrags auf eine Hypothek in Erfahrung bringen?«

»Das kannst du nicht«, sagte er.

Mich übermannte das Verlangen, irgend jemandem, egal wem, einen Tritt in den Hintern zu verpassen.

»Ach, Scheiße«, stöhnte ich.

»Aber vermutlich kann ich es«, fügte er selbstgefällig hinzu.

Da wußte ich, wem ich den Tritt verpassen wollte, er war nur nicht in Reichweite.

»Als Finanzmakler kann ich den Hypothekengläubiger anrufen und ihm erzählen, daß ein Klient von mir ein Neudarlehen auf sein Haus aufnehmen will, und ihn bitten, mir zu sagen, wie hoch die ausstehende Belastung ist, damit ich überprüfen kann, ob der Reinwert noch hoch genug ist. Hat das mit deinem Wintergartenschwindel zu tun?«

»Ja. Langsam ergibt das alles einen Sinn«, sagte ich zu ihm.

»Ich bitte Julia, sich heute nachmittag darum zu kümmern«, sagte er.

Ich beschloß, ihm doch keinen Tritt zu verpassen. »Sie hat ja schon die Namen und Adressen, oder?«

Ich vereinbarte, nachmittags zurückzurufen. Ich war nach wie vor gereizt und frustriert, weil ich nicht voll und ganz durchschaute, wie der Betrug funktionierte. Aber einen Trumpf hatte ich im Ärmel. Rachel Lieberman hatte mir die Adressen von drei weiteren Eigenheimen gegeben, die ins Bild paßten. Die Betrüger schienen nach dem Fließbandsystem zu arbeiten. Sie bekamen die Darlehen im Abstand von etwa einem Monat durch, und das hieß, daß sie unter der Voraussetzung, daß es bis zu drei Monaten dauern kann, bis das Geld von den Finanzierungsgesellschaften bewilligt wird, zu jedem beliebigen Zeitpunkt an drei Häusern zugleich arbeiteten, jedes davon in einem unterschiedlichen Stadium der Operation. Du lieber Himmel! Sie meinten es wirklich ernst!

Seit der letzten Aktion waren drei Wochen vergangen, demnach war nach meiner Rechnung jetzt täglich die nächste fällig. Ich hatte eine klare Vorstellung, wo, und eine ungefähre Vorstellung, wann. Und ich hatte eine ausgezeichnete Idee, wie ich herausfinden konnte, was genau abging. Dazu bedurfte es lediglich eines Telefonats.

14. Kapitel

Ich saß hinten im Heck eines knallgelben Lieferwagens, mit Kopfhörern über den Ohren. Mein Freund Dennis saß neben mir und suchte in einem Krimi von Elmore Leonard nach Inspiration. Für jeden, der durch diese Sackgasse in Stockport schlenderte, sah das

Auto wie ein Lieferwagen von British Telecom aus. Das Innere hätte den Passanten völlig überrascht. Anstelle von Regalen mit Werkzeugen, Ersatzteilen und Kabeln gab es dort zwei Lederautositze von der Sorte, wie man sie in einem hochmodernen Volvo oder Mercedes findet, und einen Tisch, alles am Boden festgeschraubt. Es gab einen tragbaren Farbfernseher und ein Videogerät, oben auf einem Kühlschrank befestigt. Außerdem war da eine Ausstiegsluke im Boden. Der Lieferwagen gehört Sammy, einem Kumpel von Dennis. Ich will gar nicht wissen, wozu er ihn normalerweise benutzt. Ich weiß ganz sicher, daß es nichts mit Telekommunikation zu tun hat.

Dennis O'Brien und ich sind schon seit Jahren befreundet. Ich weiß, daß er ein Krimineller ist, und er weiß, daß ich Kriminelle aus dem Verkehr ziehe. Dennoch, oder vielleicht gerade deshalb, haben wir großen Respekt voreinander. Ich respektiere ihn, weil er auf seine Art ein hochbegabter Künstler ist, der sich streng an seine eigenen Regeln und Werte hält. Sie mögen nicht dieselben sein wie meine, aber wer kann schon sagen, ob meine die besseren sind? Immerhin ist diese Gesellschaft, die Einbrecher hinter Schloß und Riegel bringt, dieselbe, die richtig großen Banditen wie Robert Maxwell zum Erfolg verhilft.

Ich habe Dennis viel zu verdanken. Meine Fähigkeiten im Kampfsport, meine Kenntnisse im Knacken von Schlössern sowie den Teil der Einkünfte von Mortensen und Brannigan, der davon abhängig ist, daß man wie ein Einbrecher denken kann, um ein Sicherheitssystem zu entwerfen, das den Einbruch in der Praxis vereitelt. Er hat mich gern um sich, weil er in mir ein gutes Rollenvorbild für seine Tochter im Teenageralter sieht. Über Geschmack läßt sich eben streiten.

Nach meinem Besuch im Grundbuchamt hatte ich Dennis über sein Mobiltelefon angerufen. Eine faszinierende Sache, das Mobiltelefon. Wenn in einem Londoner Pub eines läutet, spricht vieles dafür, daß der Angerufene jemand aus der City ist. In Manchester kann man einen Schilling gegen eine Golduhr wetten, daß es ein Ganove ist. Mir ist ein Rätsel, wie sie durch die Glaubwürdigkeitsprüfungen kommen, die die Telefongesellschaften durchführen. Bei näherer Überlegung haben sie vermutlich ihre ganz eigene Telefongesellschaft, Criminal Communications oder Funny

Phones, ausschließlich für schwere Jungs. Ohne Adressenauskunft.

Wie dem auch sei, ich erwischte Dennis in einem günstigen Moment, daher bat ich ihn, Sammy zu suchen und mir auszuhelfen. Ich brauchte nicht mal Geld zu erwähnen, da willigte er schon ein. So nett ist Dennis. Im Gegensatz zu mir denkt er keineswegs, daß ein Freund in Not eine Plage ist. Weshalb ich jetzt in einem getürkten Telecom-Lieferwagen saß, während Sammy die Wanzen von Mortensen und Brannigan in der Doppelhaushälfte mit drei Zimmern installierte, die Brian und Mary Wright durch DKL ESTATES gemietet hatten.

Wenn wir Observierungsausrüstung benutzen, bauen wir sie im Regelfall selbst ein. Es ist selten ein Problem, da wir meist von der Person bezahlt werden, die über das Haus bestimmt, das wir abhören. Gewöhnlich kommt es dazu, weil ein Chef einen seiner Untergebenen in Verdacht hat, a) Informationen an einen Konkurrenten zu verscherbeln; b) Geld oder Waren der Firma zu unterschlagen; oder c) einfach einen netten altmodischen Vernichtungskrieg gegen den Chef anzuzetteln. In solchen Fällen spazieren wir nach Büroschluß einfach hinein und überziehen die Räume mit jeglicher elektronischer Überwachungstechnik, die man sich nur wünschen kann. Manchmal müssen wir jedoch auch ein wenig diskreter vorgehen. Obgleich Bill und ich ein Abkommen haben, nichts eklatant Ungesetzliches zu tun, operieren wir bei der Informationsbeschaffung doch gelegentlich in technischer Hinsicht etwas außerhalb der Legalität. In solchen Situationen schleicht sich einer von uns unter Zuhilfenahme der einen oder anderen List in das betreffende Gebäude ein. Ich persönlich finde es am effektivsten, mich als die Frau auszugeben, die gekommen ist, um die Tamponautomaten aufzufüllen. Nicht viele Sicherheitsleute haben dann Lust, sich den Inhalt meiner Kartons ganz genau anzusehen.

In diesem Fall allerdings war keiner der üblichen Tricks tauglich. Und ich wollte unbedingt vermeiden, daß Brian oder Mary Wright mich sahen, da ich diejenige sein würde, die draußen auf der Straße wartete und die Überwachungsbänder überprüfte. Deshalb Sammys Lieferwagen. Ich hatte ihm in einem Schnellkursus beigebracht, wie man die Telefonstecker auseinandernimmt und die unkomplizierte Wanze einsetzt, die ich benutzen wollte. Sie bestand aus einer

Zapfvorrichtung und einem winzigen auf Stimmen ausgerichteten Mikro, das die Gespräche im Raum selbst übermittelte. Die Wanze hatte eine Reichweite von etwa hundertfünfzig Metern, wenn der Empfang in dem Lieferwagen mit den Metallwänden auch nicht so gut war wie dann, wenn ich meinen Empfänger erst in den unauffälligen gemieteten Fiesta umgelagert hätte, wo ich ihn auf der Gepäckablage unterbringen könnte.

Vor zehn Minuten war Sammy in seinem Telecom-Overall den Weg hinaufmarschiert, und die Frau, die ihm die Tür öffnete, hatte ihn hereingelassen, ohne auch nur nach dem sorgsam gefälschten Ausweis zu fragen, den er stets bei sich trägt. Vielleicht hatte sie in den fünf Minuten, seit ich an dem Verteilerkasten um die Ecke an ihrem Telefon manipuliert hatte, schon versucht anzurufen. Der Grund, weshalb ich mich mit all diesen exotischen Dingen auskenne ist, daß ich einmal eine heiße Affäre mit einem Telecom-Ingenieur hatte. Er kam, um in meinem Bungalow einen zweiten Telefonanschluß für mein Computermodem und das Faxgerät zu legen, und blieb einen ganzen Monat. Er hatte wunderbar geschickte Finger, und als Zugabe brachte er mir alles bei, was ich jemals über das britische Telefonsystem würde wissen müssen. Leider verspürte er das Bedürfnis, es mir ganze fünf Mal zu erzählen. Als er mir zum sechsten Mal über neue Entwicklungen in der Fiberoptiktechnologie erzählen wollte, wußte ich, daß er würde gehen müssen, wenn ich nicht einen Mordprozeß riskieren wollte.

Jetzt wartete ich darauf, Sammys Stimme über meine Kopfhörer zu hören. Sobald ich ihn laut und klar empfing, würde ich noch einmal zum Verteilerkasten flitzen, das Telefon wieder auf vollen Betrieb einstellen und den Empfänger in meinem Wagen an einen ungeheuer raffinierten Kassettenrecorder anschließen, den ein mit Richard befreundeter Toningenieur für mich zusammengebastelt hatte. Er verbindet die Mechanik von sechs Walkmans mit einem auf Funksignale ausgerichteten Mikro/Empfänger. Auf das Signal der Wanze hin setzt sich das erste Band in Bewegung. Wenn das Zählwerk eine bestimmte Nummer erreicht hat, setzt sich Band zwei in Bewegung und Band eins schaltet sich aus. Und so weiter. Auf diese Weise ergibt sich ein Minimum von sechs Stunden Aufnahmezeit, wenn man nicht gleich mithören kann.

Fünf Minuten später dröhnte mir »Zwei Stück Zucker, Liebes«

in den Ohren. Dank Sammy war ich jetzt fertig vernetzt und konnte beruhigt wegfahren. Eine halbe Stunde später war ich wieder im Büro, bereit, Bill Bericht zu erstatten. Er war natürlich entsetzt, weil ich auf der Barton Bridge dem Tod so knapp entronnen war. Zusammen gingen wir Pauls Fotos und den Bericht über seine Observierung von PharmAce durch, wobei Bill in seinen dichten blonden Bart murmelte, wie unerhört es wäre, seinen Partner reinzulegen.

»Da hat Paul gute Arbeit geleistet. Du hast genau das Richtige getan, ihn darauf anzusetzen«, grummelte er und schob die Bilder zu einem ordentlichen Stapel zusammen. »Ich werd gleich mal hinfahren.« Er stand auf und rief: »Shelley? Ruf Brian Chalmers von PharmAce an und sag ihm, ich bin auf dem Weg zu ihm.«

»Einen Augenblick mal«, protestierte ich aufgebracht, weil ich das Gefühl hatte, daß Bill den Vorgesetzten herauskehrte. »Ich wollte die Bilder selbst dort hinbringen.«

»Sicher wolltest du das«, sagte er. »Und ich habe auch keinerlei Problem mit der Art und Weise, wie du die Sache angepackt hast. Aber ich möchte, daß jemand bei Chalmers ist, wenn er den Labortechniker zur Rede stellt. Und es ist mir lieber, ich bin dieser Jemand, wenn auch nur, um diesem miesen Typ zu zeigen, daß er es nicht mit einem Eine-Frau-Betrieb zu tun hat. Wenn er es war, der dich von der Straße abgedrängt hat, muß man ihm klarmachen, daß es keinen Zweck hat, dich zu beseitigen, weil nicht nur du weißt, was er auf dem Kerbholz hat. Außerdem brauchen wir noch viel mehr Informationen über diesen gestohlenen Lieferwagen, und du hast momentan mit deinen verschwundenen Wintergärten genug am Hals.«

Mir fiel kein überzeugender Grund ein, Bill zu widersprechen. Ich persönlich würde so ungefähr alles zugeben, wenn er sich mit seinen gut einsachtzig vor mir aufbaute. Also ließ ich ihn machen. Auf dem Weg zur Tür nahm ich den Handscanner an mich, sein monatlicher Beitrag zu unserem wachsenden Berg an technischen Spielereien vom letzten Juni. Endlich hatte ich eine sinnvolle Verwendung dafür aufgetan. Als ich das Vorzimmer durchquerte, sagte Shelley: »Ted Barlow hat gerade angerufen. Das war schon das zweite Mal heute. Er verzweifelt langsam. Er sagt, diese Woche kann er seinem Personal noch den Lohn bezahlen, aber für nächste Woche weiß er nicht. Er will wissen, ob er sie schon mal vorwarnen soll oder ob du glaubst, daß du es bis dahin aufgeklärt hast.«

126

Ich seufzte. »Ich tue, was ich kann, Shelley«, sagte ich.

»Geht es nicht ein bißchen schneller, Kate? Ted hat eine Heidenangst, daß er sein Geschäft verlieren wird.«

»Shelley, ich laufe mir bereits die Hacken ab, ja?« fuhr ich sie an und stapfte in mein Büro. Zu meiner Schande muß ich gestehen, daß ich die Tür zuknallte. Leider benutzte ich dabei die Muskeln, die von dem Unfall immer noch steinhart waren, deshalb büßte ich ebenso an Wohlgefühl wie an Würde ein. Um dem Faß den Boden auszuschlagen, ließ die Erschütterung von der Tür die letzten drei Blätter von dem Gummibaum abfallen. Ich warf die Pflanze in den Mülleimer und nahm mir vor, am Morgen beim Blumenladen vorbeizufahren. Der Gummibaum hatte neun Wochen bei mir überdauert, was fast einen Rekord bedeutete.

Ich nahm das Telefon, wählte Joshs Nummer und fragte nach Julia. Ich habe sie nie getroffen, aber ihre Stimme beschwört das Bild einer helläugigen Blonden herauf, die ihr Haar in einem ordentlichen Knoten trägt, in einem typisch englischen Country-Kostüm steckt und die Hüfte eines Mädchen hat, das im Ponyclub aufgewachsen ist.

»Hallo, Kate«, begrüßte sie mich überschwenglich am Telefon. »Tolle kleine Aufgabe, Darling!« Ich schwöre es, sie sagt wirklich »Darling«.

»Hat's geklappt?« fragte ich schroff. Aus irgendeinem Grund bringt Julia immer den Bauern in mir zum Vorschein.

»Ich habe es nur bei dreien probiert«, sagte sie. »Da der Kreditgeber in allen Fällen dieselbe Finanzierungsgesellschaft ist, mußte ich etwas vorsichtig sein. Der interessante Punkt ist jedenfalls, daß wir es in jedem einzelnen Fall mit einer Neuhypothek von hundert Prozent zu tun haben. Die Leute, mit denen ich gesprochen habe, haben alle das gleiche gesagt. ›Es gibt keinen einzigen Schilling Reinwert mehr bei Ihrem Klienten.‹ Damit wäre alles klar, Kate.«

Ich hätte sie küssen können. Aber sie hätte es vermutlich mißverstanden und meinen Namen aus ihrer Datenbank gelöscht. Ich dankte ihr artig, so wie meine Mutter es mir beigebracht hat, legte den Hörer auf und rief befriedigt »Jaaa!« So wie die Sache sich entwickelte, würde ich Shelley zu einer sehr glücklichen Frau machen.

Ich startete meinen Computer und gab meine Notizen ein. Dann benutzte ich den Scanner für die Dokumente vom Grundbuchamt und speicherte sie alle auf eine Disc. Es war nicht so einfach, wie es angeblich sein sollte, da der Scanner die wenig hilfreiche Angewohnheit hatte, einen Wortsalat zu produzieren, wenn ich die Hand nicht stocksteif über das Papier führte. Immerhin fühlte ich mich nach all dem noch kräftig genug, um Richard anzurufen und für den Abend einen Kinobesuch vorzuschlagen. »Sorry, Brannigan«, sagte er. »Ich gehe zu einer Fete.«

Richard mag zwar vier Jahre älter sein als ich, aber zuweilen gibt er mir das Gefühl, so alt wie meine Granny Brannigan zu sein. Abgesehen davon, daß meine irische Granny Brannigan die Vorstellung, daß eine Fete die ganze Nacht dauert und man dort soviel tanzen kann, wie man will, höchstwahrscheinlich herrlich finden würde. Sie würde sich sogar bei dem Geruch von Wick Vaporub wohl fühlen, womit die Partygäste einander massieren in dem bizarren Streben, die Intensität der Highs von den Cocktails aus Designerdrogen, die sie sich zu Gemüte führen, zu steigern. »Wieso?« fragte ich.

Ich konnte sein Achselzucken vor mir sehen. »Ich muß auf dem laufenden bleiben. Außerdem haben sie da diesen neuen DJ. Er ist erst dreizehn, und ich will ihn mir mal ansehen.« Dreizehn. Du lieber Himmel, Little Jimmy Osmond von Acid House. »Du kannst mitkommen, wenn du möchtest«, fügte er hinzu.

»Ich glaube, ich passe lieber, Richard. Nimm's nicht persönlich, aber da gehe ich offen gestanden lieber auf Observierung.« Zumindest konnte ich so die Musik auswählen. Zumindest wäre ich imstande, das, was ich hörte, auch als Musik zu erkennen.

Kurz nach vier verließ ich das Büro, holte mir eine Pizza in der hiesigen Trattoria und fuhr in dem Little Rascal wieder nach Stockport. Ich parkte in der Seitenstraße gleich um die Ecke von dem Zielhaus, schlenderte zu dem Fiesta und überprüfte das Aufnahmegerät. Das dritte Band lief, und ich hörte kurz per Kopfhörer rein. Blauer Peter, wie es schien. Das ist das Problem mit Elint (elektronischer Intelligenz oder allgemeinverständlich Wanzen). Es hat soviel Unterscheidungsvermögen wie ein Heroinsüchtiger auf dem Trip. Ich verkniff es mir, den Rest des Bands mitzuhören, nahm die zwei, die ich vorher aufgenommen hatte, und schloß den Fiesta ab.

Zurück im Lieferwagen, mampfte ich meine Pizza und hörte mir die Bänder an. Das erste enthielt zehn Minuten Smalltalk mit Sammy, einen Anruf beim Friseur, einen Anruf bei einer Freundin, die zwanzig Minuten über ihr Geschäft jammerte, ihren Ex und ihre Werkstattrechnung. Dann war der Fernseher eingeschaltet worden, mit seinem blechernen Klang bildete er einen interessanten Kontrast zu den Live-Stimmen, die ich gehört hatte. Eine australische Seifenoper, dann eine Komödie für Kinder, dann Cartoons. Ich spulte die Sendungen im Schnellauf ab und spitzte die Ohren für den Fall, daß zwischen den Piepsern von Micky Maus weitere echte Gespräche zu hören waren. Nichts.

Gelangweilt ging ich zu dem Fiesta zurück und hörte wieder direkt mit. Inzwischen waren wir bei den *Nachrichten aus Granada* angelangt. Warum konnte meine Zielperson nicht zu den dezenten, kultivierten Menschen gehören, die nicht das Bedürfnis nach einer Art Audio-Tapete haben? Ich belud das Aufnahmegerät mit frischen Bändern und beschloß, nur noch eine Stunde den Lauscher zu spielen, bevor ich nach Hause fuhr. Ich rief mir ins Gedächtnis, daß ich das Recht auf etwas Freizeit ohne Gesellschaft hatte. Außerdem war mir kalt, ich fühlte mich steif, und ich brannte darauf, mein neuestes Computerspiel in den Griff zu bekommen. CIVILIZATION versprach das packendste Strategiespiel zu werden, das ich seit langem gespielt hatte, denn es führte den Spieler von den Anfängen der Menschheit bis ins Weltraumzeitalter. Bislang war ich nicht weiter gekommen als bis zu den Siedlungen der Zeltbewohner, die gerade erst das Rad erfunden hatten, bevor die Barbaren kamen und sie schröpften.

Ich versuchte mir gerade einen erfolgversprechenderen Ansatz zu überlegen, als sich alles änderte. Der Lärm in meinen Ohren verstummte plötzlich ganz. Einige Sekunden lang dachte ich zu meinem Schreck, sie hätte die Wanze entdeckt. Dann hörte ich einen Wählton und das Klicken eingegebener Zahlen. Vielleicht gelang es mir ja, die Nummer zu identifizieren, wenn ich erst die Gelegenheit hatte, das Band mit mehr Muße zu untersuchen. Das Telefon am anderen Ende läutete dreimal, bevor die Verbindung hergestellt wurde. Ein Anrufbeantworter sprang an, und eine Männerstimme sagte: »Es tut mir leid, aber momentan kann ich keine Anrufe entgegennehmen. Hinterlassen Sie Ihre Nachricht nach dem Piepton, dann können wir bald miteinander reden.« Die Stimme klang kühl, mit einem zweideutigen Unterton, bei dem ich lächeln mußte anstatt mich zu schütteln.

Nach dem Ton sagte die Frau: »Hallo, ich bin's. Es ist kurz vor sieben. Ich gehe bei meiner Mutter vorbei, dann bin ich bei Colin und Sandra. Wir sehen uns da. Ich liebe dich. Tschüs.« Es gab ein Klicken, als sie den Hörer auflegte. Ich kletterte aus dem Wagen und hastete die Straße hinunter zu dem Lieferwagen. Ich wollte auf keinen Fall, daß der Fiesta ihren Verdacht erregte.

Gerade hatte ich mich in das Aroma von altbackener Pizza eingeschlossen, als von der Haustür ein Lichtviereck auf die Einfahrt meines Zielhauses fiel. Das Licht verschwand, als sie die Tür schloß und die Garage aufsperrte. Ich konzentrierte mich auf das Gesicht. Das Haar konnte man ändern, die Kleidung konnte man ändern, die Größe konnte man durch Schuhe ändern, doch die Gesichtszüge konnten sich nicht ändern, besonders das Profil. Ich registrierte ein kleines, niedliches Gesicht, spitzes Kinn, breitere Augenpartie. Genau wie auf Diane Shipleys Zeichnung. Zwei Minuten später kam ein weißer Metro zum Vorschein und fuhr an mir vorbei nach Süden in Richtung Hazel Grove. Als ich parkte, hatte ich darauf spekuliert, daß sie, wenn sie wegfuhr, in jedem Fall die Richtung nach Norden zur Stadt einschlagen würde. Falsch geraten. Ich machte eine volle Kehrtwende, so schnell ich eben konnte, was nicht schnell genug war. Als ich unten an der Straße anlangte, war sie verschwunden. Es herrschte gerade genug Verkehr in der näheren Umgebung, daß man unmöglich sagen konnte, welche der Rücklichter in der Ferne die ihren waren.

Es blieb mir nichts anderes übrig. Ich würde nach Hause fahren und einem nichtsahnenden Barbarenstamm meine einzigartige Zivilisationsmischung bringen müssen. Vielleicht sollte ich diesmal die Kartographie vor dem zeremoniellen Begräbnis erfinden...?

Als ich zu Hause ankam, blinkte das Lämpchen an meinem Anrufbeantworter. Ich drückte auf den Wiedergabeknopf. »Kate, Bill hier. Ich bin gerade von PharmAce zurück. Wir müssen reden. Hier die Nummer, unter der du mich heute abend nach sieben erreichen kannst.«

Er rasselte eine Didsbury-Nummer herunter, die ich nicht wiedererkannte. Kaum überraschend. Bill wechselte so häufig die Freundinnen wie Rod Stewart in seiner Junggesellenzeit. Als ich die Nummer wählte, meldete sich erwartungsgemäß eine Frauenstimme. Während ich wartete, daß sie Bill holte, entwarf ich das passende Bild zu ihrer Stimme.

»Fünfundzwanzig, Umgebung von London, Hochschulabschluß, blond, raucht«, sagte ich, als Bill sich meldete.

»Bravo, Sherlock. Allerdings bist du zwei Jahre zu großzügig«, sagte er.

»Du sagtest, wir müßten reden. Reicht das Telefon, oder soll ich vorbeikommen und dich auf ein Glas treffen?« fragte ich boshaft.

»Das Telefon reicht völlig«, sagte er. »Zunächst die gute Nachricht. Brian Chalmers ist entzückt und hat den Seniorlabortechniker auf der Stelle gefeuert, ohne Begründung. Und morgen treffe ich mich mit jemandem von der Kriminalpolizei Knutsford, um zu hören, ob sie gegen die Firma, die die gestohlenen Waren abnimmt, ermitteln wollen.«

»Prima«, sagte ich. »Und die schlechte Nachricht?«

»Dich hat kein Lieferwagen von PharmAce von der Straße abgedrängt. Heute hat jemand vom Polizeirevier in Devon bei ihnen angerufen. Den Lieferwagen, den man PharmAce gestohlen hat, hat man am Freitag morgen in irgendeinem Dorf in Dartmoor zu Schrott gefahren, nachdem er bei einem Raubüberfall auf einen Supermarkt da unten benutzt wurde. Deshalb kann er dich am Freitag abend nicht gerammt haben. Kate, wer auch immer es auf der Barton Bridge auf dich abgesehen hat, er läuft noch frei herum.«

15. Kapitel

Zum Frühstück von hinten bis vorn bedient zu werden, daran könnte ich mich gewöhnen. Womit ich nicht klarkäme, ist das frühe Aufstehen. Am folgenden Morgen fand ich mich schon wieder im Speisesaal des Portland ein, diesmal auf Joshs Einladung. »Ich möchte dich mit jemandem bekannt machen«, hatte er geheimnisvoll am Telefon gesagt und sich geweigert, sich mehr entlocken zu lassen.

Ich ging vorsichtig näher und sah, daß Joshs Tischgenossin eine

131

Frau war. Hoffentlich hatte er mich nicht aus dem Bett geholt, um mir zu erzählen, daß er heiraten wollte. Solche Neuigkeiten konnte ich auf nüchternen Magen nicht verkraften. Josh entdeckte mich und sagte etwas zu seiner Begleiterin, die mich über ihre Schulter hinweg anblickte. Sie schien nicht Joshs Typ zu sein. Sie wirkte wie Mitte Dreißig, was sie mindestens zehn Jahre zu alt machte. Das Auffallendste an ihr waren ihre Haare, die die Farbe blankgeputzter Roßkastanien hatten und ihr in einem dicken Zopf auf den Rücken hingen.

Als ich am Tisch anlangte, stand Josh halb auf. »Kate! Ich freue mich, daß du kommen konntest«, sagte er. »Della, dies ist Kate Brannigan, die Privatdetektivin, von der ich dir erzählt habe.«

Also eine potentielle Klientin, dachte ich. Ich lächelte. Josh fuhr fort: »Kate, das hier ist Chefinspektor Della Prentice. Sie ist gerade in das Dezernat für Regionale Verbrechensbekämpfung versetzt worden. Wir waren zusammen in Cambridge, und ich dachte, ihr beide solltet euch kennenlernen.«

Ich gab mir alle Mühe, nicht so verdutzt auszusehen, wie mir zumute war. Es gibt nicht viele Frauen, die es zum Rang eines Chefinspektors bringen. Della Prentice lächelte und streckte die Hand aus. »Freut mich, Sie kennenzulernen, Kate«, sagte sie. »Auf die Gefahr hin, Ihnen den letzten Nerv zu rauben, Josh hat mir viel von Ihnen erzählt.«

»Ich wünschte, ich könnte das gleiche über Sie sagen«, erwiderte ich und schüttelte ihre trockene, feste Hand. Mit einem kleinen Plumpser ließ ich mich auf den Stuhl fallen. Ich hatte nicht damit gerechnet, in aller Herrgottsfrühe aus dem Bett gezerrt zu werden, um einen Cop kennenzulernen. Schon gar nicht eine Polizistin der höheren Hierarchie. Ich musterte sie kurz. Tiefliegende grünliche Augen, schöne Haut, ausgeprägte Knochen, die an einem Teenager plump wirken, mit jedem weiteren Jahr, das nach dem dreißigsten Geburtstag verstreicht, jedoch anziehender werden.

»Er versucht mich unter Verschluß zu halten, weil ich weiß, welche Leichen er im Keller hat«, sagte sie, während sie mich derselben Musterung unterzog. »Ich könnte Ihnen so einiges erzählen...«

Josh räusperte sich und sagte hastig: »Della ist eine Art Expertin für Betrugsfälle wie der, mit dem du es zu tun zu haben

132

scheinst«, sagte er. »Ich hab mir gedacht, sie könnte dir vielleicht helfen.«

»Ich habe gerade achtzehn Monate im Betrugsdezernat von West Yorkshire hinter mir«, erklärte Della. »Jetzt hat man mich als Einsatzleiterin einer Sondereinheit für Betrugsfälle ins DRV versetzt.«

»Wie gefällt es Ihnen?« erkundigte ich mich.

»Sich in ein neues Team einzuarbeiten ist immer ein wenig mühsam.« Natürlich. Sie wäre nicht so hoch aufgestiegen, wenn sie nicht etwas von einer Diplomatin hätte.

»Und fünfmal schlimmer dadurch, daß Sie eine Frau sind?« fragte ich.

»So ähnlich.«

»Kann ich mir vorstellen. Buchstäbliche Auslegung von Anweisungen und kein Respekt, bis entschieden wird, daß Sie ihn sich verdient haben.«

Dellas verkrampftes Lächeln sagte alles. »Unsere Aufgabe besteht darin, mit Banken und anderen Finanzinstituten zusammenzuarbeiten, in allen Fällen, die nicht ins Ressort der Abteilung für Schweren Betrug gehören. Gewöhnlich geht es um Fälschung oder die Annahme einer falschen Identität zu dem Zweck, Waren oder Bargeld zu erhalten.«

»Auf die Gefahr hin, daß ich mich anhöre wie die Dummköpfe, denen ich auf Partys begegne, es muß faszinierend sein«, sagte ich.

Sie lächelte. »Es kann sehr befriedigend sein, die Stücke eines Puzzles zusammenzusetzen.«

»Ja, Sie haben es mit Verbrechern von höherem Format zu tun als Ihre Kollegen, denen man die Plünderer und Drogendealer aufhalst«, sagte ich. »Für mich ist es eine kleine Abwechslung im gewohnten Lauf der Dinge. Ich bin mehr daran gewöhnt, im Memoryspeicher eines Computers herumzuschnüffeln, als Leute zu stellen.«

Della lehnte sich in ihrem Stuhl zurück. »Na, *das* muß doch wirklich faszinierend sein. Nein, ich meine es ernst. Ich hätte nur zu gern die Zeit, mehr über Computer zu lernen. Stört es Sie, wenn ich rauche?« Ich schüttelte den Kopf. Sie holte eine Schachtel Silk Cut und ein Zippo-Feuerzeug heraus. Während sie sich eine ansteckte, sagte sie: »Josh hat mir erzählt, daß Sie ein Problem mit säumigen Hypothekenschuldnern haben. Vielleicht könnten wir uns gegenseitig unterstützen. Ich bin eventuell imstande, einiges für Sie zu erhellen, und offen gestanden, wenn Sie nichts dagegen haben, könnte ich den Orden gebrauchen.«

Mir gefiel Della Prentices Offenheit. Und Josh verbürgte sich für sie, was in meinen Augen ein Gütesiegel für Professionalität darstellte. Daher holte ich tief Luft und sagte: »Das hier ist ganz inoffiziell. Einverstanden?« Ich hatte keinerlei Vollmacht von Ted, die Polizei einzuschalten, und keinen stichhaltigen Beweis dafür, daß ein Verbrechen verübt worden war, lediglich eine Menge wiederkehrender Indizien.

Eine Kellnerin erschien, und wir bestellten unser Frühstück, bevor Della antworten konnte. Als die Kellnerin gegangen war, sagte sie: »Na schön, ganz inoffiziell.«

Ich schilderte Della die wesentlichen Punkte. Es sprach für sie, daß sie mir schweigend bis zum Ende zuhörte. Die meisten Fragen, die sie hinterher stellte, waren vernünftig und sachbezogen, genau wie ich es erwartet hatte. »Die Banken haben ihre eigenen Ermittler, wissen Sie«, sagte sie schließlich. »Ich staune, daß die in dieser Angelegenheit keine eigenen Nachforschungen angestellt haben.«

»Ich weiß nicht, ob sie es nicht getan haben«, sagte ich. »Falls doch, dann haben sie es von einer anderen Seite angepackt. Sie wollen nachweisen, daß Ted Barlow korrupt ist, wohingegen ich das genaue Gegenteil zu zeigen versuche.«

Sie nickte. »Ich möchte nicht den Eindruck erwecken, als ob das Ei klüger sein wollte als die Henne, aber Sie haben doch wohl auch in Betracht gezogen, daß Ihr Klient die Hand im Spiel haben könnte?«

»Das war mein erster Gedanke. Aber Leute, die ihn kennen, behaupten, ihm fehle die Phantasie oder auch die Veranlagung dazu, solch einen Betrug zu verüben. Außerdem sagt er die Wahrheit über die verschwundenen Wintergärten. Selbst ich kann sehen, daß sie ursprünglich installiert wurden, und wenn er selbst daran beteiligt wäre, hätte er sich die Mühe nicht zu machen brauchen«, erklärte ich.

Della dachte darüber nach, während sie sich noch eine Zigarette anzündete. Dann sagte sie: »Vielleicht wollte er sich absichern, falls die Situation außer Kontrolle gerät? Und wer könnte besser als er ein neues Heim für die Wintergärten finden? Immerhin könnte er sie einfach wiederverwenden. Und Sie könnte er nur zu dem Zweck engagiert haben, um einen guten Eindruck bei der Bank zu machen –

und bei uns, falls die Sicherheitsmannschaft der Bank uns am Schluß zu Rate zieht.«

Ich schüttelte den Kopf. »Ted ist es nicht. Ich weiß, es ist durchaus möglich, eine Erklärung zu finden, die mit dem Finger auf ihn zeigt. Aber der ausschlaggebende Punkt für mich ist, daß er schlicht und einfach nicht auf die Beschreibungen paßt, die ich von dem Mann habe, der die Nächte in diesen Häusern verbringt.«

»Es ist ein ungewöhnlicher Fall, Kate«, sagte sie. »Sehr ungewöhnlich. Doch wenn es sich tatsächlich um einen Schwindel handelt, der von mehreren Leuten aufgezogen wird, und nicht um eine Reihe von Zufällen, dann müssen sie inzwischen eine Menge Geld kassiert haben.«

»Über eine halbe Million abzüglich der Kosten, nach meiner Schätzung«, sagte ich gelassen. »Sie können ihr Glück vermutlich selbst nicht fassen. Ich an ihrer Stelle würde aussteigen, bevor alles auffliegen kann.«

»Woher wissen Sie, daß sie es nicht schon getan haben?« fragte Della.

»Ich weiß es nicht. Ich verlasse mich darauf, daß sie es noch nicht getan haben. Auf diese Weise kann ich mich an ihre Fersen heften, wenn sie das nächste Ding drehen, solange die Spur noch warm ist.« So sehr ich Della auch mochte, ich hatte nicht die Absicht, ihr auf die Nase zu binden, daß ich das nächste Ziel bereits entdeckt zu haben glaubte. Ich war völlig zufrieden damit, wenn sie annahm, daß ich ein Wartespiel spielte. Das würde mir das Dezernat für Regionale Verbrechensbekämpfung vom Hals halten. Außerdem wollte ich mich nicht auf eine Diskussion über das Thema illegaler Telefonüberwachung einlassen. Ich mag es nicht, wenn die Leute, die selbst im Glashaus sitzen, mit Steinen werfen.

Ich häufte die letzten Bissen Rührei auf eine dreieckige Toastscheibe und konnte mit Genuß essen, weil Della gerade eine Zigarettenpause einlegte. »Lassen Sie mich wissen, wie Sie vorankommen. Ich bin sicher, daß wir Ihnen helfen könnten.« Sie holte eine Karte aus der Jacke ihres schwarzgrauen Kostüms. »Und falls es den Anschein hat, als wären sie getürmt, setzen Sie sich in jedem Fall mit mir in Verbindung. Man kann nie wissen, vielleicht wären wir in der Lage, aus dem, was Sie herausgefunden haben, etwas zu machen.«

»Sobald ich etwas Konkretes habe, rufe ich Sie an. Josh, danke, daß du uns bekannt gemacht hast. Es ist das erste Mal, daß ich jemandem begegne, für den du die Klappe hältst«, sagte ich.

»Du hast mich nicht verdient, Kate«, sagte er kummervoll.

»Dem Himmel sei Dank dafür. Wenn ihr beide mich jetzt entschuldigt, ich muß schleunigst los«, sagte ich, stand auf und schüttelte Della Prentice die Hand. »Ich melde mich. Ach, Josh? Sag Julia danke für die Informationen, die sie für mich ausgegraben hat.« Ich gab ihm einen flüchtigen Kuß auf die Wange.

Meine Gewissensbisse wegen der Unterhaltung mit Chefinspektor Della Prentice über Teds Problem setzten mir arg zu, als ich ins Büro kam und dort den Wintergartenbauer und die von Liebe ergriffene Sekretärin in vertrautem Gespräch vorfand. Ted Barlow hockte auf der Kante von Shelleys Schreibtisch, während sie den Computerbildschirm ignorierte und statt dessen ihm in die Augen blickte. Ich hatte noch nicht mal meinen Dufflecoat ausgezogen, da entschuldigte Ted sich schon dafür, mich zu stören, und Shelley zwitscherte etwas von Zwischenberichten und Mobiltelefonen. Ich bat Ted in mein Büro und brachte ihn so weit auf den neuesten Stand, wie ich es wagen konnte. Ich vertraute ihm nicht sämtliche Ergebnisse meiner derzeitigen Observierung an. Er mochte zwar bezahlt haben, aber er war viel zu leicht zu durchschauen, und ich hätte mich nicht wohlgefühlt, wenn er jeden Zug von mir kannte. Er war so offensichtlich einer der wenigen ehrlichen Menschen auf dieser Welt, daß er sich selbst unwohl fühlen müßte bei dem Gedanken, daß ich in seinem Interesse das Gesetz beugte.

Daher erzählte ich ihm, ich mache Fortschritte und sei nahe daran herauszufinden, wie alles zusammenpaßte. Damit schien er sich zufriedenzugeben. Vielleicht suchte er nur nach ein wenig Bestätigung. Als ich einige Minuten, nachdem er sich von mir verabschiedet hatte, aus meinem Büro kam, strich er immer noch um Shelleys Schreibtisch herum und wirkte nervös. Das konnte ich nicht mitansehen, deshalb griff ich nach meinem Mantel und dem Mobiltelefon, das an diesem Morgen gekommen war, und ging zur Tür.

Die erste Station war der gemietete Fiesta mit dem Empfangsgerät. Als ich die Kassetten überprüfte, war ich deprimiert. Seit ich am vergangenen Abend weggefahren war, schien absolut nichts aufgezeichnet worden zu sein. Ich kam zu dem Schluß, daß ich beim Zurückstellen einen Fehler gemacht haben mußte. Dann merkte ich, daß das erste Band doch nicht ganz leer war.

Ich nahm es aus dem Gerät heraus und schob es schnell in den Autorecorder. Da war das unverkennbare Geräusch, wenn eine Tür zuschlägt, dann das Läuten eines Telefons, an das niemand ranging. Ich seufzte erleichtert auf. Weder ich noch das Gerät waren fehlerhaft. Es schien, als wäre die Frau einfach nicht nach Hause gekommen. Für den Fall, daß sie oder einer ihrer Nachbarn der aufmerksame Typ waren, fuhr ich mit dem Fiesta einmal um den Block und parkte an einer offensichtlich anderen Stelle. Ich wollte nicht in die peinliche Situation kommen, daß man das Bombenräumkommando rief, weil irgendein Neugieriger mit Bürgersinn dachte, das Empfangsgerät auf der Gepäckablage sei eine Autobombe der IRA. Letztes Jahr ist das Bill einmal passiert. Zu seinem Glück war der Empfänger zu dem Zeitpunkt gerade ausgeschaltet. Zum Glück, weil die strafbare Handlung in der Benutzung der Ausrüstung besteht, nicht im Besitz, ein typischer Fall der Logik unseres Rechts.

Ich vermutete, daß es immer noch nicht ratsam war, zum Büro zurückzufahren, deshalb beschloß ich, kräftig in das Wespennest von Alexis' kleinem Problem zu stechen und zu sehen, was da herausflog. Es war Vormittag, als ich bei Cheethams Kanzlei anlangte. Seine zuvorkommende Sekretärin beschied mich, er sei in einer Besprechung, aber wenn ich bitte warten wollte...

Ich holte die Computerzeitschrift, die ich gewöhnlich dabeihabe, aus meiner Handtasche und machte mich an die Lektüre eines Artikels über Ramspeichererweiterungen. Wenn ich glaubte, daß wir so etwas brauchten, müßte ich nur die Zeitschrift, an der entsprechenden Seite aufgeschlagen, im Büro herumliegen lassen und warten, daß Mortensen, der König der technischen Spielereien, darauf stieß und es zu seiner eigenen Idee machte. Funktioniert garantiert immer.

Doch ehe ich mir eine feste Meinung bilden konnte, öffnete sich Cheethams Bürotür, und er führte die Frau hinaus, die ich schon in Buxton mit ihm zusammen gesehen hatte. Er hatte den Arm um sie gelegt, in dieser vertraulichen, ungezwungenen Art, die man bei den Partnern an den Tag legt, mit denen man schläft, nicht bei denen, mit denen man zusammenarbeitet. Bei meinem Anblick zuckte er zusammen und ließ den Arm herunterfallen, als ob er einen Stromschlag bekommen hätte. »Miss Brannigan«, sagte er nervös.

Als sie meinen Namen hörte, wandte sich die Frau, die sich bis dahin auf Cheetham konzentriert hatte, mir zu. Sie musterte mich flüchtig, von meinem welligen kastanienbraunen Haar bis zu den Spitzen meiner braunen Stiefel. Vermutlich schätzte sie mich falsch ein. Sie konnte ja nicht wissen, daß ich nur deshalb soviel Make-up trug, weil die Blutergüsse an meinem Kinn und den Wangenknochen einen faszinierenden grünen Farbton angenommen hatten.

Sie hatte noch dicker aufgetragen, war bis zur Künstlichkeit gestylt. Ich mochte sie nicht. Unsere gegenseitige Musterung wurde durch Cheetham unterbrochen, der stammelte: »Wenn Sie bitte durchgehen möchten, Miss Brannigan?«

Ich nickte ihnen beiden zu und ging an ihnen vorbei in sein Büro. Ich hörte nicht, was die Frau ihm ins Ohr flüsterte, nachdem ich vorbei war, dafür hörte ich ihn sagen: »Ist schon in Ordnung, Nell. Hör zu, wir sehen uns heute nachmittag, einverstanden?«

»Das wollte ich dir auch geraten haben«, glaubte ich zu verstehen, als sie hinausrauschte, ohne der Sekretärin auch nur zuzulächeln. Es sagt viel über Menschen aus, wie sie mit dem Büropersonal anderer Leute umgehen.

Ich wartete, bis Cheetham zu seinem Stuhl zurückkam. Ich sah, welche Mühe es ihn kostete stillzusitzen. »Was kann ich für Sie tun?« fragte er.

»Ich habe nur gedacht, ich komme mal vorbei und gebe Ihnen einen Lagebericht«, sagte ich. »Unser Freund, der Bauunternehmer T. R. Harris scheint nicht zu existieren. Und ebensowenig der Anwalt, mit dem Sie dem Anschein nach brieflich verkehrt haben.« Das wußte ich ganz genau, seit ich die Liste der zugelassenen Anwälte im Anwaltskalender überprüft hatte.

Cheetham saß nur da und starrte mich an, seine glänzenden braunen Augen waren leicht zusammengekniffen. »Ich verstehe das nicht«, sagte er, um einiges zu spät.

»Es hat den Anschein, als habe Harris einen Falschnamen benutzt und sich einen Phantasieanwalt erfunden zu dem Zweck, Ihre Klienten um ihr Geld zu betrügen. Es war reines Glück, daß Miss Appleby zufällig entdeckte, daß das Land bereits verkauft war, andernfalls hätten sie alle noch viel mehr Geld verloren«, wagte ich mich vor. Wenn er sauber war, dann würde er sich Mühe geben, mir zu zeigen, daß sie nicht einen einzigen weiteren Schilling hätten verlieren können, da er als ihr pflichtbewußter Anwalt durch das Grundbuchamt erfahren hätte, daß das besagte Land bereits verkauft oder zumindest der Gegenstand anderer Anfragen war.

Er sagte nichts dergleichen. Statt dessen sagte er, wie leid es ihm tue, daß es so gekommen sei, doch nun, da ich wohl alles aufgeklärt hätte, sei ersichtlich, daß er ebenso hereingelegt worden war wie seine Klienten.

»Bis auf den Umstand, daß alle außer Ihnen pro Kopf fünftausend Pfund los sind«, bemerkte ich sanft. Er wurde nicht einmal rot.

Cheetham stand auf und sagte: »Ich bin Ihnen dankbar, daß Sie mich über all das informiert haben.«

»Sie werden die Angelegenheit vielleicht sogar dem Anwaltsverband vortragen müssen. Da gibt es doch eine Schadensversicherung für solche Fälle von Fahrlässigkeit und Schlamperei, oder nicht?«

»Aber ich war nicht fahrlässig«, protestierte er schwach. »Ich habe Ihnen doch bereits gesagt, die Nachforschungen haben nichts ergeben. Und die Schreiben von Harris' Anwalt überzeugten mich, daß er zwar weitere Anfragen erhalten hatte, zu diesem Zeitpunkt jedoch niemand anders in der Lage war, einen möglichen Kauf zu tätigen. Woher sollte ich wissen, daß die Briefe Fälschungen waren?«

»Es ist jammerschade, daß ihr Anwälte immer alles in schriftlicher Form regeln müßt«, sagte ich. »Nur ein Anruf im Büro des sogenannten Mr. Graves hätte dieses Geschäft ein für allemal gestoppt.«

»Wie meinen Sie das?« fragte er zögernd.

»Die Nummer auf dem Briefkopf ist die Nummer eines Münztelefons in einem Pub in Ramsbottom. Aber vermutlich hatten Sie davon auch keine Ahnung«, sagte ich.

Er setzte sich hastig wieder hin. »Natürlich nicht«, sagte er. Er war so überzeugend wie ein Minister.

»Da wäre noch eine andere Sache«, sagte ich. Ich hatte ihn aus der Fassung gebracht. Jetzt war es an der Zeit für einen Bluff. »Als ich neulich schon mal hier war, habe ich nach mir einen Mann in Ihr Büro gehen sehen. Ich hatte noch etwas in diesem Gebäude hier zu erledigen, und als ich ging, sah ich, wie er in seinen Lieferwagen einstieg. Eine Firma namens Renovations oder so ähnlich? Er hat Ihrem

Freund aus Buxton ähnlich gesehen, weshalb ich *ihn* für einen Bauunternehmer hielt.«

Cheethams Augen weiteten sich, obwohl er sein Gesicht ansonsten unter Kontrolle hatte. Offenbar gehörte er zu den Menschen, deren Augen tatsächlich die Fenster zur Seele sind. »Was ist mit ihm?« fragte er nervös.

»Na ja, mein Freund und ich haben gerade ein altes Haus draußen in Heaton Chapel gekauft, an dem viel zu machen ist, und ich habe bemerkt, daß der Lieferwagen an der Seite eine Nummer aus Stockport stehen hatte. Ich habe mich gefragt, ob die Firma wohl auf solche Arbeiten spezialisiert ist, und falls ja, ob Sie mir eventuell die Nummer geben könnten? Ich habe es schon mit den Gelben Seiten versucht, aber ich konnte sie nicht finden«, sagte ich.

Cheetham öffnete den Mund und schloß ihn wieder. »Ich... äh ...ich glaube nicht, daß seine Firma die richtige für Sie ist«, redete er drauflos. »Nein, absolut nicht die richtige für Ihr Projekt. Alte Scheunen, das machen sie. Umbauten, solche Sachen. Tut mir leid, ich... äh... Tut mir leid.«

Ich war befriedigt, weil ich Cheetham verunsichert und mich zugleich endgültig von seiner Schuld überzeugt hatte. Ich lächelte ihn bedauernd an: »Na gut«, sagte ich, »wenn wir uns mal eine alte Scheune kaufen, weiß ich dann ja, an wen ich mich wenden muß. Vielen Dank für die Zeit, die Sie mir gewidmet haben, Mr. Cheetham.«

Eine Stunde später stand ich hinter einem Obst- und Gemüsestand in der Markthalle von Stockport auf Beobachtungsposten. Das Licht der hellen Herbstsonne strömte zu den hohen Fenstern dieser kürzlich restaurierten Handelskathedrale herein. Es lieferte die Beleuchtung für eine faszinierende Szene. Den überfüllten Gängen des Marktes gegenüber, in einem kleinen Café, führte Martin Cheetham ein ernstes Gespräch mit niemand anderem als Brian Lomax alias T. R. Harris.

Jetzt wußte ich alles, was ich wissen mußte. Mir fehlte nur noch ein Beweis.

16. Kapitel

Am Obst- und Gemüsestand kaufte ich einige Russet-Äpfel und ein halbes Pfund Weintrauben, um meinem Mund etwas zu tun zu geben, während ich Cheetham und Lomax bei ihrer Unterhaltung beobachtete. Cheetham machte einen zugleich besorgten und aufgebrachten Eindruck, wohingegen Lomax weniger angespannt als vielmehr ungeduldig wirkte. Cheetham bestritt den Hauptteil der Unterhaltung, und Lomax nickte oder schüttelte den Kopf, derweil er zwei Stück Hefekuchen und eine Schale Chips mampfte. Schließlich wischte Lomax sich den Mund mit dem Handrücken ab, beugte sich vor und sprach ernsthaft auf Cheetham ein.

Es gibt Augenblicke, in denen ich wünschte, ich hätte gelernt, von den Lippen zu lesen. Oder die Zukunft vorherzusagen. So hätte ich im voraus ein Funkmikro unter den Tisch klemmen können. Wie die Dinge lagen, mußte ich mich mit meiner ganz und gar nicht seligen Unwissenheit abfinden. Ich konnte mich nur an Martin Cheethams Fersen heften, als er das Café verließ, sich durch die Menge der Käufer drängte und zu dem Parkplatz eines Supermarkts ging, auf dem er seinen schwarzen BMW abgestellt hatte. Ein schwarzer BMW, den ich zuletzt am Samstag abend draußen vor dem Haus von Brian Lomax gesehen hatte.

Es war nicht schwer, ihn im Auge zu behalten. Er fuhr nach Manchester zurück wie jemand, der mit anderem als der Straße und den Verkehrsbedingungen beschäftigt war. Da ich davon ausging, daß er geradewegs zu seiner Kanzlei fuhr, blieb ich ein wenig zurück, als wir uns dem Stadtzentrum näherten, und da hätte ich ihn fast verloren. Am unteren Ende der Fennel Street bog er nicht links ab zum Blackfriars Parkplatz, wo er heute morgen geparkt hatte, sondern nach rechts. Ich war drei Autos hinter ihm, und ich schaffte es gerade noch bis zur Kreuzung, um zu sehen, wie er an der Eisenbahnbrücke links abbog und in Richtung East Lancs Road fuhr. »O Scheiße«, stöhnte ich, trat aufs Gaspedal und schlitterte in seinem Kielwasser quer über vier Verkehrsspuren. Der Little Rascal war ganz und gar nicht das Fahrzeug meiner Wahl für eine Verfolgungsjagd per Auto. Ich hoffte nur, daß das mißtönende Hupkonzert Cheetham nicht aus seiner offensichtlichen Träumerei riß.

Er war nirgends zu sehen, als ich zur nächsten Ampelanlage kam. Ich mußte darauf setzen, daß er geradeaus weitergefahren war, an der Salford Kathedrale und der Universität vorbei, vorbei an dem Museum mit den Lowry-Männchen aus Streichhölzern, deren Reproduktionen in Tausenden von Wohnungen hängen. Ich blieb auf der Mittelspur und hielt angestrengt Ausschau nach seiner glänzend schwarzen Karosserie. Als ich an dem schmutzigen Monolith der Salford Tech vorbeikam, brach mir der Schweiß aus. Es schien, als hätte ich ihn verloren. Aber ich blieb dran, und zwei Meilen weiter die East Lancs hinunter entdeckte ich ihn vorn, wie er an der nächsten Ampel links abbog.

Als ich an der Ampel anlangte, war sie gerade auf Rot gesprungen. Was ich einfach ignorierte, zum Entsetzen der Frau, deren Volvo ich schnitt, als ich um die Ecke fegte. Ich winkte ihr fröhlich zu, dann trat ich wieder aufs Gas. Eine Viertelmeile weiter holte ich Cheetham ein. Er bog rechts ab, dann die zweite links in die Tamarind Grove, eine ruhige Straße mit Doppelhäusern aus der Zeit zwischen den Weltkriegen, der von Alexis und Chris nicht unähnlich. Der BMW schwenkte in die Einfahrt eines gut in Schuß gehaltenen Exemplars ein, das linkerhand etwa in der Mitte lag.

Ich bremste den kleinen roten Lieferwagen scharf ab und ließ den Motor laufen, für den Fall, daß Cheetham lediglich etwas abgab oder jemanden abholte. Er stieg aus dem Wagen, schloß ihn sorgfältig ab und stellte den Alarm ein, dann öffnete er die Haustür mit einem Schlüssel. Ich fuhr langsam an dem Haus vorbei und parkte. Ich bezog Posten an der Hintertür und behielt alles durch das Spionfenster meines Wagens im Auge. Ich wußte nicht einmal genau, warum ich das tat. Angefangen hatte das alles als Suche nach dem triftigem Beweis für das, was Cheetham und Lomax meinen Freundinnen angetan hatten. Aber ich wurde das Gefühl nicht los, daß hier noch viel mehr im Busch war. Was führte Renew-Vations im Schilde, daß Cheetham wie von der Tarantel gestochen losraste, um seinen Komplizen zur Rede zu stellen? Und was geschah jetzt? Ich bin von dieser Art instinktiver Neugier besessen, die nicht nachgibt, bevor nicht der letzte Stein umgedreht ist und das letzte Krabbeltier sich tief in die Erde gegraben hat. Ich kam immer wieder auf den Gedanken zurück, daß, was auch immer hier vor sich ging, Cheetham der Schlüssel war. Er wußte, daß ich meine Nase in seine

Angelegenheiten steckte. Und Cheethams Komplize fuhr einen weißen Transit-Lieferwagen. Zugegeben, der Lieferwagen in seiner Einfahrt war unbeschädigt gewesen, aber ich hielt es für durchaus möglich, daß er sich bei seinen Geschäften mehr als einen Lieferwagen leisten konnte.

Wenn es einen langweiligeren Job gibt, als jemanden zu observieren, der die Bequemlichkeiten seines eigenen Heims genießt, dann muß ich ihn erst noch entdecken. Um der Eintönigkeit etwas zu entfliehen, benutzte ich mein neues Spielzeug, rief die Zentralbibliothek an und bat sie, auf der Wählerliste diese Adresse zu überprüfen. Cheetham war die einzige aufgeführte Person. Dann rief ich Richard an, um ihm meine neue Nummer zu geben. In dieser Woche präsentierte der Anrufbeantworter ihn, wie er zur Begleitung eines hektischen Stücks rappte: »Hallo, hier ist Richard, sorry, bin leider nicht da, hinterlassen Sie Name und Nummer, und ich ruf Sie an, ist doch klar.« Zumindest war es eine Verbesserung gegenüber der heiseren, sinnlichen Ansage, die er im vergangenen Monat hatte laufen lassen. Man rechnet schließlich nicht mit einer obszönen Telefonansprache, wenn man selbst gewählt hat, oder?

Dann machte ich es mir gemütlich und lauschte dem Hörspiel auf Radio 4. Es konnte ja nicht anders sein, fünf Minuten vor dem spannenden Ende der Sendung kamen die Dinge ins Rollen. Ein weißer Golf GTi Kabrio hielt draußen vor Cheethams Haus. Ein brauner Pumps erschien in der Fahrertür, gefolgt von einem eleganten Bein. Zum Vorschein kam die Frau, die Cheetham mit Nell angesprochen hatte. Sie trug einen Burberry. Ihre Wahl des Autos war keine Überraschung, obgleich ich nie begriffen habe, was angebliche Klassefrauen am Golf-Kabrio so fasziniert. Für mich sieht er wie ein Kinderwagen aus, besonders mit heruntergeklapptem Verdeck.

Nell ging wie zuvor Cheetham über den Weg zur Haustür und öffnete sie ebenfalls mit einem Schlüssel. Etwa zwanzig Minuten später bog ein weißer Transit-Lieferwagen in die Straße ein und parkte einige Häuser weiter. Ihm entstieg Lomax in einem Overall wie ein Automechaniker, sein welliges braunes Haar war durch eine Strickmütze verdeckt. Er schaute kaum zu meinem Lieferwagen herüber, als er geradewegs zu Cheethams Haustür marschierte und auf die Klingel drückte. Er brauchte nur kurz zu warten, bis die Tür sich öffnete und man ihn hereinließ. Von meinem Standort aus konnte ich nicht sehen, wer die Tür öffnete, aber ich nahm an, daß es Cheetham war.

Ich spielte mit dem Gedanken, mich um das Haus herumzuschleichen und zu sehen, ob man hören oder beobachten konnte, was drinnen vorging, doch das wäre viel zu riskant gewesen. Also wartete ich. Obwohl es langsam spannend wurde, stand es nicht in meiner Macht, etwas zu unternehmen.

Ich rief im Büro an, in der unbestimmten Hoffnung, daß Bill irgendeinen Notfall hatte, der es erforderlich machte, daß ich meine langweilige Wache abbrach. Kein Glück. Also nervte ich Shelley mit Ted Barlow. »Hat er dich denn schon eingeladen?«

»Ich weiß nicht, wovon du redest«, sagte sie beleidigt. »Er ist ein Klient. Wieso sollte er mich einladen?«

»Du wirst nie Detektivin, wenn du ein so schlechter Beobachter bist«, frotzelte ich. »Also siehst du ihn wieder? Abgesehen vom Büro?«

»Er kommt wegen eines Wintergartens vorbei«, gab sie zu.

»Wow!« rief ich. »Toll! Dann sei jetzt hübsch vorsichtig, Shelley. Das könnte die teuerste Verabredung deines Lebens werden. Sie sind nicht billig, diese Wintergärten. Du hättest ihn doch einfach am Sonntag zum Abendessen einladen können.«

»Ist dir bewußt, daß deine schwachen Versuche, mich zu ärgern, die Firma 25 Pence pro Minute kosten? Leg auf, Kate, es sei denn, du hast etwas Sinnvolles zu erzählen«, sagte Shelley entschlossen. »Ach übrigens, es hat jemand von der Werkstatt angerufen, um dir mitzuteilen, daß du deinen Nova endgültig abschreiben kannst. Ich habe mit der Versicherung telefoniert, morgen kommt der Schadensprüfer, um ihn sich anzusehen.«

Aus irgendeinem Grund fand ich den Gedanken an einen neuen Wagen nicht so spannend, wie ich eigentlich sollte. Ich bedankte mich bei Shelley, drückte auf den »Ende«-Knopf am Telefon und lehnte mich in gedrückter Stimmung zurück, um weiter Cheethams Haus zu beobachten. Etwa eine Stunde nach seiner Ankunft erschien Lomax auf der Türschwelle, er mühte sich mit einem großen Pappkarton ab, der offenbar voll mit Briefmappen und losen Papieren war. Er lud alles in seinen Lieferwagen, dann fuhr er weg. Ich entschied, daß es wichtiger oder zumindest interessanter war, Lomax und den Papieren zu folgen, als weiter das Haus zu beobachten.

Ich wartete, bis er um die Ecke gebogen war, ehe ich hinterherfuhr. Die Höhe des Lieferwagens erleichterte es mir, ihn in dem Nachmittagsverkehr im Auge zu behalten. Wir fuhren durch Swinton und hinüber nach Eccles. Lomax bog in eine Straße mit heruntergekommenen Reihenhäusern ein und hielt vor einem, dessen Erdgeschoßfenster mit Brettern vernagelt waren. Er schloß die Tür auf, dann holte er den sperrigen Karton. Er knallte die Tür hinter sich zu, und mir blieb nichts anderes übrig, als dazusitzen und nun ein anderes Haus zu beobachten.

Ich gab ihm eine halbe Stunde, dann kam ich zu dem Schluß, daß ich hier nichts erreichte. Ich beschloß, zu Cheethams Haus zurückzufahren, um festzustellen, ob sich dort irgend etwas tat, und dann weiter zu meiner zweiten Observierung, um zu prüfen, ob die Bänder etwas von Interesse aufgezeichnet hatten. In der Nähe von Cheethams Straße stieß ich fast mit einem Peugeot zusammen, der viel zu schnell fuhr. Zu meiner Überraschung stellte ich im Vorbeifahren fest, daß es Alexis war. Offenbar hatte sie nicht bemerkt, daß es sich bei dem Fahrer, den sie um ein Haar gerammt hatte, um mich handelte. Ich hoffte nur, daß sie nicht bei Cheetham gewesen war und ihm die Meinung gesagt hatte. Das war das letzte, was ich im Augenblick gebrauchen konnte.

Eher verfolgte sie wohl eine heiße Spur zu einer Geschichte für ihre Leser. Daß sie fuhr, als gehörte ihr die Straße, wunderte mich überhaupt nicht. Wie die meisten Journalisten geht sie nach dem Prinzip vor, daß die schrecklichen Autounfälle, über die sie lückenlos berichten, immer nur anderen zustoßen.

Der Golf war von seinem Platz vor dem Haus auf der Tamarind Grove verschwunden. Cheethams BMW stand vor der Garage, aber im Haus brannte kein Licht, obgleich es draußen so dunkel war, daß die Straßenlaternen schon glühten. Es konnte sein, daß Cheetham von der entzückenden Nell irgendwohin gefahren worden war. Was bedeutete, daß vielleicht niemand daheim war.

Um doppelt sicherzugehen, beschaffte ich mir seine Telefonnummer von der Auskunft. Das Telefon läutete viermal, dann schaltete sich der Anrufbeantworter ein. »Tut mir leid, ich kann Ihren Anruf im Augenblick nicht entgegennehmen...« Und so weiter. Kein hieb- und stichfester Beweis, daß das Haus verlassen war, aber ich überlegte, daß Cheetham zu gestreßt war, um gerade jetzt das Telefon zu ignorieren.

Ich konnte nicht widerstehen. In Minutenschnelle tauschte ich meine Straßenkleidung gegen einen Jogginganzug und Reeboks aus der Reisetasche, die ich immer im Auto bei mir habe. Ich nahm noch ein dünnes Paar Latexhandschuhe mit, für alle Fälle. Aus meiner Handtasche nahm ich mein Schweizer Armeemesser, meine starke Taschenlampe, eine abgelaufene Kreditkarte, einen Satz Juwelierwerkzeuge, die auch als Dietriche gehen, und eine Minikamera. Kurz, die Dinge, ohne die eine Frau niemals ausgehen sollte. Nachdem ich mich vergewissert hatte, daß die Straße verlassen war, sprang ich aus dem Lieferwagen und ging den Plattenweg entlang, der seitlich an Martin Cheethams Haus verlief. Obgleich der Klingelkasten an der Vorderseite des Hauses darauf schließen ließ, daß er eine Alarmanlage besaß, hatte er zum Glück nicht in Infrarotsicherheitslampen investiert, wie von Mortensen und Brannigan empfohlen.

Der Garten hinter dem Haus war von einem gut zwei Meter hohen Zaun umschlossen, und die Dunkelheit wurde noch durch dichte Büsche verstärkt, die seltsame Schatten auf eine gepflasterte Fläche mit dem unvermeidlichen Ziegelbarbecue warfen. Es drang kein Lichtschimmer durch die Verandatüren in den Garten, daher knipste ich vorsichtig meine Taschenlampe an. Ich spähte in ein Eßzimmer, das einen eigenartig altmodischen Eindruck machte.

Ich schaltete die Lampe wieder aus und ging behutsam über die Veranda zur Küchentür. Es war die solide, schwere Tür eines Menschen, der es mit den Sicherheitsvorkehrungen genau nimmt. Deshalb war ich ziemlich überrascht, als ich sah, daß der obere Teil des Küchenfensters einen Spalt offen stand. Ich ging an der Tür vorbei und schaute zu dem Fenster hoch. Es stand einige Zentimeter weit offen, und wenn es auch zu klein war, als daß jemand hindurchpaßte, eröffnete es doch einige Möglichkeiten.

Ich leuchtete mit meiner Taschenlampe durch das Fenster und sah eine Küche aus Kiefernholz, ein Sammelsurium von Geräten, eine Obstschale, einen Ständer mit Gemüse, ein Abtropfbrett mit

trockenem Geschirr, ein Regal mit Kochbüchern, einen Messer-
block und eine Ansammlung von Glaskrügen und Flaschen. Es sah
mehr nach einem Tisch auf einem Flohmarkt aus.

Die Tür zwischen Küche und Korridor war angelehnt, und ich
beugte mich leicht vor, um den Strahl meiner Lampe durch den
Raum zu schwenken. Eingekeilt zwischem dem Strahl meiner
Lampe und dem Schein der Straßenlaterne vor dem Haus, sah ich
den Körper einer Frau, der sich langsam drehte, rundherum, rundherum, rundherum.

17. Kapitel

Als nächstes stellte ich fest, daß ich auf der Veranda hockte und
so fest den Rücken gegen die Hauswand preßte, daß ich die Struk-
tur des Mauerwerks an meiner Kopfhaut spürte. Ich hatte keine
Ahnung, wie ich dorthin gekommen war. Meine Taschenlampe war
ausgeschaltet, doch ich hatte immer noch den Anblick der bau-
melnden Leiche vor Augen. Ich drückte sie fest zu – das Bild der
Leiche, die in der Luft hing, blieb. Es hört sich herzlos an, doch
ich war wütend. Leichen sind nicht mein Metier. Der Wunsch, mich
einfach hinzulegen und zusammenzurollen, war fast übermäch-
tig. Ich wußte, daß ich so schnell wie möglich von hier verschwinden und die Polizei verständigen sollte, aber meine Glieder wollten
mir nicht gehorchen.

Es sah nach einem glasklaren Fall aus. Die Frau namens Nell war
am Nachmittag gekommen; jetzt war eine Frauenleiche im Haus
und ihr Auto war verschwunden. Für mich bedeutete das, daß
Cheetham sich auf einen Prozeß wegen Mordes gefaßt machen
mußte, nicht nur wegen Betruges. So oder so würde er auf längere
Sicht nicht mehr als Anwalt praktizieren. Auf der anderen Seite
würde Lomax mit ziemlicher Sicherheit eines Tages wieder betrügen. Er brauchte nur alles abzustreiten und die ganze Schuld auf
Cheetham zu schieben.

Ich stand mühsam auf. Ich wünschte, Richard wäre bei mir.
Nicht weil er von irgendwelchem praktischen Nutzen wäre, sondern weil er mir ausreden würde, was ich zu tun im Begriff stand.

Ich wußte, daß es eine Verrücktheit war, wußte, daß ich ein dummes Risiko einging, daß Bill sich deshalb ernsthaft mit mir zerstreiten würde. Aber ich war schon bis zu diesem Punkt gegangen und konnte jetzt nicht aufhören. Wenn es irgendwelche Beweise gab für das, was geschehen war, wollte ich sie mir genauer ansehen, bevor die Polizei sie kassierte. Wie Richard schon zu verschiedenen Gelegenheiten bemerkt hat, konjugiere ich so: Ich bin ausgebildete Privatdetektivin, du hast eine gesunde Neugier, sie/er ist ein Schnüffler.

Ich holte tief Luft und unterzog das Küchenfenster einer genauen Prüfung, wobei ich sorgfältig den Blick von der Türöffnung zum Korridor abwandte. Wenn ich hinaufgelangen könnte, wäre ich wohl auch imstande, durch das offene Fenster zu greifen und den Riegel am Seitenteil zurückzuschieben. Leider war das Fenstersims nicht breit genug, um darauf zu stehen, und es war auch nicht zufällig eine Leiter zur Hand. Das einzige, was irgendwie transportierbar aussah, waren die sorgsam angeordneten Ziegel des kreisförmigen Barbecues. Sie waren nicht gemauert, lediglich zusammengelegt wie die Bauklötze eines Kindes.

Seufzend machte ich mich daran, die Ziegel herbeizuschleppen, um unter dem Fenster eine Plattform zu bauen. Ich war dankbar für die Latexhandschuhe; ohne sie wären meine Hände zerfetzt worden. Es dauerte nicht lange, bis ich eine behelfsmäßige Treppe errichtet hatte, die hoch genug war, um den Arm durch das unverschlossene Fenster stecken zu können. Meine Fingerspitzen berührten kaum die Spitze des Fensterriegels. Ich öffnete die Klinge meines Schweizer Armeemessers, sie mündet in eine Art Widerhaken und hat mit Sicherheit irgend so einen malerischen Namen wie »Cordwanglers Ösenlöser«.

Es gelang mir, mit der ausgezogenen Klinge den Riegel hochzuschieben. Ich drückte das Fenster zu mir, und es schwang auf. Ich stieg in die Küchenspüle und schloß beide Fensterteile hinter mir. Auf der Geschirrablage suchte ich nach einem Lappen, dann wischte ich sorgfältig das Sims und die Spüle ab, um alle sichtbaren Spuren meines Eindringens zu beseitigen. Das letzte, was ich wollte, war eine Verhaftung wegen Mordes. In Wahrheit zögerte ich jedoch nur den Augenblick hinaus, in dem ich mich mit Nells baumelnder Leiche konfrontieren mußte. Man mußte sie am Treppengeländer

148

aufgehängt haben, dachte ich, als ich mich innerlich bereit machte, durch die Türöffnung zu gehen.

Ich trat in den Korridor, biß die Zähne zusammen und knipste meine Taschenlampe an. Die Leiche drehte sich immer noch träge in einem schwachen Luftzug. Ich sammelte all meinen Mut, begann meine Inspektion mit dem Fußboden und arbeitete mich von dort nach oben vor. Ein brauner Pump wie der, den ich vor ein paar Stunden aus dem Golf hatte steigen sehen, lag auf der Seite auf dem schlichten hellbeigen Berberteppich, als habe man ihn achtlos abgestreift. Sein Gegenstück steckte an dem linken Fuß der Leiche. Die Knöchel waren mit einem Liberty-Seidenschal zusammengebunden. Der Schal war so fest gebunden, daß er in das Fleisch über den Knöcheln schnitt. Sie trug hauchdünne dunkelbraune Strümpfe, für mich sahen sie nach Seide aus. Unter dem weiten, bauschigen Rock sah ich einen Strapsgürtel aufblitzen. Die Unterwäsche konnte ich nicht sehen. Wegen des Geruchs war ich deshalb erleichtert. Mein Blick wanderte weiter nach oben, über eine Seidentunika, die an der Taille von einem geflochtenen Ledergürtel mit Goldnieten, wie bei einer aufgestylten Ledertunte, zusammengehalten wurde. Die gutgeformten Beine waren an den Knien eingeknickt, von einem weiteren Schal festgehalten, der am Gürtel befestigt war.

Auch die Handgelenke waren mit einem Schal vor dem Körper zusammengebunden und gefaltet wie bei der so unschuldigen Doris Day in einem ihrer Fünfziger-Jahre-Streifen. Das alles erweckte den Eindruck einer bizarren sexuellen Phantasie. Ich versuchte, mir den Galgen nicht zu genau anzusehen, doch es war klar, daß die Frau mit einem Strick aus Seidenschals erhängt worden war. Ich schloß die Augen, schluckte mühsam und zwang mich, in das Gesicht zu sehen.

Es war nicht Nell.

Beim besten Willen konnte man in diesem geschwollenen, entstellten Gesicht nicht jenes wiederentdecken, das ich in Buxton und später in Cheethams Kanzlei gesehen hatte. Von hier unten ließ sich nicht viel sagen, nur daß das Haar seltsam asymmetrisch aussah. Das sichtbare Ohr war von einem unheilverkündenden bläulichen Violett, und die Gesichtshaut hatte ebenfalls eine eigenartige Farbe. Entsetzt und doch auch seltsam gebannt, ging ich um die Leiche herum und die Treppe hinauf. Fünf Stufen vom Treppenabsatz entfernt befand ich mich fast auf gleicher Höhe mit den blicklosen, von Blutpünktchen gesprenkelten Augen. Ich versuchte, in der Leiche kein menschliches Wesen, sondern einfach ein Beweisstück zu sehen. Aus der Nähe betrachtet, sah man, daß das braune Haar eine Perücke war. Was man ebenfalls feststellen konnte, trotz der scheußlich verzerrten Gesichtszüge und des dicken Make-ups, war die Identität der Leiche. An diesem Punkt konnte ich nicht mehr.

Ich spritzte mir kaltes Wasser ins Gesicht und zog dabei scharf die Luft ein. Ich trocknete mich mit Toilettenpapier ab und spülte es im Klo hinunter. Anschließend spülte ich noch einmal, zum sechstenmal seit ich mein Mittagessen losgeworden war. Man kann paranoid sein, das heißt aber noch längst nicht, daß die Spurensicherung dich nicht kriegen will. Ich wischte ein letztesmal durch die Toilettenschüssel, spülte noch einmal nach und hoffte inständig, daß der U-Bogen jetzt keine Spuren meiner Reaktion auf die Entdeckung mehr aufwies, die Entdeckung, daß Martin Cheetham in Frauenkleidern an einem Treppengeländer hing.

Ich schloß den Toilettendeckel und setzte mich darauf. Es war meine zweite Leiche überhaupt, und an solche Entdeckungen schien man sich erst gewöhnen zu müssen. Die Stimme der Klugheit und der Selbsterhaltung forderte mich auf, so schnell wie möglich von hier zu verschwinden und mit dem Anruf bei der Polizei zu warten, bis ich in der nächsten Grafschaft war. Die hartnäckige Stimme in meiner anderen Gehirnhälfte erinnerte mich, daß ich nie wieder eine solch günstige Gelegenheit haben würde, um herauszufinden, wie es so weit gekommen war. Ich glaubte nicht, daß Cheetham sich selbst getötet hatte, weil er dachte, ich hätte sein unehrliches Spiel bei dem Landverkauf aufgedeckt. Es mußte mehr dahinterstecken.

Ich zwang mich, das Bad zu verlassen und wieder zum Treppenabsatz zu gehen. »Es ist kein Mensch«, sagte ich mir immer wieder laut vor, als ob mich das überzeugen könnte. Ich stand auf dem Absatz, über dem Geländer, wo Cheethams Körper an dem Strick aus Seidenschals hing. Von hier aus sah er nicht ganz so schrecklich aus, obgleich ich aus dieser Position sehen konnte, was von unten den Blicken verborgen war, nämlich daß er eine Erektion hatte. Ich zwang mich, die Hand auszustrecken und seine Gesichtshaut zu berühren. Es gab keinen spürbaren Temperaturunterschied zwischen meiner Hand und der Leiche. Ich wußte nicht genug über Pathologie, um sagen zu können, was das bedeutete.

Ich wandte der Leiche den Rücken zu und begann mit meinen Nachforschungen. Der erste Raum, den ich betrat, war wohl das Gästezimmer. Es wurde nur schwach durch den Schein der Straßenlaternen erleuchtet. Der Raum war sauber und ordentlich, allerdings wieder merkwürdig altmodisch, wie ein Zimmer in meinem Elternhaus. Der Kleiderschrank war leer bis auf einen weißen Smoking, Abendhosen und zwei Abendhemden mit Rüschen. Die Kommode enthielt nur einige Handtücher in der untersten Schublade. Aufs Geratewohl hob ich ein nichtssagendes Aquarell des Lake District an. Ich konnte mir keinen anderen Grund denken, es aufzuhängen, als daß sich ein Safe dahinter verbarg. Falsch getippt.

Das nächste Zimmer erschien vielversprechender. Es lag zum Garten hin, deshalb ging ich das Risiko ein, die schweren, bodenlangen Chintzvorhänge zuzuziehen und das Licht einzuschalten. Spiegelschränke, die die ganze gegenüberliegende Wand einnahmen, ließen den Raum doppelt so groß erscheinen. Ein extragroßes Bett beherrschte die andere Wand. Die schlichte grüne Decke sah zerwühlt aus, als ob dort jemand gelegen hätte. Auf dem Fußboden neben dem Bett lag aufgeschlagen eine Zeitschrift. Ich ging in die Hocke und sah sie mir genauer an, blätterte vorsichtig. Es war sadomasochistische Pornographie von der Art, die in mir den Wunsch aufkommen läßt, mich Mary Whitehouse und der Moralischen Mehrheit anzuschließen. Die bedeutsamen Seiten kamen direkt vor der, die aufgeschlagen war. Sie zeigten eine illustrierte Geschichte über einen Mann, der seine Befriedigung daraus zog, so zu tun, als erhängte er sich.

Als ich so dahockte und mich schon allein von dem Anblick des Pornos schmutzig fühlte, fiel mir auf, daß die Bettwäsche in eigenartigem Kontrast dazu noch ganz frisch und sauber roch. Ich sah mir sorgfältig die Kissen an, dann ging ich um das Bett herum zu der unberührten Seite und hob die Decke hoch: keine Haare, keine Knitterfalten im Laken, kein Abdruck in den Kissen. Ich mochte zwar nicht viel Erfahrung mit Selbstmord haben, doch mir wollte nicht in den Kopf, daß jemand erst noch die Bettwäsche wechselte, bevor er sich umbrachte. Einer Eingebung folgend, ging ich zu dem geflochtenen Wäschekorb hinüber. Er enthielt zwei Hemden, zwei

Paar Socken, zwei Boxershorts und ein Badetuch. Aber keine Laken, Kissenbezüge oder Bettdecke. Es wurde immer eigenartiger.

Ich untersuchte die Kleiderschränke. Der erste enthielt ein halbes Dutzend Straßenanzüge und zwei Dutzend Hemden, alle von Marks & Spencer. Auf einem Schuhregal am Boden des Schranks standen sowohl Ausgeh- als auch Freizeitschuhe. An der Innenseite der Tür war ein Schlipshalter angebracht, der einen so exotischen Geschmack wie den eines Leichenbestatters offenbarte. Das nächste Element enthielt Freizeitkleidung – Poloshirts, Rugbyshirts, Jeans, alles sorgfältig gebügelt und aufgehängt. Hinter der nächsten Tür verbargen sich Schubfächer. T-Shirts, Unterwäsche, Socken, Pullover, Jogginghosen, alles zu ordentlichen Stapeln zusammengelegt.

Die letzten beiden Elemente schienen zusammenzugehören und waren verschlossen. Das Schloß war anders als die Leichtbaumodelle an den übrigen Türen, und deren Schlüssel paßten nicht. Ich fragte mich, wo Cheethams Schlüsselring sein mochte, und ging zum Nachtschrank. Die Schublade enthielt eine Brieftasche und einen Haufen Schlüssel, jedoch nicht den Schlüssel zum Kleiderschrank. Es half alles nichts. Ich mußte versuchen, das Schloß zu knacken, und aufpassen, daß es hinterher nicht so aussah, als ob sich jemand daran zu schaffen gemacht hätte.

Ich holte die zierlichen Werkzeuge heraus und fing an, behutsam mit einem schmalen, elastischen Metallstreifen an dem Schloß zu manipulieren. Schon der Gedanke, ein Schloß zu knacken, ließ meine Hände in den dünnen Handschuhen feucht werden. Ich stocherte herum und hoffte, daß es einigermaßen dem entsprach, was mein Freund Dennis mir beigebracht hatte. Nach Minuten, die mir wie Stunden vorkamen, stieß ich auf einen Widerstand, der mir zeigte, daß etwas nachgab. Ich betete, daß der Metallstreifen stark genug sein möge, und drehte ihn herum. Es gab ein Klicken, und langsam öffneten sich die Türen in meine Richtung.

Ich begriff, weshalb Martin Cheetham nicht wollte, daß irgendein Gelegenheitsschnüffler sie öffnete. Es war das letzte, was man im Schrank eines Spezialisten für Eigentumsübertragungen zu finden erwartete: Da hingen ein Dutzend schicker Outfits auf Bügeln, jedes mit einer durchsichtigen Plastikhülle überzogen, vom Cocktailkleid mit einem Jabot aus buntem Tüll und Pailletten bis zu einem eleganten Straßenkostüm mit schmalem Rock. Es gab einen Regenmantel und einen kamelhaarfarbenen Umschlagmantel. An einem Gestell an der Tür hing eine exotische Sammlung von Seidenschals, von Hermès bis zu einem indischen Schal im Hippie-Look. Den unteren Teil des einen Halbschranks nahm eine Kommode ein. Die oberste Schublade war mit einer erstaunlichen und luxuriösen Kollektion aus Damenunterwäsche in Seide wie in Leder vollgestopft. Ja, es stimmt, »Damenunterwäsche«. Die zweite Schublade enthielt ein ganzes Sortiment an Schaumstoff- und Kieselgelprothesen, die sich in drei Kategorien unterteilen ließen: Brüste, Hüften und Hinterbacken. Sie enthielt außerdem mehr Schminkutensilien, als ich jemals besessen habe, selbst als experimentierfreudiger Teenager, sowie eine Auswahl an künstlichen Fingernägeln.

Die unteren Schubladen waren angefüllt mit einer bizarren Ansammlung aus Gurten, Klammern und unidentifizierbaren Lederartikeln mit Schnallen und Nieten. Ich wollte nicht einmal darüber nachdenken, wie das alles in die fremde Welt von Martin Cheethams Sexualleben hineinpaßte. Ebenso gab es dort einige Vibratoren, einer so groß, daß meine Augen schon bei dem Anblick tränten. Ich knallte die Schubladen zu. Ganz unten verlief ein Regal mit Schuhen und dazu passenden Handtaschen. Sie allein mußten an die zwei Riesen gekostet haben.

Ich nahm die erste Handtasche, eine italienische Mappe aus weichem schwarzen Leder, für die Alexis einen Mord begangen hätte. Dieser zufällige Gedanke ließ mich mit einem Ruck auffahren. Alexis! Ich hatte unseren Beinahe-Zusammenstoß am Ende der Straße völlig vergessen! Mit all dem konnte sie nichts zu tun haben. Ich wußte, daß es nicht sein konnte, und doch sagte die kleine Verräterstimme in meinem Kopf immer wieder: »Das weißt du nicht. Sie könnte ihm den Rest gegeben haben.« Ich schüttelte heftig den Kopf, wie ein Hund, der aus einem Fluß auftaucht, und fuhr mit meiner Suche fort.

Das dritte Zimmer, wenig mehr als eine Abstellkammer, war zu einem Büro umfunktioniert worden, mit einem abgestoßenen alten Aktenschrank, einem schäbigen Holzschreibtisch und einem sehr primitiven PC, kompatibel mit dem in seinem Büro, vermutlich damit er sich Arbeit mit nach Hause nehmen konnte. Nach kurzer

Suche zeigte sich, wo Lomax sich seine Dokumente geholt hatte. Drei der vier Schubfächer in dem Aktenschrank waren leer. Das vierte enthielt lediglich zwei Karteikästen, wie es schien mit Privatquittungen, Kreditkarten und dem wahllosen Zeug, das sich in jedem Haushalt ansammelt. Ich ging rasch die beiden Kästen durch, fand jedoch nichts von Interesse.

Der Schreibtisch hatte noch weniger zu bieten: Papier, Umschläge und den bizarren Krimskrams, der an jedem Arbeitsplatz mindestens eine Schublade füllt. Das Interessante war das, was fehlte. Es gab keine einzige Diskette, eine schlimme Unterlassung, wenn man bedachte, daß der Computer in Cheethams Heimbüro keine Festplatte hatte. Mit anderen Worten, der Computer selbst hatte keinen permanten Speicher. Jedesmal, wenn er eingeschaltet wurde, war er wie ein leeres Blatt Papier. Falls Lomax die Disketten mitgenommen hatte, dann vermutlich ohne Cheethams Erlaubnis oder Mitwirkung, denn auch wenn er belastendes Material hatte loswerden wollen, gab es nicht den geringsten Grund, warum er den Wunsch haben sollte, ebenfalls die Software wegzuschaffen, die er brauchte, um den Computer zu betreiben.

Mit diesen Überlegungen beschäftigt, beendete ich die Durchsuchung des Büros und ging nach unten, wobei ich den Anblick der Leiche möglichst mied. Als ich das Wohnzimmer betrat, schaute ich auf meine Uhr. Ich hielt mich seit knapp einer Stunde im Haus auf. Ich konnte es mir wirklich nicht leisten, noch viel länger hierzubleiben. Mir fehlte nur noch, daß Nell oder Lomax wiederkamen und mich hier fanden.

Wie sich zeigte, brauchte ich nicht lange, um die Durchsuchung des Hauses abzuschließen. Zuletzt kam ich in die Küche, wo übrigens weder die Waschmaschine noch der Wäschetrockner Bettzeug enthielten. Der brauchbarste Gegenstand, den ich fand, war ein Satz Ersatzschlüssel in der Besteckschublade. Als ich durch die Hintertür hinausging, empfand ich ein Gefühl ungeheurer Leere. Die Anspannung, die mich aufrecht gehalten hatte, gab plötzlich nach, und meine Knie wurden weich. Irgendwie fand ich dennoch die Kraft, die Ziegel annähernd in der Anordnung eines Barbecue zurückzulegen, dann schlich ich um das Haus herum zur Straße und überprüfte, ob auch niemand zu sehen war, bevor ich zu meinem Lieferwagen ging. Ich konnte nur hoffen, daß keiner der Nachbarn, wenn sie von Cheethams Tod erfuhren, sich an den seltsamen Lieferwagen erinnern würde, der einige Häuser weiter geparkt hatte.

Ausnahmsweise fuhr ich in vorschriftsmäßigem Tempo nach Hause. Der Verkehr war schuld, daß ich schwach wurde. Auf dem Heimweg mußte ich an der Getreidebörse vorbei, und als ich die Cateaton Street hochfuhr, kam alles zum Erliegen. Die Ampeln unten auf Shude Hill waren ausgefallen, und das daraus resultierende Chaos legte den Stoßverkehr im Stadtzentrum lahm. Es wirkte wie ein Zeichen des Himmels, also bog ich aus dem Hauptstau in die Hanging Ditch ein und parkte den Lieferwagen.

Fünf Minuten später war ich in Martin Cheethams Büro.

18. Kapitel

Kate Brannigans Einbrechertip Nummer drei: Brechen Sie stets tagsüber in Büros ein. Nachts bemerken die Leute das Licht in Büros. Und Leute, die Licht in Büros bemerken, das nicht brennen sollte, haben die gemeine Angewohnheit, zum Sicherheitspersonal zu gehören. Wie dem auch sei, Regeln sind dazu da, um gebrochen zu werden, und außerdem war ich nicht der erste ungebetene Besuch in Martin Cheethams Büro.

Das war mir klar, als ich den Safe sah. Die Reproduktion von Monets WASSERLILIEN, die bei meinem letzten Besuch davor gehangen hatte, lag auf dem Fußboden, und der Safe stand offen. Ich seufzte frustriert und warf einen Blick hinein. Ich fand genau das, was ich erwartet hatte. Nichts.

Der Verzweiflung nahe, schaute ich mich um. Hier war genug Papier, um den unbeliebtesten Beamten bei der Kriminalpolizei einen Monat lang zu beschäftigen. Außerdem glaubte ich nicht, daß ich irgend etwas Aufschlußreiches finden würde. Ich setzte meine Hoffnungen nach wie vor auf Cheethams Computerdateien, besonders da er einen Scanner hatte, der es ihm gestattete, jedes beliebige Dokument auf direktem Wege in seinen Computer einzugeben. Eine kurze Überprüfung des Schreibtischs zeigte, daß auch hier die Disketten fehlten, wie schon bei ihm zu Hause. Allerdings gab es

155

einen Unterschied. Der PC, der auf dem Schreibtisch stand, hatte eine Festplatte. Mit anderen Worten, es bestand die Chance, daß das Original des Materials auf den gestohlenen Disketten in dem Gerät vor mir gespeichert war.

Der Augenblick war gekommen, um zum letzten Mittel zu greifen, daher tat ich das Naheliegendste. Ich schaltete das Gerät ein. Es lud automatisch die Systemdateien. Dann erschien ein Prompt-Programm und verlangte eine Eingabe. Ich bat das Gerät, mir die Überschriften zu zeigen, unter denen die Dateien abgespeichert waren. In der folgenden Liste entdeckte ich ein paar bekannte Softwarenamen – ein Textverarbeitungspaket, ein Spreadsheet und ein Buchhaltungsprogramm. Der Rest der Liste bestand vermutlich aus Textdateien. Zunächst lud ich das Textverarbeitungspaket, das es mir ermöglichen würde, die Dateien zu lesen, dann probierte ich es mit einem Verzeichnis namens WORK.C. Es schien sämtliche Korrespondenz zu enthalten plus Einzelheiten über die Verträge zu den Immobilien, die er gegenwärtig in Arbeit hatte. Die Dateien waren nach dem Kriterium unterteilt, ob Cheetham den Verkäufer oder den Käufer vertrat und in welchem Stadium er sich befand. Es war unwahrscheinlich langweilig.

Das nächste Verzeichnis, mit dem ich es probierte, hieß WORK.L. Als ich es aufzurufen versuchte, tat sich nichts. Ich versuchte es erneut, und wieder passierte nichts. Ich probierte noch auf andere Art, in das Verzeichnis hineinzukommen, aber zweifellos war irgendeine Zugriffssperre installiert. Verzweifelt durchsuchte ich noch einmal Cheethams Schubladen und hielt nach einem irgendwo hingekritzelten einzelnen Wort Ausschau, das ein Paßwort für das Verzeichnis sein könnte, leider ohne Erfolg. Ich wußte, wenn wir genug Zeit hatten, könnten Bill oder ich uns in die versteckten Dateien des blockierten Verzeichnisses einhacken, aber Zeit war wohl genau das, was mir nicht zur Verfügung stand.

Na und? Ich war bereits so viele Risiken eingegangen, was machte da eines mehr oder weniger schon aus? Ich klinkte die Tür hinter mir nur ein, verließ Cheethams Kanzlei und ging zum Lieferwagen zurück. Dann öffnete ich den Sicherheitskasten, der an den Boden geschweißt war, und holte unseren Büro-Laptop heraus. Es ist ein tragbares Gerät, kompatibler mit entsprechenden Schreibtischgeräten als jedes verheiratete Paar, das ich kenne. Seine Speicherkapazität entspricht etwa sechzig Romanen. Mit dem dicken Aktenkoffer ging ich wieder in die Getreidebörse, wobei ich mir alle Mühe gab, ganz unbekümmert zu wirken, und kehrte wie durch ein Wunder unbemerkt in Cheethams Büro zurück.

In der Software auf der Festplatte unseres Laptop befand sich ein Programm, das für Situationen wie diese wie maßgeschneidert war. Ein Spezialprogramm für Datentransfer, das man dazu benutzt, Daten beschleunigt zwischen Laptops und Tischgeräten zu übertragen. Ich wickelte das Kabel ab, das die technische Verbindung zwischen den beiden Geräten herstellen sollte, und stöpselte es an beiden Enden ein. Dann schaltete ich mein Gerät ein und lud die Software.

Das Programm sendet über ein höchst ausgeklügeltes Kommunikationsprogramm, das anschließend dazu benutzt wird, die Dateien von dem Zielgerät zu »stehlen«. Ein großer Vorteil bei der Verwendung solcher Programme ist, daß man auf dem geplünderten Gerät keinerlei Spuren zurückläßt. Der Vorgang selbst umgeht häufig auch Sicherheitspakete, die der Operator des Zielcomputers installiert hat. Der größte Vorteil ist jedoch, daß es extrem schnell geht. Zehn Minuten nach meiner Rückkehr in Cheethams Büro war ich soweit, mit dem Inhalt von WORK.C und WORK.L auf meiner Festplatte zur Tür hinauszuspazieren zu können.

Allerdings hatte ich zuvor noch zwei Dinge zu erledigen. Ich nahm das Telefon und wählte die Nummer meines Lieblingschinarestaurants, um Essen zu bestellen. Dann rief ich die Zentrale der Polizei von Großmanchester an. Gelassen erklärte ich dem Vermittler, der sich meldete, daß sich in 27 Tamarind Grove eine Leiche befand, und legte auf.

Der Verkehr hatte sich gelegt, und eine Viertelstunde später holte ich mein chinesisches Essen ab. Gerade hatte ich meinen Wagen in der Einfahrt meines Bungalows abgestellt, als mir einfiel, daß ich die Bänder von der Observierung nicht überprüft hatte. Ich hatte zwei Möglichkeiten. Entweder konnte ich reingehen und mein chinesisches Essen verspeisen, vorzugsweise zusammen mit Richard, und später, wenn ich richtig gut drauf und entspannt war, mich rüber nach Stocksport schleppen und meiner Arbeit nachgehen. Oder ich konnte jetzt fahren und hoffen, daß es dort nichts gab, das die ganze Nacht über meine Anwesenheit erforderte. Da ich das bin, was Richard mit dem Begriff langweilige alte Kuh umschreiben würde, beschloß ich, erst mein Arbeitspensum für heute zu erledigen, bevor ich es mir gemütlich machte. Außerdem taten meine Blutergüsse weh, und ich wußte, wenn ich mich erst auf meinem behaglichen Sofa niedergelassen hatte, würde ich vielleicht nie wieder aufstehen, es sei denn, um in ein heißes Bad zu steigen.

Die Fahrt nach Stockport war eine chinesische Aroma-Folter. Es gibt nichts Schlimmeres als den Geruch von heißer saurer Suppe und Salz-und-Pfeffer-Rippchen, wenn seit dem Frühstück nichts in deinem Magen geblieben ist und du nicht essen kannst. Was noch zu meinem Frust beitrug, war der Umstand, daß in meiner hübschen kleinen observierten Doppelhaushälfte niemand daheim war. Und daß, meiner Wanze zufolge, auch in der Zwischenzeit niemand zu Hause gewesen war. Das Telefon hatte wieder ein paarmal geläutet, und das war alles, was bei meiner illegalen Observierung herausgekommen war.

Als ich endlich nach Hause kam, lenkte mein Angebot, uns das chinesische Essen zu teilen, Richard von einem Bhangra-Piratensender ab, den er sich berufshalber angehört hatte. Manchmal denke ich, daß sein Job noch schlimmer ist als meiner. Ich erzählte ihm von meinen neuesten Abenteuern, was dem Abendessen eine zusätzliche Würze verlieh, an die selbst die Chinesen nicht im Traum gedacht hatten.

»Dann hat er sich selbst umgebracht? Oder war es ein schäbiger Sex-Unfalltod?« fragte er in seiner Imitation eines Boulevard-Journalisten, während er in dem *Char-Siu*-Schweinefleisch herumstocherte, um an die Sojasprossen darunter heranzukommen.

»Es sieht so aus. Aber ich glaube nicht, daß er es selbst war«, sagte ich.

»Wie kommt's, Superdetektiv?«

»Wegen einer Reihe von Kleinigkeiten, die für sich genommen bedeutungslos sind, mir jedoch zusammengenommen unangenehm aufstoßen«, erwiderte ich.

»Wollen wir sie zusammen durchgehen? Um zu sehen, ob du es dir nicht bloß einbildest?« bot Richard an. Ich wußte, daß er in Wahrheit meinte: Da du zu wohlerzogen bist, um mit vollem Mund zu reden, bedeutet das, daß ich mehr bekomme. Ich gab charmant nach, weil er ganz recht hatte, ich wollte durchaus überprüfen, ob meine Vermutungen eine echte Grundlage hatten.

»Na schön«, sagte ich. »Punkt eins. Ich halte Nell für Martin Cheethams Freundin, nach der Körpersprache bei den beiden Malen, als ich sie zusammen gesehen habe. Sie war etwa zwanzig Minuten im Haus, maximal dreißig, bevor Lomax eintraf. Wenn sie und Cheetham ihre Spielchen trieben, würde das erklären, weshalb er in seinen Frauenklamotten steckte. Andererseits, wenn sie mit Liebemachen beschäftigt waren, wie ging dann das mit Lomax und den Dateien?«

»Vielleicht hat er sich einfach reingeschlichen und sich bedient«, schlug Richard vor.

»Nein, er hatte keinen Schlüssel. Jemand hat ihn hereingelassen, ich konnte allerdings nicht sehen, wer. Ich bin überzeugt, daß Lomax die Dateien ohne Cheethams Mitwirkung weggeschafft hat.«

»Wieso?« fragte Richard.

»Wenn Cheetham einzig die belastenden Beweisstücke loswerden wollte, dann hätte er nur Disketten mit Daten darauf beseitigt. Er hätte nicht auch die Disketten mit der Software entfernt, weil er genau wußte, daß ein Computer ganz ohne Disketten viel verdächtiger ist als einer nur mit Software und ohne Daten«, erklärte ich. Richard nickte zustimmend.

»Außerdem war das Bettzeug sauber. Jemand hat das Bett frisch überzogen, nachdem zum letztenmal darin oder darauf geschlafen wurde. Und es war weder Bettzeug im Wäschekorb noch in der Waschmaschine oder im Trockner. Also wo sind die schmutzigen Laken? Wenn Cheetham und Nell geschmust haben, oder was immer sadomasochistische Transvestiten im Bett tun, dann gäbe es forensisch nachweisbare Spuren von ihr auf dem Bettzeug. Heutzutage weiß jeder Fernsehzuschauer über solche Dinge Bescheid. Wenn sie und Lomax Cheetham also tatsächlich getötet haben und es wie einen Tod durch eine bizarre sexuelle Phantasie aussehen lassen wollten, dann mußten sie den Eindruck erwecken, als sei er mit seinem Schundmagazin allein gewesen. Und das ist die einzige Erklärung, die mir einfällt.«

»Vielleicht hat er eine Putzfrau, die seine Wäsche mit zu sich nach Hause nimmt«, schlug Richard vor und spann damit seine eigene Phantasie.

»Mag sein, aber ich glaube es nicht. In dem Wäschekorb im Schlafzimmer lag Schmutzwäsche. Dann ist da der andere Punkt

159

mit den Computern. Wer auch immer den Bürosafe ausgeräumt und die Disketten von dort entfernt hat, es war nicht Cheetham selbst.«

»Wieso?« fragte Richard. »Ich meine, wenn deine Schnüffelei ihn langsam nervös machte, würde er da nicht versuchen, alles Belastende loszuwerden?«

»Sollte man annehmen. Aber es war sein Computer. Die Person, die die Beweise weggeschafft hat, war jemand, der nicht begriffen hat, daß die Disketten lediglich die Back-up-Kopien von dem waren, was sich auf der Festplatte befindet. Er wußte nicht Bescheid über die Festplatte, weil er die Daten nämlich dort gelassen hat.«

Richard schüttelte den Kopf. »Ich weiß nicht, Brannigan. Das ist alles ein bißchen dürftig. Seit du im Frühjahr den Mord an Moira aufgeklärt hast, siehst du laufend verdächtige Todesfälle. Guck dir nur an, wie du dich in die Sache mit dem Klienten hineingesteigert hast, der nach der Änderung seines Testaments starb, und es stellte sich heraus, daß er seit Jahren ein Herzleiden hatte, daran war nichts Verdächtiges.«

»Aber das hier ist sehr wohl verdächtig, das mußt selbst du zugeben«, protestierte ich.

»Ich könnte dir eine Erklärung liefern, die alle Fakten berücksichtigt«, sagte Richard, während er sich den letzten Krabbenwonton nahm.

»Dann mal los«, forderte ich ihn heraus, überzeugt, daß ich jede Theorie, die sein verdrehtes Hirn sich ausdenken mochte, zerpflükken konnte.

Richard schluckte, lehnte sich in seinem Stuhl zurück und putzte, die akademisch Gelehrten, die im Fernsehen dozieren, parodierend, seine Brille. »Na schön. Er hatte eine Auseinandersetzung mit dir, dann hetzt er zu seinem Treffen mit Lomax. Als Ergebnis davon ist er echt überdreht, aber er glaubt, daß er die Sache hervorragend gemeistert hat und sich eine Belohnung verdient hat. Also arrangiert er es so, daß diese Soundso, die Freundin, zu nachmittäglichen Freuden vorbeikommt. Nun, nach allem, was du mir von seiner kleinen Schatztruhe erzählt hast, wer weiß, was dieses Pärchen getrieben hat, wenn es die Klunker auszog? Nur mal angenommen, er hat dieses Bild in Szene gesetzt, um sie auf Touren zu bringen – er steckt von Kopf bis Fuß in Frauenklamotten, gefesselt, und tut so, als ob er sich erhängt, als sie eintrifft. Nur gerät es außer Kontrolle, und er tritt ab. Soweit alles klar?«

Ich nickte widerstrebend. Sicherlich hatte Cheetham genügend Zeit allein im Haus gehabt, um dieses Szenarium plausibel zu machen. »Alles klar«, sagte ich und seufzte.

»Also wie würdest du reagieren, wenn du in das Haus deines Freundes kommst und er im Kleid tot vom Geländer hängt? Besonders wenn du weißt, daß er in eine krumme Sache verwickelt war, die auffliegen wird, jetzt, wo er den Löffel abgegeben hat? Denk dran, die reizende Lady könnte selbst bis zum Hals in seinen kleinen schmutzigen Plänen mit drinstecken, was wissen wir denn schon? Du würdest dich doch absichern wollen, oder?« Er schenkte mir wieder mal dieses Lächeln, das mich ins Unglück gestürzt hatte.

»Sicher«, gab ich zu.

»Dann taucht plötzlich Lomax auf, als ob der Teufel hinter ihm her wäre, und die beiden schaffen alles weg, was auch nur im entferntesten mit Cheethams kleinen Schwindelgeschäften in Verbindung gebracht werden könnte. Lomax verschwindet mit sämtlichen belastenden Dokumenten, und... wie heißt sie noch gleich?« Er schaute mich fragend an.

»Nell«, half ich ihm auf die Sprünge.

»Ja, Little Nell, wie konnte ich das nur vergessen?«

»Das ist nicht der Augenblick für obszöne Rugbylieder«, sagte ich.

»Die falsche Sportart, Brannigan. YOU'LL NEVER WALK ALONE ist mehr mein Fall als THE BALL OF KIRRIEMUIR. Auf jeden Fall, wie du schon so richtig gesagt hast, weiß heutzutage jeder Dummkopf, daß die Gerichtsmedizin die Spuren von Little Nell nicht nur am Schauplatz des Verbrechens, sondern auch im Bett feststellen könnte, wenn sie darin gelegen haben, seit das letztemal die Laken gewechselt wurden. Sie tut nichts weiter, als die schmutzige Wäsche abzuziehen, damit sie sie insgeheim waschen kann. In der Zwischenzeit geht Lomax in Cheethams Büro, räumt den Safe aus und macht sich mit den Computerdisketten zack, zack aus dem Büro davon. Jetzt weis mir mal die Löcher darin nach«, schloß er triumphierend.

Ich dachte kurz darüber nach, dann sprang ich auf. »Stopp«, sagte ich, schon auf dem Weg zu meinem Gästezimmer, das mir zugleich als Arbeitszimmer und Computerraum dient. Ich holte ein populärwissenschaftliches Buch über Gerichtsmedizin, das Richard mir als eine Art Gag zum Geburtstag gekauft hatte. Ich fuhr mit dem Finger den Index entlang und blätterte zu dem Abschnitt über Körpertemperatur. »Ich hab's!« rief ich. Richard erschien in der Tür, er sah geknickt aus. Ich zeigte auf den entsprechenden Satz. »›Die Faustregel, die von den Pathologen angewendet wird, lautet, daß eine bekleidete Leiche sich an der Luft pro Stunde zwischen zwei und fünf Grad Fahrenheit abkühlt‹ steht hier«, sagte ich. »Und als ich ihn berührte, hatte er dieselbe Temperatur wie ich, jedenfalls so gut wie. Auf keinen Fall war er zwischen vier und zehn Grad kälter als ich, was er hätte sein müssen, wenn er zu der Zeit starb, von der du ausgegangen bist.«

Richard nahm mir das Buch aus der Hand und las die besagte Passage. Wie gewöhnlich setzte sich der Journalist in ihm durch, und er fand alle möglichen faszinierenden Dinge, die er einfach lesen mußte. Ich überließ ihn seiner Lektüre und fing an, das Chaos vom Abendessen aufzuräumen. Gerade hatte ich die Alubehälter in die Mülltonne geworfen, da tauchte er wieder auf und schwenkte das Buch mit einem Ausdruck schieren Triumphs.

»Du hättest weiterlesen sollen«, sagte er, ganz Unschuld. »Dann hättest du mir nicht nur die Hälfte erzählt. Sieh mal«, fügte er hinzu und zeigte auf einen Paragraphen auf der folgenden Seite.

»›In den meisten Fällen erhöht sich beim Erstickungstod die Körpertemperatur. Dies muß bei der Schätzung der Todeszeit in Betracht gezogen werden und hat in einigen historischen Fällen bekanntermaßen für Verwirrung gesorgt‹«, las ich. »Mist«, sagte ich. »Na schön, du hast gewonnen.« Ich seufzte. »Ich lasse meine Phantasie mit mir durchgehen.«

»Also akzeptierst du meine Theorie?« fragte Richard mit ganz und gar ungläubiger Miene.

»Scheint so«, sagte ich.

»Es hat doch zumindest ein Gutes«, sagte er. »Ich weiß, ich habe dich soeben des Vergnügens beraubt, einen Mörder zu jagen, aber sieh es mal von der positiven Seite. Es entlastet Alexis.«

»Ich habe keinen Augenblick angenommen, daß sie irgendwie belastet ist«, log ich in eisigem Ton.

»Natürlich nicht«, sagte Richard und zwinkerte auffällig. »Na ja, und jetzt, wo ich dir die ganze Mühe einer Mörderjagd erspart habe, kriege ich da eine Belohnung?«

Ich überprüfte meinen Körper auf Blutergüsse und Taubheitsgefühle. Er fing an zu heilen, kein Zweifel. Ich lehnte mich an Richards warmen Körper und murmelte: »Deine Wohnung oder meine?«

19. Kapitel

Die hervorquellenden Augen fixierten mich, die blauen Lippen preßten eine Botschaft hervor, die ich weder hören noch lesen konnte. Ich wich zurück, aber das Gesicht folgte mir. Ich schrie es an, und von dem Klang meiner eigenen Stimme wachte ich auf, in starrem Entsetzen, das mir das Adrenalin durch die Adern schießen ließ. Die Uhr zeigte sechs, Richard lag auf dem Bauch und atmete gerade so schwer, daß man es noch nicht als Schnarchen bezeichnen konnte, und ich war hellwach, und Martin Cheethams Gesicht klagte mich an.

Auch wenn er nicht ermordet worden war, hatten Nell und Lomax sich unverzeihlich verhalten, vorausgesetzt, es gab überhaupt noch jemanden, der ihnen hätte verzeihen können. Speziell Nells Handlungsweise widerte mich an. Ich wußte, daß ich mich nicht so verhalten würde, wenn jemand, mit dem ich intim gewesen war, tot in der Diele hinge. Für Nell und Lomax mußte eine Menge auf dem Spiel stehen, wenn sie den Mut gehabt hatten, dieses Vertuschungsmanöver durchzuziehen, und obgleich die Stimme der Vernunft mir sagte, daß es mich nichts anging, wollte ich der Sache auf den Grund gehen.

Da ich ohnehin wach war, beschloß ich, etwas Sinnvolles zu tun. Ich kletterte aus Richards Bett und ging durch den Wintergarten in mein Haus. Eine heiße Dusche vertrieb die morgendliche Steifheit, die meiner Muskulatur nach wie vor zu schaffen machte, und eine Tasse starken Kaffees brachte schlagartig mein Gehirn auf Touren. Ich wählte eine flaschengrüne Hose und einen passenden Pullover aus, dazu einen rotbraunen wattierten Blouson aus Seide, den ich als Schnäppchen bei Strangeways erstanden hatte.

163

Es war Viertel vor sieben, als ich vor Alexis' Haus parkte. Wie erwartet, stand ihr Wagen noch in der Einfahrt. Ich kannte ihren Tagesablauf von früher. Aufstehen um sechs, um fünf nach sechs mit einer Kanne Kaffee, dem Telefon und ihrem Notizbuch ins Bad. Morgendliche Anrufe bei den Cops, dann um halb sieben aus der Wanne. Dann Toast und die Boulevardblätter. Ich schätzte, daß sie jetzt gerade ihre zweite Scheibe Toast aß. Leider würde sie *heute* morgen nicht um sieben im Büro sein.

Ich schaute durch das Küchenfenster, als ich an die Tür klopfte. Alexis ließ bei meinem Klopfen ihren Toast fallen. Ich winkte und lächelte ihr zu. Mit resigniertem Blick öffnete sie die Tür.

»Ich habe eine Frage an dich«, verkündete ich.

»Komm herein, nur zu«, sagte Alexis, als ich schon die Küche durchquerte und den Kessel anschaltete.

»Als du gestern aus der Tamarind Grove weggefahren bist, wußtest du da schon, daß Martin Cheetham tot war?« fragte ich im Plauderton und löffelte Kaffeepulver in einen Becher.

Einen Augenblick lang erstarrte Alexis' Gesicht. Da sie immer blaß ist, schien sie jetzt schneeweiß zu werden. »Wie, zum Teufel, hast du das erfahren?« fragte sie bohrend. Wenn sie diesen Ton beruflich benutzte, würde sie allerhand Geständnisse zu hören kriegen, nach denen sie gar nicht gefragt hatte.

»Du erinnerst dich wohl nicht an einen roten Little-Rascal-Lieferwagen, in den du fast hineingefahren bist? Das war ich. Ich weiß es noch so genau, weil ich mich flüchtig gefragt habe, was Bill wohl sagen würde, wenn ich das zweite Fahrzeug der Firma in einer Woche zu Schrott gefahren hätte«, sagte ich in dem Versuch, die Stimmung etwas aufzulockern.

»Ich hätte es wissen sollen.« Alexis seufzte. »Wenn du noch Kaffee aufbrühst, nehme ich auch eine Tasse.«

Ich machte den Kaffee und sagte dann: »Ich höre.«

Alexis zündete sich eine Zigarette an und nahm mehrere tiefe Züge, bevor sie sprach. Manchmal denke ich, es muß schön sein, stets ein Instantberuhigungsmittel zur Hand zu haben.

»Ich hatte mittags einiges getrunken. Ich war nicht blau, nur ein bißchen streitlustig. Also habe ich mir eine Dose Sprühfarbe gekauft. Ich wollte irgendein böses Grafitti an Cheethams Haus sprühen«, sagte sie und sah so verlegen aus, wie ihr zumute sein mußte.

164

»Jedenfalls, als ich dort ankam, stand sein Auto in der Einfahrt. Ich habe mit dem Gedanken gespielt, ihm ›Du miese Ratte‹ auf die Motorhaube zu sprühen. Aber dann dachte ich, wenn er schon daheim ist, kann ich ihm ebensogut die Meinung ins Gesicht sagen. Also habe ich geläutet. Als niemand antwortete, habe ich durch den Briefschlitz geschaut. Und die Füße gesehen, die Beine, wie sie da so baumelten. Da bin ich los wie eine Wahnsinnige«, sagte Alexis und senkte den Kopf, so daß ihr widerspenstiger schwarzer Haarschopf ihr Gesicht verbarg.

»Du hast nicht die Cops angerufen?« fragte ich.

»Ich hatte keinen akzeptablen Grund, dort zu sein. Ich wußte nicht mal, wer die Leiche war. Und als anonyme Anruferin tauge ich nicht. Fast jeder Cop in Manchester weiß, wen er an der Strippe hat, sobald ich nur den Mund aufmache.« Sie hatte recht. Jeder, der auch nur einmal mit Alexis gesprochen hatte, würde diese rauchige Liverpooler Stimme wiedererkennen.

»Es tut mir leid«, sagte ich. »Ich hätte dich schon gestern abend deswegen anrufen sollen. Aber ich war einfach zu erledigt. Wann ist dir klar geworden, daß es Cheetham war?«

»Als ich heute morgen bei den Cops anrief. Ein routinemäßiger, unverdächtiger Todesfall, haben sie gesagt. Wenn er kein Anwalt gewesen wäre, hätten sie seinen Tod wahrscheinlich nicht mal erwähnt. Mir hat sich der Magen umgedreht, das kannst du mir glauben.«

»Irgendwelche Einzelheiten?« fragte ich.

»Nicht viel. Inoffiziell habe ich rausgekriegt, daß er Frauenkleider trug und irgendwelche Fesselspiele gespielt hat. Laut dem am Tatort ermittelnden Inspektor hatte er eine richtige kleine Folterkammer in seinem Kleiderschrank. Sie gehen davon aus, daß er irgendwann gestern nachmittag gestorben ist. Er war nicht vorbestraft wegen sexueller Delikte. Keine Verwarnung. Er stand nicht mal auf ihrer Liste von Leuten, die in ihrer Freizeit einen losmachen. Die Polizei glaubt nicht, daß es Mord war. Sie glauben nicht mal, daß es Selbstmord war, bloß ein Unfall. Ich kann nur sagen, dem Himmel sei Dank, daß er keine neugierigen Nachbarn hatte, ansonsten würden die Jungs mich jetzt fragen, was ich gestern nachmittag eigentlich an seiner Tür wollte.« Alexis brachte ein mattes Lächeln zustande. »Besonders wenn sie wüßten, daß ich eine Privatdetektivin darauf angesetzt habe, mir die fünf Riesen wiederzubeschaffen, die er mir mit anderen zusammen abgenommen hat.«

»Du bist nicht die einzige, die gestern dort war«, sagte ich und setzte sie über die Ereignisse des Nachmittags ins Bild. »Ich war absolut sicher, daß sie ihn umgebracht haben«, fügte ich hinzu. »Aber Richard hat mich davon überzeugt, daß ich Gespenster sehe.«

»Und was jetzt?« fragte Alexis.

»Na ja, theoretisch könnten wir Cheethams Tod einfach ignorieren, ich könnte Lomax weiter in deinem Auftrag beschatten und versuchen, Geld von ihm zu bekommen. Das Problem ist, jetzt, wo Cheetham nicht mehr lebt, wird Lomax, fürchte ich, jede kriminelle Verwicklung in die Angelegenheit abstreiten wollen und alles Cheetham in die Schuhe schieben.«

»Du glaubst doch nicht wirklich, daß er damit durchkommen würde, oder?« wollte Alexis wissen, während sie sich eine neue Zigarette anzündete.

»Ich weiß es offen gestanden nicht«, gab ich zu. »Ich habe das Gefühl, daß Lomax und Cheetham zusammen viel mehr auf dem Kerbholz hatten, als wir bisher wissen. Und wenn es irgendeinen Beweis gibt für eine Verbindung der beiden, außer daß ich sie zusammen gesehen habe, könnte er in dieser Geschichte verborgen sein. Deshalb werde ich weitergraben.«

Alexis nickte. »Und wie kann ich dir dabei helfen?«

In Großmanchester gibt es Viertel, wo kaum jemand schockiert wäre, auf einen Laden zu treffen, in dem die Wünsche von Transsexuellen und Transvestiten erfüllt werden. Eine gewisse Seitenstraße in Oldham gehört nicht dazu. Ich kann mir nur schwer vorstellen, daß jemand in Oldham ausgefalleneren sexuellen Praktiken frönt als der Missionarsstellung, was eigentlich nur zeigt, wie begrenzt meine Phantasie ist. Die Leute hier hatten zweifellos keine Probleme mit TRANCES, denn die Ladenfassade, ziemlich unglücklich eingekeilt zwischen einer Metzgerei und einem Trödler, war keineswegs diskret.

Auf dem Weg hierher hatte Alexis mir von dem Geschäft und seiner Besitzerin erzählt. Cassandra Cliff war vor einigen Jahren für kurze Zeit in die Boulevardpresse gelangt, als ein Skandalreporter entdeckte, daß die Schauspielerin, die zur Stammbesetzung der beliebtesten Seifenoper des Landes gehörte, eigentlich eine Mann-zu-Frau-Transsexuelle war. Aus den Storys über den »Seifenopernstar, der sein Geschlecht umwandeln ließ«, die es daraufhin hagelte, war zu entnehmen, daß Cassandra, vormals Kevin, seit etwa zehn Jahren als Frau lebte und niemand von der Besetzung oder auch vom Produktionsteam eine Ahnung hatte, daß sie rein biologisch nicht dasselbe Geschlecht hatte wie die geschwätzige Inhaberin der Frittenbude, die sie spielte. Natürlich dementierte die Produktionsgesellschaft von NORTHERNERS, daß die Aufdeckung von Cassandras Geheimnis etwas an ihrer Einstellung ihr gegenüber ändern würde.

Zwei Monate darauf kam die von Cassandra gespielte Person bei einem tragischen Unfall ums Leben; der Anbau, den ihr Ehemann an ihrem Reihenhaus hochzog, stürzte über ihr ein. Die Produktionsgesellschaft bestritt verbindlichst, daß man sie wegen ihrer Geschlechtsumwandlung fallenließ, aber Cassandra, die mit siebenunddreißig zum alten Eisen geworfen wurde, nützte das nicht viel. »Sie rächte sich«, sagte Alexis. »Sie hat ihre Inside-Story an eines der Sonntagsblätter verkauft und darin über sämtliche Idole der Nation hergezogen. Dann eröffnete sie mit dem Geld TRANCES und gründete eine Monatszeitschrift für Transvestiten und Transsexuelle. Sie hat viel Mumm, Kate. Ich bewundere Cassie.«

Alexis umfuhr die Einbahnstraßen und nahm die Abkürzung hinten um das Friedensgericht herum. An den Straßen reihten sich wie Kraut und Rüben moderne Betonkästen und Läden in schmutzigroten Ziegelreihenhäusern aneinander, eine scheinbar willkürliche und groteske Ansammlung, die in mir den Wunsch weckte, mittendrin einen Käfig zu bauen und die Stadtplaner zu zwingen, dort eine Woche lang zwischen dem vom Wind weggeblasenen Frittenpapier und den im Rinnstein klappernden leeren Limodosen zu wohnen. Ich versuchte, nicht auf die deprimierende Stadtlandschaft zu achten, und fragte: »Und wie kommt's, daß du sie so gut kennst? Was hat sie mit der Kriminellenszene zu tun?«

»Ich habe sie ein paarmal interviewt, als sie noch die Margie Grimshaw in NORTHERNERS spielte. Wir haben uns sehr gut verstanden. Dann, nachdem die Wogen sich wieder etwas geglättet und sie TRANCES eröffnet hatte, rief ich sie an und fragte, ob wir einen Artikel über den Laden bringen könnten. Sie war nicht begeistert, aber ich sicherte ihr ein Genehmigungsrecht zu, und ihr hat gefallen, was ich geschrieben habe. Jetzt essen wir etwa einmal im Monat zusammen zu Mittag. Von ihr erfahre ich so ganz andere Dinge als durch meine anderen Kontakte. Es ist erstaunlich, was sie aufschnappt«, sagte Alexis, während sie in einer ruhigen Seitenstraße mit Reihenhäusern parkte. Es hätte die Kulisse von NORTHERNERS sein können.

»Und sie gibt Informationen an dich weiter?« fragte ich.

»Ich vermute, sie sieht stark aus. Ich weiß, daß sie seit dem, was ihr passiert ist, andere Leute, die im selben Boot sitzen, unbedingt schützen will. Aber wenn sie helfen kann, wird sie es tun.«

Ich folgte Alexis um die Ecke in eine jener Straßen, die noch nicht ganz zur Stadtmitte gehören, aber es gern von sich annehmen. Beim Eintreten warf ich einen Blick ins Schaufenster. Der einzige Anhaltspunkt, daß TRANCES sich von hundert anderen Boutiquen unterschied, war das auffällige Schild, auf dem stand: »Wir sind auf Übergrößen spezialisiert. Schuhe bis Größe 12.« Auf der Tür selbst stand eine Warnung für die Uneingeweihten. »Spezialgeschäft für Transvestiten und Transsexuelle« war in hübschen roten Buchstaben in Augenhöhe der durchschnittlichen Frau auf das Glas gemalt.

Ich folgte Alexis ins Innere. Der Laden war groß und hatte eine leicht anrüchige Atmosphäre. Das Dekor war cremefarben und pink, wobei das Pink etwas zu sehr ins Bonbonrosa hinüberspielte. Die Kleider und Kostüme an den Ständern, die sich durch den ganzen Laden zogen, wirkten exaltiert, sowohl im Stil als auch in der Farbe. Vermutlich kam das Anrüchige von den Glasvitrinen, die eine neben der anderen an der Wand hinter dem Tresen standen. Sie enthielten die Art von Prothesen und Wäsche, die ich von Martin Cheethams geheimer Kollektion nur zu gut in Erinnerung hatte. In einer Ecke befand sich ein Zeitschriftenständer. Ohne die Magazine allzu genau unter die Lupe zu nehmen, sah ich, daß sie auf dem Titel die Mischung aus Grellem und Verschämtem boten, die Softpornos eigen ist.

Die Person hinter dem Tresen gehörte zweifellos ebenfalls zur Zielgruppe. Die Größe der Hände und der Adamsapfel verrieten es. Abgesehen davon hätte man es nur schwer sagen können. Das Makeup war etwas dick aufgetragen, aber mir fielen viele Pubs in der Umgebung ein, wo das kaum auffallen würde. »Ist Cassie da?« fragte Alexis.

Die Assistentin runzelte leicht die Stirn, musterte uns und überlegte wohl, ob wir Touristinnen waren. »Sind Sie eine Freundin von Miss Cliff, Madam?« fragte sie.

»Würden Sie ihr bitte ausrichten, daß Alexis gern mit ihr reden möchte, wenn sie ein paar Minuten Zeit hat?« sagte Alexis in derselben leicht tuntigen Art. Ich hoffte, daß die Unterhaltung mit Cassie nicht ebenso verlief. Ich kann geschwollen tun, ich kann auf Drohungen machen, ich kann selbst auf »Okay, jaaa« machen. Der einzige Stil, den ich nicht durchhalte, ohne in Gekicher zu verfallen, ist das Tuntige.

Die Assistentin nahm einen Hörer und drückte auf den Knopf der Gegensprechanlage. »Cassandra? Ich habe hier eine Dame namens Alexis, die einen Augenblick mit Ihnen reden möchte, wenn es Ihnen paßt«, sagte sie. Dann nickte sie. »Ich werde es ihr sagen. Tschüs erst mal«, fügte sie hinzu. Sie legte den Hörer wieder auf und sagte geziert: »Miss Cliff wird Sie empfangen. Wenn Sie bitte durch die Tür hinten im Laden gehen möchten und dann die Treppe hoch...«

»Ist schon gut, ich kenne den Weg«, sagte Alexis und ging an den Kleiderständern entlang. »Vielen Dank für Ihre Hilfe.«

Cassandra Cliffs Büro sah aus wie ein Einrichtungsvorschlag aus INTERIORS, ein Modellentwurf für Karrierefrauen, die den Leuten vor Augen führen möchten, daß sie bei all ihrem Erfolg immer noch feminin geblieben sind. Das Büromobiliar – eine Reihe Aktenschränke, ein niedriger Kaffeetisch und zwei Schreibtische, einer mit einem Apple Mac ausgestattet – war aus Esche, grau angestrichen. In einer Ecke standen zwei Zweisitzer aus grauem Leder. Der Teppich war altrosa, eine Farbe, die in den Jalousien, die das Licht dämpften, wiederaufgenommen wurde. An den Wänden hingen Schwarzweißfotos des Szenenaufbaus und der Stars von NORTHERNERS. Eine hohe Vase mit burgunderroten Nelken sorgte für einen kräftigen Farbklecks. Die Gesamtwirkung war stilvoll und zwanglos, und diese beiden Adjektive fielen mir auch sofort ein, als ich Cassandra Cliff sah.

Sie trug ein Leinenkostüm ohne Aufschläge mit einem gerade geschnittenen Rock. Es hatte die Farbe von Eigelb. Ihre Bluse mit dem Mandarinkragen war ein leuchtendes, klares Saphirblau. Ich weiß, es klingt scheußlich, aber an ihr sah es herrlich aus. Ihr aschblondes

Haar war kurz geschnitten, oben jedoch voll, so lange mit Gel und Haarlack bearbeitet, bis es einem Gegenstand aus dem Museum für Moderne Kunst ähnelte. Ihr Make-up war dezent und wirkte natürlich.

Als Alexis uns vorstellte, ertappte Cassie mich dabei, wie ich sie musterte, und um ihre Lippen spielte ein verständnisvolles Lächeln. Ich spürte, daß ich rote Ohren bekam, und erwiderte ihr Lächeln verlegen. »Ich weiß«, sagte sie. »Man kann nicht anders. Man muß sich einfach fragen: ›Wenn ich es nicht wüßte, hätte ich es erraten?‹ Das ist bei jedem so, Kate, es sollte Ihnen nicht peinlich sein.«

Völlig entwaffnet, ließ ich mich von ihr mit Alexis zu einem der Sofas führen. Cassie bestellte Kaffee und setzte sich dann uns gegenüber. »Also«, sagte Cassie, »eine Privatdetektivin und eine Kriminalreporterin. Hinter mir könnt ihr nicht her sein. Die Schakale, mit denen Alexis sich rumtreibt, haben keine Leichenteile in meinem Keller hinterlassen, geschweige denn ein ganzes Skelett. Deshalb frage ich mich, wer?«

»Sagt Ihnen der Name Martin Cheetham irgend etwas?« fragte Alexis.

Cassie stellte die Beine auf den Boden und schlug sie dann umgekehrt übereinander. »In welchem Zusammenhang?« fragte sie.

»In geschäftlicher Hinsicht. Ich meine Ihr Geschäft, nicht seines.«

Elegant zuckte Cassie die Achseln. »Nicht jeder, der unsere Dienste in Anspruch nimmt, möchte unter seinem richtigen Namen bekannt werden.«

»Er ist gestern gestorben«, sagte Alexis unverblümt.

Ehe Cassie antworten konnte, kam ein Mädchen im Teenageralter mit dem Kaffee herein. Zumindest bin ich ziemlich sicher, daß es ein Mädchen war. Die Prozedur des Kaffeeeinschenkens gab Cassie ausreichend Zeit, sich von der Neuigkeit zu erholen. »Wie ist er gestorben?« fragte sie. Trotz ihres Plaudertons sah sie zum erstenmal seit unserer Ankunft mißtrauisch aus.

»Er trug Frauenkleider und hing in seinem Haus von einem Geländer. Die Polizei hält es für einen Unfall«, sagte Alexis. Ich gab mich damit zufrieden, zuzuhören. Cassie war ihr Kontakt, und sie wußte, wie sie mit ihr umzugehen hatte.

»Vermute ich richtig, daß ihr anderer Meinung seid?« fragte Cassie und schaute von einer zur anderen.

»Oh, wahrscheinlich liegen sie richtig. Nur hat er mich vor einigen Wochen um ganze fünf Riesen geprellt, und ich versuche, das Geld zurückzubekommen. Was bedeutet, daß ich aufdröseln muß, was er im Schilde führte und mit wem«, sagte Alexis entschlossen.

»Fünftausend Pfund? Mein Gott, Alexis, kein Wunder, daß Sie mit Kate zusammenarbeiten.« Cassie lächelte, dann seufzte sie. »Ja, ich kannte Martin Cheetham. Er kaufte eine Menge Sachen bei TRANCES, und er kam auch regelmäßig zu unseren monatlichen Lesertreffs. Er nannte sich Martina. Nicht sonderlich originell. Und um eurer Frage zuvorzukommen, ich glaube nicht, daß er spezielle Freunde in der Gruppe hatte. Sicher, ich weiß nicht, ob er, abgesehen von unseren Treffen, Kontakt mit jemandem hatte. Er war allem Anschein nach kein Mensch, der sich leicht öffnete. Viele Männer blühen richtiggehend auf, wenn sie Crossdressing machen, als ob sie plötzlich sie selbst wären. Martina war nicht so. Es schien fast, als sei es eher eine Besessenheit, der er nachgeben mußte, als eine Befreiung. Ergibt das einen Sinn für euch?«

Ich nickte. »Es paßt in das Bild, das mir vorschwebt, ja. Sagen Sie, war er als Frau besonders wirkungsvoll? Ich meine, ohne jemanden beleidigen zu wollen, manche Männer werden immer nur wie ein Mann in Frauenkleidern aussehen. Auf der anderen Seite kann man sich nur schwer vorstellen, daß Sie einmal keine Frau waren. Wo rangierte Cheetham auf der Skala?«

»Vielen Dank«, sagte Cassie. »Martina war großartig. Er hatte einige natürliche Vorteile – er war nicht übermäßig groß, er hatte kleine Hände und Füße, einen ziemlich feinen Knochenbau und schöne Haut. Aber der Clou waren seine Kleider. Er paßte in die Standardgröße sechzehn hinein, und es schien ihm egal zu sein, wieviel er für Kleidung ausgab. Ja…« Cassie stand auf und ging zu einem der Aktenschränke hinüber. Kurz darauf kam sie mit einem Fotoalbum zurück.

Sie blätterte darin. »Auf einigen dieser Fotos müßte er mit drauf sein. Beim Weihnachtstreffen habe ich ein paar Filme verschossen.« Sie hielt bei einem Foto mehrerer Frauen inne, die lachend an einer Bar lehnten. »Da, links. Das ist Martina.«

Ich betrachtete das Foto und wußte, wo ich Martina Cheetham schon einmal gesehen hatte.

20. Kapitel

Ich saß in dem Ford Fiesta und lauschte per Kopfhörer CORONA-
TION STREET. Mary Wright war in das Haus zurückgekehrt, das ich
abhörte, und ihr Appetit auf Seifenopern hielt unvermindert an. Der
mysteriöse Brian war jedoch immer noch nirgends zu sehen oder zu
hören. Wenigstens ersparte er es mir durch seine Abwesenheit,
häuslichem Geplauder lauschen zu müssen, und ich konnte mich
darauf konzentrieren, das Paßwort zu knacken, das mir Zugang zu
Martin Cheethams Geheimverzeichnis verschaffen würde.

Alexis war ebenso verblüfft gewesen wie ich, als ich ihr offenbarte, wo ich Martin Cheetham schon einmal in seinen Frauenkleidern gesehen hatte. Das Foto hatte meinem Gedächtnis auf die
Sprünge geholfen, wie das verzerrte Gesicht des Leichnams es niemals vermocht hätte. Ein Irrtum war ausgeschlossen. Die elegante
Frau, die sich bei DKL ESTATES preiswerte Reihenhäuser angesehen
hatte, war Martin Cheetham. Kein Wunder, daß er sich bei meinem
Anblick schleunigst aus dem Staub gemacht hatte. Was sie auch für
ein Spielchen spielten, er mußte angenommen haben, ich sei ihm auf
der Spur, was ebenso erklärte, warum er in Panik geraten war, als
ich seiner Kanzlei meinen zweiten Besuch abstattete. Wenn ich noch
einen Beweis gebraucht hatte, daß Cheetham und Lomax etwas viel
Größeres im Schilde führten als die Schiebung mit dem Land, dann
hatte ich ihn jetzt. Die Frage war nur, was?

Als die vertraute Titelmelodie von CORONATION STREET verstummte, fuhr ein Vauxhall Cavalier langsam an mir vorbei und
hielt vor meinem Zielhaus. Ich sah, daß Teds Lieblingsvertreter am
Steuer saß, und konnte nicht anders; ich stieß die Faust in die Luft
und schrie »Ja!«, ganz so wie ein pickeliger Jüngling, der sich auf
Channel 4 American Football ansieht. Zum Glück war Jack McCafferty an nichts anderem interessiert als an dem Haus, in dem er
einen hochmodernen Wintergarten von Colonial Conservatories zu
verkaufen beabsichtigte. Ich hatte recht gehabt! Das Muster
stimmte, so wie ich es erwartet hatte.

Womit ich nicht gerechnet hatte, war Jacks Mitfahrer, der sich
von dem Beifahrersitz zwängte. Ein Anblick, der Shelleys Pulsschlag
beschleunigt hätte. Ted Barlow reckte sich zu voller Größe, dann

172

hielt er eine Kurzbesprechung mit seinem Starvertreter. Heute abend wirkte Jack McCaffertys Designeranzug fast schwarz im Licht der Straßenlaternen, seine extravagante Seidenkrawatte sah aus wie eine Flagge des Erfolgs. Seine braunen Locken hatten den seidigen Glanz eines gepflegten Setters. Neben ihm sah Ted Barlow eher nach dem Assistenten als nach dem Chef aus. Er trug den einzigen Anzug, den ich bisher an ihm gesehen hatte, und der feste Knoten an seinem gestreiften Schlips saß schief. Shelley hätte niemals eines ihrer Kids in diesem Zustand aus dem Haus gelassen. Ich brauchte nicht Gipsy Lee Rose zu sein, um Ted Barlow für die kommenden Monate einschneidende Veränderungen zu prophezeien.

Die beiden Männer marschierten den Weg hinauf. Als Jack die Hand nach der Türglocke ausstreckte, machte ich die seltsame Erfahrung, daß es direkt in meinen Ohren läutete. Der Fernseher wurde unvermittelt ausgeschaltet, gerade als ich anfing, Interesse an der neuesten Episode der heißen Serie von Instantkaffee-Spots zu entwickeln. Da sich zwischen der Wanze und der Tür eine Wand befand, bekam ich von dem Wortwechsel auf der Türschwelle nur Gemurmel mit, aber die Stimmen wurden deutlicher, als die drei das Wohnzimmer betraten.

»Ein schöner Raum!« hörte ich Jack ausrufen.

»Ja, nicht wahr?« echote Ted, mit etwa soviel Überzeugung wie eine Schauspielerin, die die verjüngende Wirkung einer Seifenmarke bestätigt.

»Uns gefällt er auch«, sagte die Stimme der Frau.

»Nun, Mrs. Wright, wenn ich uns jetzt vorstellen darf, mein Name ist Jack McCafferty, ich bin der Verkaufsleiter von Colonial Conservatories. Ihre telefonische Anfrage bezüglich unseres Sortiments wurde an mich weitergereicht. Und Sie haben heute abend die besondere Ehre, meinen Kollegen Ted Barlow begrüßen zu dürfen, den Geschäftsführer unserer Firma. Ted kümmert sich gern persönlich um ausgewählte Kunden, damit er weiterhin den Finger am Puls dessen hat, was Sie, die Öffentlichkeit, eigentlich von einem Wintergarten erwarten, und Colonial Conservatories seine führende Marktposition in diesem Bereich zu behaupten vermag.« Es floß nur so, ohne jede Pause. Ich war gegen meinen Willen beeindruckt. Ich konnte mir vorstellen, wie Ted dastand, verle-

173

gen von einem Fuß auf den anderen trat und bei dem Versuch, wie ein Gigant des Geschäftslebens auszusehen, kläglich scheiterte.

»Ich verstehe«, sagte Mary Wright. »Wollen Sie nicht Platz nehmen, meine Herren?«

Sobald sein Hinterteil auf dem Stuhl landete, legte Jack so richtig los, seine Ansprache war flüssig und fehlerfrei, als er Mary Wright zu dem Kauf eines Wintergartens verlockte, den sie nicht brauchte, zu einem Preis, den sie sich nicht leisten konnte, und für ein Haus, das nicht ihres war. Hin und wieder forderte er sie zu einer Reaktion heraus, und sie fiel so gehorsam ein wie der Triangelspieler im Orchester, der die Takte bis zur nächsten klirrenden Note zählt. Sie beredeten, daß ihr Ehemann im Ausland arbeitete, welchen Typ Wintergarten sie bevorzugte, ihre monatlichen Einkünfte und Ausgaben. Jack dirigierte die ganze Veranstaltung, als wäre es eine Sinfonie.

Schließlich wurde Ted mit einem Maßband und einem Notizbuch in den Hof geschickt. An dieser Stelle wurde es erst richtig interessant. »Kleines Problem«, sagte Jack leise. »Ted hat Ärger mit der Bank.«

»Du meinst, unseretwegen?« fragte Mary Wright.

»Vermutlich. Auf jeden Fall läuft es darauf hinaus, daß ich keine Finanzierung über die gewohnten Kanäle kriege. Wir müssen uns selbst um die Finanzierung kümmern, aber das dürfte nicht allzu schwierig werden. Ich habe die Namen einiger Maklerfirmen, wo man nicht allzu viele Fragen stellt. Wir verlieren nur die Provision der Finanzierungsgesellschaft an mich, aber damit müssen wir eben leben. Ich warne dich nur vor, weil der Abschluß etwas anders verlaufen wird. Alles klar?« sagte er, so lässig, als bäte er um eine zweite Tasse Tee.

»Sicher, ich spiele mit. Aber hör mal, Jack, wenn die Bank schon Schwierigkeiten macht, sollten wir vielleicht aufhören, bevor es noch gefährlich wird«, sagte die Frau.

»Schau, Liz, sie können die Geschichte unmöglich bis zu uns zurückverfolgen. Wir haben unsere Spuren restlos verwischt. Ich bin deiner Meinung, wir sollten aufhören, solange wir noch einen Vorsprung haben. Aber wir haben die nächsten beiden schon angeleiert. Machen wir die noch zu Ende, dann legen wir eine Verschnaufpause ein, einverstanden? Fahren in die Sonne und geben einen Teil des

174

Zasters aus, ja?« sagte Jack beschwichtigend. Ich an ihrer Stelle wäre vermutlich auch darauf hereingefallen. Er hatte die typische Vertreterstimme, ganz Honig und Selbstsicherheit. Wäre er Chirurg gewesen, dann hätte er jedes Jahr zu Weihnachten Post säckeweise von bewundernden Patienten erhalten.

»Na gut. Kommst du heute abend noch mal her?« fragte sie.

»Wie könnte ich anders?« parierte er.

»Dann reden wir später darüber.« Was sie sonst noch sagen wollte, wurde durch Teds Rückkunft unterbrochen.

»Wenn Sie mir noch einen Augenblick Zeit lassen für den alten Taschenrechner, nenne ich Ihnen einen Preis für den Anbau, auf den Ihre Wahl gefallen ist«, sagte Ted. Der mutmaßliche Abschluß.

Bei dem Preis, den Ted nannte, gingen mir die Augen über. Natürlich zuckte Liz/Mary nicht mit der Wimper. »Ich verstehe«, sagte sie.

»Normalerweise könnten wir Ihnen unser eigenes Finanzierungspaket anbieten, das von einer der wichtigsten Clearingbanken gesponsert wird«, sagte Jack. »Doch leider sind wir von Colonial Conservatories Opfer unseres eigenen Erfolgs, wir haben unsere Zielbeträge für dieses Vierteljahr überschritten. Als Ergebnis sieht sich die Finanzierungsgesellschaft nicht in der Lage, unseren Kunden weiteres Geld zur Verfügung zu stellen. Die haben dort auch ihre Limits, und ihnen sehen wieder andere Leute auf die Finger, ob sie diese Limits auch nicht überschreiten. Ich würde allerdings vorschlagen, daß Sie einen Hypothekenmakler aufsuchen und eine Neuhypothek über einen Betrag vereinbaren, der die Installation Ihres Wintergartens deckt«, fügte er beredt hinzu. »Das ist der wirksamste Weg, den Reinwert ihres Hauses zu nutzen.«

»Was ist mit einer Zweithypothek? Ginge das nicht auch?« fragte Liz/Mary.

Ted räusperte sich. »Ich denke, Sie werden herausfinden, Mrs. Wright, daß die meisten Darlehensgeber eine Neuhypothek vorziehen, besonders wenn man bedenkt, daß unsere Häuserpreise hier oben im Nordwesten ein wenig gefallen sind. Sehen Sie, wenn es in Zukunft irgendwelche Probleme gäbe und das Haus verkauft werden müßte, ist es manchmal so, daß für den Darlehensgeber der zweiten Hypothek nicht mehr genug Geld im Topf ist, nachdem der erste Darlehensgeber ausbezahlt wurde, wenn Sie verstehen, was ich meine. Und dann hat der Gläubiger der zweiten Belastung keine Möglichkeit, sein Geld zurückzubekommen, wenn Sie mir folgen können. Und Darlehensgeber legen großen Wert auf die Gewißheit, daß sie ihr Geld zurückbekommen können, wenn eines zum anderen kommt, daher ziehen sie es meist vor, daß man eine Neuhypothek aufnimmt, mit der man die erste Hypothek ablöst und noch einen gewissen Betrag übrigbehält.« Ich konnte mir zwar nicht vorstellen, daß Ted einen Job als Moderator von THE MONEY PROGRAMME bekam, aber er hatte sich ziemlich klar ausgedrückt. Wie schade, daß er seine Worte an zwei Gauner verschwendet hatte, die schon mehr über Immobilienkredite und wie man sie nutzte vergessen hatten, als er jemals wußte.

»Und wie geht's jetzt weiter?« fragte die Frau.

»Nun, Sie müssen mit einem Hypothekenmakler reden und eine Neuhypothek aufnehmen. Und falls Sie zum Ausfüllen der Formulare irgendwelche Fragen haben, rufen Sie mich auf jeden Fall an. Ich könnte die Dinger im Schlaf ausfüllen. Sobald Sie eine Bestätigung der Neuhypothek erhalten, sagen Sie uns Bescheid, und wir installieren Ihren Wintergarten binnen einer Woche«, sagte Jack zuversichtlich.

»So schnell geht das? Das ist ja wunderbar! Er wird schon da sein, wenn mein Mann Weihnachten nach Hause kommt«, rief sie. Eine Schande, wirklich. Sie hätte sich als Theaterschauspielerin auf ehrliche Weise ihren Lebensunterhalt verdienen können.

»Kein Problem«, sagte Jack.

Zehn Minuten später gingen Jack und Ted zu ihrem Auto zurück und schlugen sich gegenseitig auf den Rücken. Armer Kerl, dachte ich. Die Enthüllung, daß sein guter Kumpel Jack der Verantwortliche für seinen geschäftlichen Ruin war, behagte mir ganz und gar nicht. Das Ganze hatte knapp über eine Stunde gedauert. Ich schätzte, daß Liz und Jack in einem Dutzend solcher über das letzte Jahr verteilten Stunden gut eine halbe Million Pfund gemacht haben mußten. Es war widerlich. Das Widerlichste daran war, wie einfach alles ging. Ich mußte zwar noch ein paar offene Fragen klären, doch inzwischen hatte ich eine ziemlich klare Vorstellung davon, wie sie sich ein Vermögen erschwindelt hatten.

Da Jack versprochen hatte, später noch einmal wiederzukommen, beschloß ich, an Ort und Stelle zu bleiben. Es war ein bitterkalter Abend, auf den Dächern der geparkten Autos bildete sich Rauhreif, und meine Füße waren Eisklumpen. Ich wußte, daß ich es so nicht noch ein paar Stunden aushalten würde, daher flitzte ich zum Lieferwagen und tauschte meine dünnbesohlten Pumps gegen ein Paar dicke Sportsocken und meine Reeboks aus. Fast im gleichen Augenblick, als ich meine Reeboks zuband, kehrte das Gefühl in meine Füße zurück. Eine herrliche Erfindung, diese Laufschuhe. Probleme tauchen erst auf, wenn du mit Schwung zu einem wichtigen Geschäftstermin gehst, ganz in Schale geworfen, in deinem besten Kostüm, dann schaust du an dir hinunter und merkst, daß du anstelle deiner schicken italienischen Schuhe noch die Reeboks trägst, in denen du hergefahren bist. Ich weiß es, ich habe es selbst erlebt.

Wenn sie sich selbst überlassen blieb, war Liz ohne die Glotze zweifellos verloren. Wir erwischten noch den letzten Zipfel der Neun-Uhr-Nachrichten, das Wetter (die übliche frohe Botschaft; gefrierender Nebel in den Midlands, Bodenfrost im Norden, Regen für morgen), dann begann eine trostlose amerikanische Miniserie. Ich wünschte, ich könnte den Kanal wechseln. Statt dessen drehte ich die Lautstärke des Empfängers so weit herunter, daß ich nur noch Telefongespräche oder Unterhaltungen hörte, und öffnete den Laptop.

Ich hatte es mit allem Naheliegendem versucht. Martin, Martina, Cheetham, Tamarind, Lomax, Nell, Harris, Schwindel, Land, Übertragungen, Titel, geheim, gesperrt, privat, Verkleidung, Dietrich, Bassey, Garland, Marilyn, Paßwort. Kein Glück. Mir gingen die Einfälle aus, als mein Telefon läutete. »Hallo?« sagte ich.

»Kate? Alexis.« Als brauchte sie mir das zu sagen. »Hör mal, ich hatte gerade einen Geistesblitz.«

Mir wurde angst und bange. »Was ist denn?« fragte ich.

»Mir ist eingefallen, daß beim SUNDAY STAR ein Reporter namens Gerry Carter arbeitet, der in Buxton wohnt. Na ja, ich bin dem Typ nie begegnet, weil die Sonntagsleute gewöhnlich nicht mit unserem Haufen verkehren, aber ich habe einem Kumpel von ihm seine Nummer abgeluchst und habe ihn angerufen, von Kollege zu Kollege.«

Ich war interessiert, jetzt, wo ich wußte, daß ihr Geistesblitz mich nicht in irgend etwas Ungesetzliches oder Lebensgefährliches hineinzog. »Und konnte er dir etwas Brauchbares sagen?«

»Er kennt Brian Lomax. Ja, er wohnt sogar nur etwa fünf Häuser von Lomax entfernt.« Alexis machte eine Pause, damit ich es richtig zu würdigen wußte.

»Und?« fragte ich.

»Ich glaube, ich weiß, wer die geheimnisvolle Frau ist.«

»Alexis, du hast bereits meine hundertprozentige Aufmerksamkeit. Hör auf, mich zu quälen, als ob ich irgend so ein sturer Nachrichtenredakteur wäre. Spuck's aus!« forderte ich sie frustriert auf.

»Na gut. Weißt du noch, daß wir zwei Namen auf der Wählerliste gesehen haben? Und wir nahmen an, die andere sei seine Frau? Sie ist es nicht. Laut Gerry hat Lomax' Frau ihn vor ein paar Jahren verlassen. Mit seinen Worten: ›Nachdem sie an jedem Fenster rüschenbesetzte Jalousien angebracht und das Haus von oben bis unten neu gemacht hatte, gab es nichts mehr für sie zu tun. Also bumste sie Lomax' Maurer und brannte mit ihm zu irgendeiner griechischen Insel durch.‹ Zitat Ende.« Alexis kicherte. »Wo sie sich vermutlich über den Mangel an Fenstern beschweren wird, die man in Rüschenchintz hüllen kann, vorausgesetzt, Laura Ashley hat eine Niederlassung auf Lesbos eröffnet. Wie dem auch sei, sobald das Pärchen ausgerückt war, zog Lomax' Schwester zu ihm, weil es ein verflixt großes Haus für einen Typ allein ist, und sie hatte auch gerade ihr Haus verkauft, um das Kapital für ein eigenes Geschäft aufzutreiben.« Ich hörte, wie Alexis Rauch in ihre leidgeprüften Atemwege sog.

»Nur weiter, ich bin ganz Ohr«, sagte ich.

»Erinnerst du dich noch an den Namen?«

»Nicht auf Anhieb«, gab ich zu. Peinlich, oder? Das Kurzzeitgedächtnis läßt bereits nach, und ich bin erst siebenundzwanzig.

»Eleanor. Und wovon ist Nell wohl die Kurzform?«

»Lomax' Schwester«, flüsterte ich. »Natürlich. Was die Erklärung dafür wäre, wie sie sich kennengelernt haben. Es würde sogar erklären, weshalb Martin Cheetham mehr Geld brauchte. Sie sieht nach einer kostspieligen Frau aus; ich kann mir nicht vorstellen, daß sie sich mit einem Vorort und einmal pro Jahr vierzehn Tage an der Costa Brava zufriedengibt. Dieses Geschäft, das sie aufziehen wollte – hat dein Kumpel gesagt, was es war?«

»Ja. Sie besitzt eine dieser kleinen, auserlesenen Boutiquen, wo die Verkäuferinnen spöttisch grinsen, wenn du über Größe acht hast und weniger als fünfhundert Pfund ausgeben kannst. Liegt offenbar in der Haupteinkaufsgalerie. Nennt sich ENCHANTMENTS, kannst du dir das vorstellen?«

»Ja, kann ich. Tolle Arbeit, Alexis. Wenn sie jemals vorhaben, dich zu feuern, könnte Mortensen und Brannigan dich mit der Laufarbeit beauftragen«, sagte ich.

»Und was jetzt?« wollte sie wissen.

Ich seufzte. »Kannst du es bitte mir überlassen? Ich weiß, das hört sich nicht sehr gefällig an, aber eine Sache, an der ich seit einer Woche arbeite, klärt sich jetzt allmählich auf. Mit ein wenig Glück habe ich bis morgen nachmittag alles unter Dach und Fach, und ich verspreche dir, sobald ich frei bin, gehe ich dieser Spur nach. Okay?«

»Muß ich wohl akzeptieren«, sagte Alexis. »Geht in Ordnung, Kate, ich wußte ja, daß du unter Zeitdruck bist, als ich dich gebeten habe, dich darum zu kümmern. Jetzt will ich mich nicht beklagen. Du kümmerst dich darum, sobald du kannst, und ich versuche, Geduld aufzubringen.«

Das wollte ich erst mal sehen. Wir unterhielten uns noch kurz über die Storys, an denen Alexis gerade arbeitete, dann machte sie für diesen Abend Schluß. Ich wandte mich wieder meinem Computer zu. Zumindest hatte Alexis mich mit einigen neuen Ideen versorgt. Ich tippte ELEANOR ein, und der Bildschirm füllte sich wie durch Zauber mit einer Liste von Dateinamen. An manchen Tagen gelingt einem alles.

Ich hatte gerade erst angefangen, die Dateien durchzuarbeiten, als der Cavalier zurückkkam. Jack fuhr direkt in die Garage und schloß die Tür hinter sich. Ich drehte die Lautstärke auf, und wenige Minuten später knutschten und schmusten er und Liz auf eine Art, die selbst dem hartgesottensten Privatdetektiv das Blut in die Wangen treibt. Es sei denn, man steht auf Audiosex.

Allerdings zeigte sich bald, daß Jack und Liz jeweils verschiedene Pläne hatten. Während er anscheinend vorhatte, ein Erdbeben zu entfesseln, war sie mehr damit beschäftigt, woher die nächsten fünfzig Riesen kommen sollten. »Jack, hör auf, warte mal einen Moment, ich möchte mit dir reden«, sagte sie. Und so weiter. Schließlich schien sie sich aus seiner Umklammerung zu befreien, denn ihre Stimme klang merklich schwächer als seine. »Hör zu, wir müssen über dieses Finanzierungsproblem reden. Was ist schiefgelaufen?«

»Ich weiß es auch nicht so genau. Ich weiß nur, daß Ted, als ich heute abend zur Arbeit kam, mir sagte, ich solle keine Finanzierungsanträge mehr schreiben. Er sagte, die Finanzierungsgesellschaft habe Schwierigkeiten, die Anträge zu bearbeiten, und Neugeschäfte seien vorübergehend gesperrt. Aber er war etwa so überzeugend wie das Labour-Parteiprogramm. Meiner Meinung nach steckt in Wahrheit dahinter, daß sie die säumigen Neuhypotheken leid sind«, sagte er, und zwar so gleichgültig, daß ich mir in Erinnerung rufen mußte, daß er der Verursacher des Problems war. Der Mann, dem so einige Jahre hinter Gittern im offenen Strafvollzug bevorstanden, falls er geschnappt wurde.

Liz war längst nicht so kaltblütig. »Wir müssen damit aufhören, Jack. Die Bank wird es nicht dabei belassen. Sie werden das Betrugsdezernat verständigen, und wir landen im Gefängnis!« jammerte sie.

»Nicht doch! Schau mal, als wir damit angefangen haben, wußten wir, daß es nicht ewig so weitergeht. Wir haben immer gewußt, die Finanzierungsgesellschaft würde eines Tages bemerken, daß Ted Barlows Wintergartenkunden ihren Zahlungsverpflichtungen nicht nachkommen, und dann müßten wir aussteigen«, sagte er vernünftig. »Ich hatte nur nicht gedacht, daß sie sich gleich an die Bank wenden, ohne Ted vorzuwarnen.«

»Ich habe immer gesagt, wir sollten das Risiko streuen und uns an externe Geldgeber wenden«, sagte sie erhitzt. »Ich hab gesagt, daß es Wahnsinn ist, eine Finanzierungsgesellschaft in Anspruch zu nehmen, die eine Tochtergesellschaft von Teds Bank ist.«

»Das sind wir doch alles schon durchgegangen«, sagte Jack geduldig. »Und an den Gründen, es auf meine Weise zu machen, hat sich nichts geändert. Wir ziehen keinen anderen mit hinein. Nur du und ich und ein Formular, das an eine Finanzierungsgesellschaft geht, wo man weiß, daß Colonial eine solide Firma ist. Zweitens, es geht schneller so, weil wir nie Hypothekenmaklern und Bausparkassen hinterherlaufen mußten, um einen Darlehensgeber zu finden, und dabei das Risiko eingehen, daß uns jemand entdeckt, der mich kennt. Und zum dritten habe ich Provisionen von den Einnahmen der Finanzierungsgesellschaft eingestrichen, noch mal eine ansehnliche Summe zu dem, was der Schwindel uns eingebracht hat. Und weil wir es auf meine Weise gemacht haben, sind wir immer noch in Sicherheit, auch wenn Teds Bank ihm die

Hölle heißmacht. Es gibt kein offensichtliches Muster, das ist der Knackpunkt. Vergiß nicht, wir stecken mitten in einer Rezession. Es werden auch echte säumige Hypothekenschuldner dabeisein, nicht nur wir«, sagte er beschwichtigend. Es war wirklich frustrierend, nicht ihre Gesichter und ihre Körpersprache zu sehen.

»Nur daß die noch die Wintergärten an ihren Häusern haben. Sie müssen sich nicht einmal im Monat eine ganze Nacht um die Ohren schlagen, um einen Wintergarten auseinanderzunehmen und in einen Lieferwagen zu laden, damit Jack McCafferty ihn verschwinden lassen und an einen nichtsahnenden Käufer verscherbeln kann, der ein echtes Schnäppchen zu machen glaubt! Ich sage dir, Jack, es ist höchste Zeit auszusteigen!«

»Reg dich ab«, drängte er. »Es besteht kein Grund zur Eile. Sie werden Monate brauchen, um diesen Schlamassel zu durchschauen. Hör zu, diesmal ist es ein Kinderspiel. Morgen können wir zu einem Hypothekenmakler gehen und uns eine Neuhypothek besorgen, kein Problem. Wie weit sind wir mit den beiden anderen?«

»Laß mich mal nachsehen. Du weißt ja, ich verlasse mich nicht darauf, alles im Kopf zu behalten«, sagte sie vorwurfsvoll. Ich hörte die Schlösser einer Aktenmappe aufspringen und Papier rascheln. »10 Cherry Tree Way, Warrington. Du hast die Kreditwürdigkeit überprüft, ich habe das neue Bankkonto eingerichtet, ich habe den Nachsendeantrag bei der Post storniert, und ich habe die Angaben zum Hypothekenkonto. 31 Lark Rise, Davenport. Dazu haben wir bisher nur die Kreditwürdigkeitsüberprüfung. Gestern habe ich die Nachsendung der Post storniert.« Das war der Durchbruch; die beiden Adressen, die Liz gerade vorgelesen hatte, waren identisch mit denen, die Rachel Lieberman mir bereits gegeben hatte.

»Und könnten wir diesmal schneller vorgehen? Es eher als geplant zum Abschluß bringen?« fragte Jack.

»Wir können es versuchen. Aber wenn wir erst noch externe Hypothekengläubiger suchen müssen, um die Neuhypotheken zu finanzieren, dann wird das die Prozedur mit Sicherheit verzögern.« Ich hörte die Sorge in Liz' Stimme trotz des blechernen Klangs der Übertragung.

»Keine Angst«, tröstete Jack sie. »Es wird alles glattlaufen.«

Nicht, wenn ich dabei ein Wörtchen mitzureden hatte, o nein.

21. Kapitel

Bankmanager und Politessen. Es ist ein Kopf-an-Kopf-Rennen, wer am meisten gehaßt wird. Wenn Sie die Gelegenheit hätten, jemanden zur Hauptsendezeit im Fernsehen in Verlegenheit zu bringen, würden Sie dann den Bankmanager auswählen, der es Ihnen nicht gestattet, Ihr Konto zu überziehen, oder die Politesse, die Ihnen einen Strafzettel ans Auto klemmt, wenn Sie nur kurz auf ein Sandwich zu Marks & Spencer reingehen? Ich brauchte bloß mit dem Typ zu reden, der für Ted Barlows Finanzen zuständig war, um zu erkennen, daß er das Schlimmste verdiente, wozu Jeremy Beadle imstande war.

Anfangs wollte er überhaupt nicht mit mir reden, nicht einmal, um einen Termin zu vereinbaren. »Schweigepflicht im Interesse der Kunden«, erklärte er hochnäsig. Ich teilte ihm mühsam beherrscht mit, daß ich vermutlich mehr über die gegenwärtigen Probleme seines Kunden wußte als er, da mich besagter Kunde selbst angeheuert hatte. Ich verkniff es mir, darauf hinzuweisen, daß Mortensen und Brannigan in Sachen Vertraulichkeit und Service einen Maßstab anlegte, der ein gutes Stück über dem seinen lag. Wir verkaufen unsere Kundenliste nicht an obskure Versandfirmen, die angeblich günstige Finanzierungen anbieten; wir nutzen nicht unsere Beziehungen, um Leute auszuschalten, deren Nase uns nicht paßt; und, so seltsam es auch ist, unsere Arbeitszeiten kommen eher unseren Klienten entgegen als uns.

Aber Mr. Leonard Prudhoe war nicht umzustimmen. Schließlich mußte ich aufgeben. Es gab nur eine Möglichkeit, wie ich an diesen Knaben herankommen konnte. Ich rief Ted an und bat ihn, den Termin zu vereinbaren.

»Haben Sie etwas herausgefunden?« fragte er. »Wissen Sie, was passiert ist?«

»So ziemlich«, sagte ich. »Aber was Sie auch tun, geben Sie niemandem auch nur den kleinsten Hinweis – hören Sie, niemandem –, daß sich etwas geändert hat.« Ich erklärte ihm, daß er ein Gespräch mit Prudhoe arrangieren müsse, damit wir alles zum Abschluß bringen konnten. »Wenn Sie vorher zu mir ins Büro kommen, informiere ich Sie als ersten.«

»Können Sie es mir nicht jetzt sagen? Ich sitze wie auf glühenden Kohlen.«

»Ich muß noch ein, zwei offene Fragen klären, Ted. Aber wenn Sie für heute nachmittag einen Besuch bei Prudhoe arrangieren können, müßte ich imstande sein, Ihnen dann genauestens zu berichten. Einverstanden?«

Die Erleichterung in seiner Stimme war herzerfreuend. »Ich kann Ihnen nicht sagen, wie froh ich bin, Miss Brannigan. Sie haben ja keine Ahnung, wie es war, mich ständig zu fragen, ob ich wohl alles verliere, wofür ich gearbeitet habe. Sie haben ja keine Ahnung«, sprudelte er los.

Vielleicht ich nicht, aber ich konnte mir gut denken, wer sonst. Sobald ich es geschafft hatte, mich seinen überschwenglichen Dankesbezeugungen zu entziehen, schlenderte ich ins Vorzimmer. Shelleys Finger flogen über die Tasten, sie arbeitete sich durch die Vorschläge, die Bill für unsere Klienten auf den Kanalinseln zusammengestellt hatte.

»Teds kleines Problem«, sagte ich. »Ich bin mal eben zwei Stunden weg, um noch die letzten offenen Fragen zu klären. Er soll zurückrufen, um mir Bescheid zu sagen, wann wir seinem Bankmanager einen Besuch abstatten können. Ruf mich über das Mobiltelefon an, sobald du es weißt.«

Sie musterte mich mit einem ihrer typischen Blicke, die sie sonst wohl für ihre Kinder reserviert, wenn sie glaubt, daß sie sich verdrücken wollen, ohne ihre Hausaufgaben gemacht zu haben. »Ist das dein Ernst?« fragte sie.

»Pfadfinderehrenwort«, sagte ich. »Würde ich dich über etwas, das dir so am Herzen liegt, belügen? Kennst du dich im Werk von Rudyard Kipling aus?«

Sie schaute mich an, als wollte ich in eine endlos verlängerte Mittagspause. »War das nicht der Typ, der sich ständig über die Last der Verantwortung des weißen Mannes verbreitet hat?« fragte sie argwöhnisch.

»Der nämliche. Er wußte genau, wie man die Gelben und die Schwarzen in ihre Schranken weist. Er hat auch die Charta der Privatdetektive geschrieben:

Ich habe sechs ehrliche Diener.
(Sie haben mich alles gelehrt, was ich weiß)
Ihre Namen sind Was und Warum und Wann
Und Wie und Wo und Wer.

Tja, was Teds Fall betrifft, kenne ich das Was, das Warum, das Wann, das Wo und das Wer. Ich weiß fast alles über das Wie, und nachdem ich einem meiner Kontakte einen kleinen Besuch abgestattet habe, werde ich restlos alles wissen.« Ich lächelte zuckersüß, während ich meinen Mantel überzog, und ging zur Tür. »Tschüs, Shelley.«

»Du machst mir angst, Brannigan, wirklich«, folgte mir ihre Stimme, als ich nach unten lief. Der Tag war nicht ganz vertan.

Rachel Lieberman präsidierte am Empfangstresen von DKL ESTATES, als ich durch die Tür trat. Ihr Kostüm sah aus, als wäre es annähernd soviel wert wie die Kaution auf den Verkauf eines Neubaus. Ich tat so, als studierte ich die zum Verkauf stehenden Häuser, während sie für einen potentiellen Kunden zwei Besichtigungstermine ausmachte. Fünf Minuten später ging der Mann auf Haussuche mit einer Handvoll Beschreibungen dankbar und glücklich seines Weges, und Rachel und ich waren allein. Wir standen uns am Tresen gegenüber. »Haben Sie Ihren jungen Mann verloren?« fragte ich.

»Seine Mutter sagt, er hat sich einen Virus eingefangen. Ich glaube, es hat mehr damit zu tun, daß gestern abend United gewonnen hat«, sagte sie.

»Heutzutage kriegt man einfach kein gutes Personal mehr«, sagte ich mitfühlend.

»Das kann man laut sagen. Wie dem auch sei, was kann ich für Sie tun? Immer noch auf der Suche nach Ihren geheimnisvollen Schwindelkünstlern?«

Ich war bereits zu dem Schluß gekommen, daß es nicht Rachel Lieberman war, die Jack McCafferty und Liz mit den von ihnen benötigten Informationen versorgte. Zu diesem Schluß war ich nicht rein durch weibliche Intuition gelangt. Ich ging davon aus, daß sie schon einen Weg gefunden hätte, mir höflich die Tür zu weisen, wenn sie darin verwickelt wäre. Deshalb lächelte ich sie an und sagte: »Fast am Ende. Ich hatte gehofft, Sie könnten mir noch bei ein paar offenen Fragen helfen.«

»Schießen Sie los«, sagte sie. »Sie haben mich ziemlich neugierig gemacht. Mein Sohn war hin und weg, als ich ihm erzählt habe, daß ich einer Privatdetektivin bei ihren Ermittlungen helfe. Also bin ich Ihnen meine Mitarbeit schuldig. Es ist nicht leicht für eine Mutter, einen Zehnjährigen zu beeindrucken, wissen Sie.«

»Speichern Sie sämtliche Beschreibungen Ihrer Mietobjekte in Ihrem Computer?«

»Ja, es kommt alles in den Computer, ob zur Miete oder zum Verkauf«, sagte sie.

»Und wie erhält die Warrington-Filiale Ihre Daten und umgekehrt?«

»Ich möchte ja nicht unhöflich sein, aber wie gut kennen Sie sich mit Computern aus?« fragte sie.

Ich grinste. »Wenn Sie mich eine halbe Stunde lang mit Ihrem allein lassen, könnte ich es vermutlich selbst herausfinden«, sagte ich. Ich übertrieb mit Sicherheit, aber das konnte sie ja nicht wissen. Wenn ich Bill bei mir gehabt hätte – er hätte es auf jeden Fall geschafft, noch ehe ich Zeit gehabt hätte, eine Kanne Kaffee aufzubrühen.

»Ich erspare Ihnen die Mühe«, erwiderte sie. »Zweimal am Tag, um eins und noch einmal um fünf, frage ich den Computer in der Warrington-Filiale über ein Modem ab. Die Software identifiziert jede neue Datei oder auch Dateien, die verändert wurden, seit die Geräte das letztemal miteinander kommuniziert haben. Dann sendet sie die betreffenden Dateien von meinem Gerät und lädt die aus dem Warrington-Computer. Das System warnt mich auch in dem seltenen Fall, wenn dieselbe Datei in beiden Büros modifiziert wurde.«

»Hört sich nach einem pfiffigen Programm an«, sagte ich.

»Unsere Software wurde von meinem Schwiegersohn entwickelt, deshalb mußte er dafür sorgen, daß sie ihren Zweck erfüllt, sonst hätte ich ihm die Hölle heißgemacht«, sagte Rachel. Ich konnte es mir gut vorstellen. Eine der Regeln, die ich auf dem College gelernt habe, lautet: Leg dich nie mit einer jüdischen Prinzessin an.

»Und jetzt zu der unangenehmen Frage«, sagte ich.

»Ich kann es mir denken. Wer hat Zugang zu den Computern?« fragte sie. Ich nickte. »Ist das wirklich nötig?« Ich nickte wieder. »Und ich nehme an, Sie geben sich nicht damit zufrieden, wenn ich

Ihnen sage, daß nur mein Personal Zugang hat?« Allmählich kam ich mir vor wie auf dem Tenniscourt.

»Sie wollen Namen, nicht wahr?« fragte sie.

»Fotos wären noch besser«, sagte ich.

Sie zog die Augenbrauen hoch, dann prustete sie los. »Haben Sie eigentlich schon einmal an eine Karriere in einer Immobilienagentur gedacht? Mit Ihrer Unverfrorenheit könnten Sie glatt mitten in einem heruntergekommenen Slum stehen, die Feuchtigkeit steigt vom Boden auf, alles voller Schwamm und Dreck, und Sie überzeugen die Kunden, daß das Grundstück ein einzigartiges Potential hat, das nur Sie zu entwickeln imstande sind.«

»Nett von Ihnen, aber ich mache Betrüger lieber dingfest, als selbst einer zu werden«, sagte ich.

»Angeblich soll man durch Schmeicheleien etwas erreichen, nicht durch Beleidigungen«, gab sie zurück. »Wie dem auch sei, würde es Ihnen viel ausmachen, auf das Geschäft aufzupassen, während ich versuche, Ihren Wünschen nachzukommen?«

Ich ging sogar so weit, mich hinter den Tresen zu setzen, als Rachel im Hauptbüro verschwand. Sie hätte gut die Kriminellen anrufen können, um sie zu warnen, aber ich glaubte es nicht. Zum Glück kam in der kurzen Zeit ihrer Abwesenheit niemand herein. Donnerstag morgen ist offenbar nicht viel los bei Immobilienmaklern. Rachel kam mit einem Umschlag voller Fotos zurück. »Hier«, sagte sie. »Letztes Jahr hatten wir zu Weihnachten ein Essen für das Personal. Der einzige Neue seitdem ist Jason, und den haben Sie bereits gesehen.«

Rachel überreichte mir das Fotobündel. Sie hatten in einer griechischen Taverne gefeiert, und die Bilder waren offenbar in umgekehrter Reihenfolge zurückgelegt worden, denn die ersten zeigten einen dieser organisierten Krawalle, die die Griechen, so wie die Schotten, Tanzen nennen. Niemand, den ich kannte. Ich ging die Fotos weiter durch. Dann, auf dem siebten Foto, vom anderen Ende des Tisches aufgenommen, sah ich sie. Kleines, niedliches Gesicht, spitzes Kinn, an den roten Augen breiter. Genau wie Diane Shipleys Zeichnung, nur daß ihr Haar von Natur dunkelblond war, kurz geschnitten, elfenhafte Strähnchenfrisur. Ich zeigte auf die Frau. »Wer ist das?«

Rachels Gesicht schien sich zu verschließen. »Wieso? Was veranlaßt Sie zu dieser Frage?«

186

»Ich glaube nicht, daß Sie eine Antwort darauf wollen«, sagte ich sanft. »Wer ist sie?«

»Das ist Liz Lawrence. Sie arbeitet an zwei Nachmittagen in der Woche in unserer Warringtoner Filiale. Seit fast drei Jahren. Ich glaube, Sie irren sich, Miss Brannigan. Sie ist... sie ist eine liebenswerte Frau. Sie arbeitet hart«, insistierte Rachel.

Ich seufzte. Manchmal komme ich mir bei diesem Job vor wie die böse Fee, die den Kindern erzählt, daß es keinen Weihnachtsmann gibt. Das Schlimmste war, daß ich, bevor der Tag vorüber war, noch einen Sack voller Enttäuschungen für jemanden bereithielt.

Teds Anzug hatte wieder einmal Ausgang. Als ich ins Büro zurückkam, hockte er auf der Kante von Shelleys Schreibtisch und sah so fröhlich aus wie ein Bluthund, dessen Opfer gerade im Fluß verschwunden ist. »Und Sie wissen ja, wie Reparaturwerkstätten sind«, hörte ich ihn im Hereinkommen sagen. »Keine Ahnung, wann die Lieferwagen wieder fahrtüchtig sind.«

»Noch mehr Probleme?« fragte ich.

»Tja, leider. Zwei von meinen drei Lieferwagen sind kaputt. Das heißt, wir können nicht so schnell arbeiten. Es ist eine Katastrophe«, sagte Ted kummervoll.

»Und Sie sind sicher, daß es reiner Zufall ist?« wollte Shelley wissen. »Das zu allem anderen, da sieht es ja allmählich so aus, als wollte Ihnen jemand schaden!«

Ted schaffte es, zugleich verletzt und verblüfft auszusehen. »Das glaube ich nicht, Shelley«, sagte er. »Es ist eben einfach Pech. Der erste parkte gerade, als es passierte. Offenbar ist jemand auf dem Parkplatz des Pubs in ihn reingefahren, während Jack drinnen beschäftigt war.«

»Jack McCafferty? Was wollte er denn mit dem Lieferwagen? Er hat doch sicher nichts mit den Installationen zu tun?« fragte ich, etwas zu scharf. Die beiden sahen mich komisch an.

»Er leiht ihn sich hin und wieder aus. Er betreibt ein kleines Discogeschäft zusammen mit seinem Schwager, und manchmal haben sie zwei Aufträge zugleich, dann leiht er sich über Nacht einen meiner Lieferwagen, um die Disco-Ausrüstung darin herumzufahren«, sagte Ted. Das letzte Stück des Puzzles fügte sich ein.

Dann fiel mir ein, welche Art Lieferwagen Colonial Conservatories benutzten. Mein Bauch fühlte sich an, als ob ich zu schnell zu viel Eis gegessen hätte. »Wann hatte er den Unfall, Ted?« fragte ich.

Ted runzelte die Stirn und schaute nach oben. »Lassen Sie mich überlegen... Es muß Montag abend gewesen sein. Ja, Montag. Weil wir nämlich am Dienstag herumfuhren wie die Wahnsinnigen, um alles zu schaffen, und das war der Grund, warum Pete am Kreisverkehr zu schnell fuhr, um rechtzeitig anzuhalten. Und jetzt fehlen uns zwei Lieferwagen, und es besteht keine Chance, daß auch nur einer von den beiden vor nächster Woche frühestens wieder startklar ist.« Aus den Augenwinkeln sah ich eine Bewegung, Shelleys Hand stahl sich zu Teds hinüber und streichelte sie.

Na gut, wenigstens war es nicht Teds weißer Transit-Lieferwagen, der mich von der Barton Bridge hatte abdrängen wollen. »Ich wünschte, ich hätte gute Neuigkeiten für Sie«, sagte ich, »aber leider sind sie ein wenig gemischt. Bei der Bank werden wir erst in einer halben Stunde erwartet. Möchten Sie nicht mit in mein Büro kommen, und ich gehe schnell alles mit Ihnen durch, ehe wir Prudhoe unseren Besuch abstatten?«

Ich dachte schon, es würde mir nicht gelingen, Ted zur Bank zu kriegen. Als ich die Geschichte von Jacks Verrat aufrollte, wurde er weiß um den Mund und ging zur Tür. Zum Glück hielt er bei dem Anblick von Shelleys erstauntem Gesicht lange genug inne, daß ich ihn am Arm packen und ihn zu einem Stuhl führen konnte. Shelley flößte ihm zu medizinischen Zwecken einen Brandy ein, und er fand seine Sprache wieder. »Ich bringe den Scheißkerl um«, stieß er zwischen zusammengebissenen Zähnen hervor. »Ich schwöre bei Gott, ich bringe ihn um.«

»Sei nicht albern«, sagte Shelley energisch. »Kate wird ihn hinter Gitter bringen, das ist viel befriedigender.« Sie nahm mich zur Seite, während Ted tief in sein leeres Glas starrte, und flüsterte: »Von welchem Scheißkerl ist hier eigentlich die Rede?«

Ich wiederholte den Schluß der Geschichte für sie, was dazu führte, daß sie sich neben Ted hockte und die Sorte Trostworte murmelte, die jedem Zeugen grundpeinlich sind. Das war natürlich genau der Moment, den Chefinspektor Della Prentice für ihr Erscheinen wählte. Ich lotste sie augenblicklich zur Tür und sagte: »Ted, wir treffen uns in fünf Minuten unten.«

Ich hatte Della angerufen, sobald Shelley mir den Termin bei Prudhoe durchgegeben hatte. Ich dachte mir, daß ich Zeit sparen könnte, wenn ich ihr und der Bank in einem den Fall schilderte. Ich wußte, daß man bei der Bank nicht begeistert sein würde, aber man würde sich damit abfinden müssen. Mir fehlten immer noch Beweise, um Brian Lomax festzunageln, und ich hatte schlicht nicht die Zeit, einen rituellen Tanz mit Teds Bankmanager über Ethik aufzuführen.

Leonard Prudhoe war ganz so, wie ich es erwartet hatte. Aalglatt, arrogant und vor allem grau. Von seinem Silberhaar bis zu den glänzenden grauen Halbschuhen eine Sinfonie in der Tonart von John Major. Der einzige Farbklecks war der rote, entzündete Pickel an seinem Hals. Ebenfalls wie erwartet, behandelte er uns wie zwei unartige Kinder, die zum Schulleiter zitiert worden sind, damit sie lernen, sich wie Erwachsene zu verhalten. »Nun, Miss Brannigan, ich habe den Eindruck, Sie glauben, über einige Informationen hinsichtlich Mr. Barlows gegenwärtigen Problemen zu verfügen. Was ich allerdings nicht begreife ist, wieso Sie die Anwesenheit von Chefinspektor Prentice für notwendig erachten, so charmant es auch ist, ihre Bekanntschaft zu machen. Ich bin sicher, sie hat nicht das geringste Interesse an unseren Schwierigkeiten...«

Ich unterbrach diesen gönnerhaften Quatsch. »Ich muß hier feststellen, daß ein Verbrechen begangen worden ist, und auf Ihre Empfindlichkeiten kann ich keine Rücksicht nehmen, fürchte ich. Was wissen Sie über betrügerische Manipulationen, Mr. Prudhoe? Werden Sie mir nach den ersten drei Sätzen überhaupt noch folgen können? Denn falls Sie sich in der Ermittlungsarbeit zu größeren Betrugsfällen nicht gut auskennen, schlage ich vor, einen Experten hinzuzuziehen. Ich bin eine sehr beschäftigte Frau, und ich habe nicht die Zeit, alles zweimal durchzugehen, was der Grund für die Anwesenheit von Chefinspektor Prentice ist«, sagte ich energisch. Er hätte nicht entgeisterter aussehen können, wenn ich auf seinen Schreibtisch gesprungen wäre und einen Tanz hingelegt hätte.

»Junge Frau«, stammelte er, »nehmen Sie bitte zur Kenntnis, daß ich Experte in finanziellen Manipulationen aller Art bin.«

»Prima. Dann spitzen Sie die Ohren und schreiben Sie mit«, gab ich zurück. Irgendwie lockt Wichtigtuerei das Rebellische in mir hervor. Das muß das Erbe meiner irischen Vorfahren sein.

Prudhoe sah beleidigt aus, aber aus den Augenwinkeln sah ich, daß Ted eine Spur weniger unglücklich wirkte. Della Prentice schien plötzlich einen bösartigen Husten zu haben.

»Es besteht wahrhaftig kein Grund für solch ein Benehmen«, sagte Prudhoe frostig.

»Hören Sie zu, Mr. Prudhoe«, unterbrach Ted. »Sie und Ihre Leute haben versucht, mir mein Geschäft wegzunehmen. Kate hat versucht, die Sache aufzuklären, und was mich betrifft, berechtigt sie das zu jedem Benehmen, das ihr verdammt noch mal gefällt.«

Der unerwartete Beistand Teds ließ Prudhoe lange genug verstummen, daß ich anfangen konnte. »Oberflächlich betrachtet sieht es so aus, als wäre das, was Ted zugestoßen ist, eine Folge unglücklicher Zufälle, die darin gipfelte, daß Sie ihm den Kredit sperrten. Aber in Wahrheit wurde Ted das Opfer eines sehr cleveren Betrugs. Und wenn die Täter nicht zu gierig geworden wären und beschlossen hätten, doppelt abzusahnen, wäre man ihnen niemals auf die Schliche gekommen. Die Betrügereien hätten ausgesehen wie echte Hypothekensäumnisse.« Ich sah, wie Prudhoes Interesse gegen seinen Willen erwachte. Vielleicht hatte er bei all seiner gönnerhaften Wichtigtuerei ja doch ein Hirn.

Ich erläuterte, warum Ted zu uns gekommen war. Della Prentice hatte ihr Notizbuch herausgeholt und schrieb eifrig mit. Als ich zu den verschwundenen Wintergärten kam, beugte Prudhoe sich tatsächlich auf seinem Stuhl vor. »Und so funktioniert es«, sagte ich, in Fahrt gekommen.

»Man braucht einen unehrlichen Vertreter, und man braucht einen Insider im Büro einer Immobilienagentur, die auf Mietobjekte gehobener Qualität spezialisiert ist. In diesem Fall benutzten sie eine Firma namens DKL ESTATES, die ebensowenig in irgendwelche kriminellen Machenschaften verwickelt ist wie Ted. Der Insider, nennen wir sie Liz, sucht Häuser aus, die zu vermieten sind, deren Besitzer ziemlich verbreitete Namen haben und sich außerdem vorzugsweise im Ausland aufhalten, entweder weil sie dort arbeiten oder beim Militär sind. Im Idealfall wünschen sie sich ein Paar, das schon seit einigen Jahren eine Hypothek abzahlt, so daß in dem Haus ein beträchtlicher Reinwert angelegt ist. Liz gibt dann in den Bürocomputer ein, daß sie jemanden gefunden hat, der das Haus mieten will und dessen Referenzen überprüft wurden.

Der Nachname des Paares, das das Haus mietet, ist identisch mit dem der wahren Besitzer, aber da sie weitverbreitete Namen ausgesucht haben, können sie sich in dem Fall, wenn irgend jemand im Büro außer Liz von der Übereinstimmung Notiz nimmt, hinstellen und sagen: ›Tja, da laust mich doch der Affe, ist das nicht unglaublich, wie klein ist doch die Welt‹ und so weiter. Da Liz Zugang zu allen Originalpapieren der Eigentümer hat, kennen sie natürlich die Originalunterschriften und verfügen möglicherweise über Infos zu Bankkonten, Hypothekenkonten, Dienstverträgen und weiteres mehr. Soweit verstanden?«

»Faszinierend«, sagte Prudhoe. »Fahren Sie fort, Miss Brannigan.«

»Der Vertreter, der über Ihre Finanzierungsgesellschaft Zugang zu Agenturen hat, die Glaubwürdigkeitsprüfungen vornehmen, läßt eine Überprüfung laufen, um zu sehen, welche anderen Informationen es noch über die Eigentümer gibt. Dann eröffnet Liz ein falsches Bankkonto im Namen des Mieters auf diese Adresse und storniert jeden Nachsendeantrag bei der Post im Namen der wahren Eigentümer. Sie verbringt einen minimalen Teil ihrer Zeit in dem Haus und zahlt eine Zeitlang Miete. Übrigens haben sie immer drei Operationen gleichzeitig in der Planung, so daß sie nie lang genug in einem der Häuser bleibt, um die Nachbarn näher kennenzulernen. Die Nachbarn denken alle, daß sie weit außerhalb arbeitet oder nachts, oder daß sie einen Freund hat, mit dem sie viel zusammen ist. Sie hat außerdem ihr Aussehen durch Perücken, Brillen und Make-up verändert, um ihre Spuren zu verwischen.

Als nächstes behauptet Jack McCafferty, Teds Spitzenvertreter, er habe einen Anruf von ihr erhalten, sie bitte um einen Kostenvoranschlag für einen Wintergarten. Am folgenden Tag kommt er mit einem Auftrag herein, finanziert durch eine Neuhypothek bei dieser Bank hier. Und wenn es einer der regelmäßig wiederkehrenden Abende war, an denen Ted den Besuch mit ihm zusammen macht, dann taten Jack und Liz einfach so, als wären sie sich noch nie begegnet, und er beschwatzte sie genauso wie jeden anderen Kunden. Schließlich ist es völlig legitim, solch ein Geschäft über eine Neuhypothek abzuschließen, und bei Ted oder anderen schrillten keine Alarmglocken, da jeder, der sein Haus momentan nicht verkaufen kann, verzweifelt bemüht ist, etwas Kapital lockerzumachen. Das alles habe ich mit Hilfe der Unterlagen des Grundbuchamts herausgefunden, und ich bin sicher, Sie können die Einzelheiten über die Neuhypotheken anhand Ihrer eigenen Unterlagen bestätigen. Ich habe den Verdacht, daß die Gauner die ganze Zeit Ihre Finanzierungsleute benutzt haben, weil sie so auch noch die Provision der Finanzierungsgesellschaft einstreichen konnten«, fügte ich hinzu.

»Aber gab es denn keine Probleme wegen der ursprünglichen Hypothek?« fragte Della. »Sobald die abbezahlt war, wurde doch bestimmt die Bausparkasse aufmerksam, weil von den echten Eigentümern nach wie vor Zahlungen eingingen, oder aber die echten Eigentümer haben bemerkt, daß ihre Hypothek nicht länger von ihrem Bankkonto abgebucht wurde.«

Daran hatte ich nicht gedacht. Doch dann fiel mir eine Erfahrung ein, die Alexis und Chris gemacht hatten, als sie damals jeweils ihr Haus verkauft hatten, um zusammenzuziehen. Alexis, die in Gelddingen unfähig war, hatte ihre alte Hypothek sechs Monate lang munter weiterbezahlt, bevor sie etwas bemerkt hatte. Ich schüttelte den Kopf. »Es hätte eine Ewigkeit gedauert, bis die Bausparkasse merkte, was los war. Und dann hätte die Firma einen Brief geschickt, und der Brief wäre in ein Schwarzes Loch gefallen, weil die Nachsendung bei der Post storniert war. Es konnte ewig so weitergehen, ehe jemand bei der Bausparkasse ernsthaft daran dachte, etwas zu unternehmen.«

Della nickte zufrieden. »Danke. Entschuldigung, fahren Sie fort. Das ist ganz faszinierend.«

»Gut. Also, wenn die Bank einen Antrag auf eine Neuhypothek überprüfte, bezogen sich wegen der Namensgleichheit sämtliche Informationen, die sie erhielt, auf die echten Eigentümer, daher gab es nie Probleme. Und das Geld wurde überwiesen. Denken Sie an die Summen, um die es hier geht. Stellen Sie sich ein Haus vor, das vor zehn Jahren für fünfundzwanzigtausend Pfund gekauft wurde und jetzt neunzigtausend wert ist. Die ausstehende Hypothek beläuft sich auf nur etwa siebzehntausend. Sie nehmen eine Neuhypothek über die vollen neunzigtausend auf, zahlen die laufende Hypothek korrekt ab, um keinen Verdacht zu erregen, und dann machen sie sich aus dem Staub. Unsere Freunde Jack und Liz haben nach Abzug der Kosten an die siebzigtausend Pfund eingenommen.

Ich schätze, sie haben denselben Schwindel mindestens ein dutzendmal abgezogen. Und der einzige Grund, aus dem ich imstande war, ihnen auf die Schliche zu kommen, ist, daß sie so gierig wurden, daß sie beschlossen, die Wintergärten nach der Installation wieder abzubauen und an einen anderen Interessenten mit einem identischen Haus zu verkaufen, zu einem Schleuderpreis von einigen Riesen.« Ich wandte mich an Ted. »Das hat Jack mit dem Lieferwagen gemacht, wenn Sie dachten, er spiele den DJ.«

Ich hatte nicht die Gelegenheit, mich an ihren Reaktionen zu weiden. Jetzt weiß ich wieder, weshalb ich mich so lange gegen ein Mobiltelefon gesträubt hatte. Sie unterbrechen immer an den besten Stellen.

22. Kapitel

Man sagt, daß die viktorianische Ära das Zeitalter der begabten Amateure war. Ich kann dazu nur sagen, ich bin froh, daß ich nicht damals Privatdetektivin war. Wenn es etwas Schlimmeres gibt als Amateure, die einem eine Ermittlung völlig verpfuschen, dann solche, die besser am Ball sind als man selbst. So wie Alexis in diesem Fall vorging, würde ich sie bald bezahlen müssen, anstatt sie mich.

Was ich zu hören bekam, als ich mich in Prudhoes Büro mit meinem Telefon in eine Ecke verzog, war keine Neuigkeit, die das Herz erfreute. »Er will verschwinden«, begann Alexis.

»Mr. Harris, meinst du?« fragte ich vorsichtig. Ich versuchte, meinen Anteil an dem Gespräch so knapp und uninformativ zu halten wie möglich. Schließlich stand ich auf einmal peinlicherweise im Mittelpunkt des Interesses. Ted oder Prudhoe bereiteten mir kein Kopfzerbrechen, doch die Anwesenheit eines Polizeibeamten erzeugt in jedem Privatdetektiv ein geradezu krankhaftes Mißtrauen, das Woody Allen vergleichsweise ausgeglichen erscheinen läßt.

»Natürlich Harris, Lomax, egal! Wer denn sonst? Er will die Kurve kratzen.«

»Woher wissen wir das?«

Es gab eine kurze Pause, während der Alexis überlegte, wie sie anfangen sollte. »Nachdem du erklärt hattest, wie beschäftigt du heute bist, habe ich meine freien Tage tauschen können. Ich dachte, wenn ich ihn im Auge behalte, dann hätten wir zumindest nichts verpaßt. Und ich hatte recht«, fügte sie trotzig hinzu.

Ich spürte, wie die Gewissensbisse kamen. Irgendwie hatte ich gewußt, daß ich den Abend nicht als Kaiserin Brannigan der Zulus zubringen und die alte Welt zivilisieren würde. »Was ist denn passiert?« fragte ich.

»Er hat sich ein Antragsformular für einen Reisepaß geholt«, verkündete Alexis triumphierend. »Ich bin ihm zur Post gefolgt. Er hat offensichtlich vor, das Land zu verlassen.«

Eine logische Schlußfolgerung. Was es uns nicht sagte war, ob er sich mit seinem Sündengeld in ein Verbrecherparadies aufmachen wollte, sobald die Flugkontrolle es erlaubte, oder ob er schlicht für seinen Winterurlaub in einem Skiparadies vorsorgte. »Wo bist du?« fragte ich.

»In einer Telefonzelle ganz in der Nähe seiner Firma. Ich sehe von hier aus den Eingang. Er hat sich nicht gerührt, seit er von der Post zurück ist.«

Ich kapitulierte. »Ich bin so bald ich kann bei dir«, sagte ich. Immerhin hatte ich Ted und Prudhoe genug Stoff für stundenlange Diskussionen geliefert. Ich beendete das Telefonat und lächelte meinem gebannten Publikum zuckersüß zu. »Es tut mir sehr leid, aber es ist etwas ziemlich Dringendes dazwischengekommen. Zweifellos haben Sie drei eine Menge zu besprechen, also wenn Sie mich entschuldigen, lasse ich Sie jetzt allein. Ted, ich lasse Ihnen so schnell wie möglich einen vollständigen schriftlichen Bericht zukommen, spätestens am Montag.« Ich stand auf. »Ich möchte nur noch sagen, daß es mir ein Vergnügen war, Mr. Prudhoe«, fügte ich hinzu und schüttelte ihm über den Schreibtisch hinweg fest die Hand. Armer Kerl, er sah immer noch aus, als hätte er einen Schlag auf den Kopf bekommen. Ich scheine stets diese Wirkung auf Männer zu haben. Besorgniserregend, oder?

Della Prentice folgte mir auf den Korridor hinaus. »Eine Wahnsinnsgeschichte, Kate. Sie haben großartige Arbeit geleistet. Wir brauchen natürlich noch eine offizielle Aussage von Ihnen«, sagte sie. »Wann können wir das erledigen?«

Ich schaute kurz auf meine Uhr. Es ging auf drei zu. »Ich weiß noch nicht, Della, ich glaube nicht, daß ich mich vor dem Wochen-

194

ende mit Ihnen zusammensetzen kann, frühestens. Sie haben doch bestimmt genug, um einen Durchsuchungsbefehl für die Häuser zu erwirken, die die beiden für den Schwindel benutzen?« Ich öffnete meine Tasche, holte mein Notizbuch heraus und schrieb die Adressen auf, während ich sprach. »Hören Sie, reden Sie mit Rachel Lieberman bei DKL ESTATES. Die Frau, hinter der Sie her sind, heißt Liz Lawrence, und sie hat einen Teilzeitjob in ihrer Warringtoner Filiale. Und Ted kann Ihnen alles erzählen, was er über Jack McCafferty weiß. Ich möchte keine Schwierigkeiten machen, aber ich bin wirklich in Druck.«

»Na schön. Ich sehe, daß Sie Probleme haben. Lassen Sie mich wissen, wenn Sie frei sind. Und geben Sie mir die Nummer Ihres Mobiltelefons, damit ich Sie erreichen kann, wenn ich noch einige Hintergrundinformationen brauche«, sagte sie. Ich schrieb meine Nummer noch auf das Blatt, drückte es ihr in die Hand und hetzte los. Mir war klar, daß eigentlich kein Grund zu solch großer Eile bestand, mich mit Alexis in Kontakt zu setzen. Aber wenn ich meinen Adrenalinspiegel nicht hochgetrieben hätte, dann hätte ich es vielleicht nicht geschafft, mich wieder über die verstopfte A6 und diese Achterbahn von Straße über die Hügel nach Buxton zu quälen. Die Leute hier mußten erstaunlich kräftige Handgelenke haben.

Ich saß wieder hinter dem Steuer des Fiesta. Heute morgen hatte ich ein Taxi genommen und mich bei dem Wagen absetzen lassen, da jetzt nicht mehr die Notwendigkeit bestand, die Observierung fortzusetzen. Ich machte einen Umweg über das Büro, um den Laptop mit Cheethams Dateien mitzunehmen sowie ein paar meiner juristischen Fachbücher. Ich hatte immer noch keine Gelegenheit gehabt, die Dateien durchzuarbeiten, daher hatte ich keine Ahnung, was für unredliche Pläne der tote Anwalt geschmiedet hatte. Doch ich hatte so den Verdacht, daß man dazu ein wenig mehr Informationen über Eigentumsübertragungen brauchte, als ich im Kopf hatte. Besser, ich hatte sie statt dessen gleich in Händen.

Es war fast fünf, als ich schließlich den letzten Laster vom Steinbruch überholte und den Hügel hinunter nach Buxton hineinfuhr. Ich fuhr langsam an Lomax' Firma vorbei und erspähte Alexis in ihrem Auto. Ich mußte zugeben, daß ich selbst keine bessere Stelle hätte wählen können. Sie stand zwischen zwei geparkten Wagen, mit ungehindertem Blick durch die Fenster des Autos vor Lomax' Firma. Ich parkte um die Ecke, dann ging ich zu Fuß zurück.

Ich stieg in den Peugeot und schob einen Stapel Zeitungen und Sandwichpapier auf den Boden. »Sei lieber vorsichtig, daß die Müllmänner nicht kommen und dich mitnehmen«, sagte ich. »Irgendwas passiert?«

Alexis schüttelte den Kopf. »Da sind zwei Lieferwagen. Der, den Lomax fährt, und ein identischer zweiter Wagen. Der andere ist einzweimal rein- und rausgefahren, aber er selbst hat sich nicht gerührt.«

»Es sei denn, er liegt hinten in dem anderen Lieferwagen, als Zementsack verkleidet«, bemerkte ich. Alexis sah geknickt aus. Na toll, jetzt hatte ich noch mehr Gewissensbisse. »Keine Sorge, das ist eher unwahrscheinlich. Er weiß ja nicht, daß er beobachtet wird. Cheethams Tod wurde als Unfall verbucht. Er fühlt sich vollkommen sicher. Und jetzt kannst du nach Hause zockeln und mich meinen Lebensunterhalt verdienen lassen, anstatt mich meiner Existenzgrundlage zu berauben«, fügte ich hinzu.

»Soll ich nicht lieber noch warten? Für den Fall, daß er ausrücken will?« fragte sie fast bedauernd.

»Fahr nach Hause, zum Schmusen mit Chris. Wenn er vorhätte, sich noch heute abend aus dem Staub zu machen, dann säße er nicht in seinem Geschäft herum. Er stünde ungeduldig in der Schlange der Paßstelle«, sagte ich vernünftig. Nach Alexis' finsterer Miene zu urteilen, hält sie von Vernunft ebensoviel wie ich.

Sie seufzte, ein Seufzer aus tiefstem Herzen. »Na schön«, sagte sie. »Aber ich will nicht, daß der Typ entwischt.«

Ich öffnete die Wagentür. »Vergiß nicht, da ist noch die unbedeutende Frage der Beweise«, sagte ich. »Jetzt, wo Cheetham tot ist, kann Lomax behaupten, daß er nichts Unehrliches getan hat. T. R. Harris ist der Name eines Geschäfts, nicht mehr, nicht weniger. Er hat Interessenten einfach nur das Land gezeigt und hatte keine Ahnung, wer es kaufte oder wann. Klar, du und ich wissen es besser, aber ich möchte gern imstande sein, es zu beweisen.«

Alexis stöhnte. »Ich will nur ein Druckmittel, um unser Geld zurückzubekommen, Kate. Mir ist es gleichgültig, wenn er hinterher mit schneeweißer Weste dasteht.«

196

»Ich höre und gehorche, o Herrin«, sagte ich und stieg aus dem Wagen. »Jetzt beweg diese Müllkippe auf Rädern mal von hier weg und laß den Spürhund die Fährte aufnehmen.«

Sie winkte, als sie losfuhr, und ich manövrierte den Fiesta in die Lücke, die sie freigemacht hatte. Dann öffnete ich den Laptop und rief das WORK.L-Verzeichnis auf. Die Dateien waren in zwei Unterverzeichnisse geordnet. Eines hieß DUPLICAT, das andere RV. Die Dateien in RV bezogen sich jeweils auf einen Hauskauf. In manchen Fällen waren die Häuser etwa nach fünf Monaten wieder verkauft worden, jedesmal mit einem ansehnlichen Gewinn. Ich wollte gerade die Adressen in meinem Stadtplan nachsehen, da tauchte ein weißer Transit in der Toreinfahrt von Lomax' Firma auf. Meine Zielperson saß am Steuer. So schnell ich konnte schloß ich den Laptop und warf ihn auf den Beifahrersitz.

Lassen Sie sich von niemandem weismachen, daß der Job eines Privatdetektivs einen besonderen Glanz hat. Ich folgte Lomax von seiner Firma zu seinem Haus. Dann saß ich zwei Stunden lang im Wagen und ackerte mich lustlos durch Martin Cheethams Dateien. Die Häuser unter RV lagen alle in den ziemlich zweifelhaften Vierteln südlich und östlich des Stadtzentrums von Manchester – Gorton, Longsight, Levenshulme. In den Reihenhaussiedlungen, wo man heruntergekommene Immobilien billig erwerben, sie renovieren und einen bescheidenen Gewinn erzielen kann. Oder es war zumindest möglich, bis vor einigen Monaten die Immobilienpreise im Nordwesten ins Bodenlose sanken. Wenn man sich diese Dateien ansah, schien es, als hätten Lomax und Cheetham das in ziemlich großem Maßstab betrieben. Ich überschlug es schnell im Kopf und schätzte, daß sie im vergangenen Jahr an die zwei Millionen umgesetzt hatten. Da meine Fähigkeiten im Kopfrechnen meinen Kenntnissen in Quantenmechanik vergleichbar sind, kam ich zu dem Schluß, daß ich falsch gerechnet hatte, und kritzelte die Summen in mein Notizbuch. Ich erhielt das gleiche Ergebnis.

Plötzlich befanden wir uns mitten in einem neuen Spiel. Ich hatte es nicht mit einem Paar kleiner Fische zu tun, die sich durch einen zweifelhaften Landverkauf einige Riesen erschlichen. Hier ging es um viel Geld. Im letzten Jahr hatten sie vielleicht sogar eine Dreiviertelmillion verdient. Allerdings mußten sie über eine Menge Geld verfügt haben, um die Häuser überhaupt kaufen zu können. Wo

zum Teufel kam das Startkapital her, um diese Art von Geschäft zu
betreiben?

Während ich mit meinen Summen jonglierte, war es dunkel geworden. Ich kam mir allmählich ziemlich exponiert vor, was mich
tief beunruhigte. Ich mußte daran denken, daß mich vor nicht ganz
einer Woche jemand so nachhaltig hatte warnen wollen, daß er sogar das Risiko einging, mich zu töten. Wenn dieser Jemand noch da
war, gab ich ein ausgezeichnetes Ziel ab, wie ich hier so allein in
meinem Auto saß.

Die Antwort auf meine Angst lag gleich hinter mir. Ich stand an
der Straßenseite gegenüber von Brian Lomax' Haus, etwa dreißig
Meter weiter oben, vor einem soliden viktorianischen Haus mit
einem »Fremdenzimmer«-Schild, das leicht in dem eisigen Wind
schaukelte. Ich holte eine kleine Reisetasche aus dem Kofferraum,
stopfte die Fachbücher hinein und ging die kurze Einfahrt hinauf.

Ich hätte die Wirtin jederzeit als Detektivin engagiert. Als ich für
eine Nacht im voraus bezahlt und sie mich in meinem blitzsauberen
kleinen Zimmer allein gelassen hatte, kam ich mir vor, als ob mir
tagelang eine Verhörlampe in die Augen geschienen hätte. Es sollte
einen Oscar der Privatdetektive für Lügenkünste geben. Zumindest
steckte ich in einem Kostüm, was es mir erleichterte, in meiner Rolle
als Handelsanwältin zu überzeugen, die einen ortsansässigen Klienten vertrat, der zwecks Geschäftserweiterung an dem Erwerb von
Immobilien in Manchester interessiert war. Sie hatte die Lüge ge-
schluckt und große Augen gemacht bei meiner knappen Weigerung,
die Schweigepflicht zu verletzen. Ich war fast sicher, daß sie mich
am nächsten Morgen beschatten würde, nur um auf Teufel komm
raus an saftigen Ortsklatsch zu kommen.

Mein Zimmer lag, wie gewünscht, an der Vorderseite des Hauses
im zweiten Stock, was mir eine bessere Sicht auf Brian Lomax' Haus
verschaffte als vom Auto aus. Froh, aus der Strumpfhose und den
hohen Pumps herauszukommen, zog ich statt dessen Leggings, ein
Sweatshirt und Reeboks an, die in die Reisetasche für Notfälle ver-
bannt worden waren, und bezog im Dunkeln meinen Beobachtungsposten. Ich vertrieb mir die Zeit, indem ich meine Klientenberichte für PharmAce und Ted Barlow diktierte. Das würde Shelley
einige Stunden von ihrer Romanze ablenken.

Nell kam etwa gegen halb sieben nach Hause und parkte ihren

GTi in der Garage. Es war neun vorbei, ehe ich wieder etwas zu sehen bekam. Lomax erschien seitlich am Haus und ging seine Einfahrt hinunter. Er wandte sich nach rechts in Richtung Stadt. Ich war viel schneller aus dem Zimmer und die Treppe hinunter, als es mir noch vor ein paar Tagen gelungen wäre. Falls Mortensen und Brannigan jemals einen Assistenten engagieren, dann müssen wir wohl »muß schnell gesund werden können« in die Jobbeschreibung aufnehmen.

Er war noch in Sichtweite, als ich aus der Pension stürzte und mir dabei den Anschein gab, als wäre ich eine Joggerin, die schnell ihre abendliche Runde drehte. An der Ampel bog er links ab und ging den Hügel zum Marktplatz hoch. Ich war rechtzeitig an der Ecke, um ihn in einen Pub gehen zu sehen. Wunderbar. Ich hatte nicht mal eine Jacke an, und in den Pub konnte ich ihm nicht folgen, weil er nur zu gut wußte, wer ich war. Wütend spähte ich durch die Buntglastür. Durch einen blauen Dunstschleier sah ich Lomax an der Bar, wo er mit einer Gruppe anderer Männer, alle ungefähr in seinem Alter, redete und lachte. Es sah aus, als verbringe er den Donnerstagabend wie gewohnt in seiner Stammkneipe zusammen mit den Jungs, anstatt einen Geschäftskontakt zu treffen. Soweit gut. Ich trat zurück und schaute mich um. An der Ecke gegenüber gab es einen Fish-&-Chips-Laden, der nach der Reklame einen Eßraum im ersten Stock hatte. Ich hatte nichts zu verlieren.

Es ist erstaunlich, wieviel Zeit man sich lassen kann, um eine Fleischpastete, Pommes frites, Erbsenbrei, Sauce, eine Kanne Tee und einen Teller Brot mit Butter zu sich zu nehmen. Seltsamerweise machte es mir sogar Spaß, zumal ich das Mittagessen ausgelassen hatte. Am besten war der Kochpudding mit Rosinen und Vanillesoße, der schmackhafter war als alles, was meine Mutter früher gemacht hatte. Ich schaffte es, das Essen bis halb elf auszudehnen, dann hieß es zurück in die Kälte. Natürlich fing es prompt an zu regnen, als ich aus dem Imbiß kam. Ich ging zu dem Pub hinüber und warf wieder einen Blick durch das Fenster. Die Szene hatte sich kaum verändert, es war nur voller geworden. Lomax stand nach wie vor mit seinen Kumpeln an der Bar und hatte einen Bierkrug in der Hand. Ich sah keinen Sinn darin, mich naßregnen zu lassen, während er sich vollaufen ließ, daher lief ich zur Pension zurück. Mein Abendessen lag mir wie ein Betonklotz im Magen.

Er kam allein zurück, Punkt halb zwölf. Fünf Minuten später ging in einem der Zimmer oben das Licht an, und er erschien am Fenster, um die Vorhänge zuzuziehen. Weitere zehn Minuten später ging noch ein Licht an, und Nell machte dasselbe in ihrem Zimmer. Ich wartete nicht, bis ihre Lichter ausgingen. Ich wette, ich war noch vor ihnen eingeschlafen.

Ich wette, ich war auch schon vor ihnen wach. Meinen Wecker hatte ich auf sechs gestellt, und um Viertel nach sechs war ich mit dem Duschen fertig. Lomax' Vorhänge gingen um Viertel vor sieben auf, und meine Stimmung sank. Meine Gastgeberin servierte das Frühstück nicht vor acht, und es sah so aus, als sollte er dann schon aus dem Haus sein. Ich tröstete mich mit den einzeln abgepackten Roggenkeksen, die bei den Sachen zum Tee- und Kaffeekochen lagen. (Ganz prima, wenn man sterilisierte Milch mag, Teebeutel, gefüllt mit Hausstaub, und puderigen Instantkaffee, der schmeckt, wie ich mir das Aroma von Strychnin vorstelle.)

Lustlos packte ich meine Tasche und ging zum Wagen. Ich fragte mich allmählich, ob diese Observierung irgendeinen Zweck hatte. Manchmal denke ich, daß meine Schwelle für Langeweile zu niedrig ist für diesen Job. Zwanzig Minuten später tauchte die Schnauze eines weißen Sportwagens in seiner Toreinfahrt auf. Ich hatte den Jaguar an dem Abend, als ich das T.-R.-Harris-Schild entdeckt hatte, neben Nells GTi in der Garage stehen sehen. Die längliche Motorhaube des klassischen Wagens kam näher, dann sah ich, daß Lomax höchstpersönlich am Steuer saß. Er fuhr, ohne einen Blick in meine Richtung zu werfen, vorbei. Ich beobachtete im Rückspiegel, wie er um die Ecke bog, dann setzte ich schnell im Rückwärtsgang aus der Einfahrt der Pension und raste ihm nach.

Die Straße von Manchester hierher hatte ich ja schon für übel gehalten. Aber die Straße, über die wir aus Buxton herausfuhren, war wie ein Alptraum, aus dem man schweißnaß erwacht. Sie wand sich wie ein Korkenzieher in einer Reihe enger Kurven in die Höhe, auf beiden Seiten von steilen Hängen umgeben, so wie in den Alpen. Dann wurde sie zu einer schmalen, buckeligen Achterbahn, so daß ich direkt dankbar war, das Frühstück verpaßt zu haben. Hier war man entsetzlich entblößt. Ich wußte nicht zu sagen, ob ich durch Nebel oder durch Wolken fuhr, aber so oder so war ich froh darüber, daß es nicht allzu viele Abzweigungen gab, in denen der Sportwagen verschwinden konnte. Was mich ungläubig nach Luft schnappen ließ, war die Verkehrsdichte auf dieser Höllenfahrt. Lastwagen, Lieferwagen, Pkws zu Dutzenden, und alle rasten wie auf der Schnellspur der M6.

Schließlich ließen wir das grau-grüne Heideland hinter uns und tauchten in die rote Ziegellandschaft von Macclesfield ein, in richtige Straßen, mit Ampeln, Kreisverkehr und weißen Linien in der Mitte. Hinter Macclesfield fuhren wir wieder über offenes Land, doch diesmal entsprach es eher meiner Vorstellung, wie offenes Land aussehen sollte. Kein scheußliches Heideland, das sich ins Unendliche erstreckte, keine verfallenen Bruchsteinmauern aus getrocknetem Lehm mit Löchern, wo jemand die Kurve nicht hatte nehmen können, keine trostlosen Pubs, mitten im Nichts, und Bäume, die in einem Winkel von fünfundvierzig Grad gegen den immerwährenden Wind wachsen. Nein, das hier war viel besser. Ordentliche Felder, hübsche Farmhäuser, kleine Restaurants und Gartencenter, an Bäume geheftete Zettel, auf denen Handwerksmessen und Flohmärkte angekündigt wurden. Offenes Land, das einen dazu verlocken könnte, eine kleine Spritztour mit dem Wagen dorthin zu unternehmen.

Um 8:14, laut Uhr am Armaturenbrett, brausten wir über die Zufahrt zur M6. Ich wurde allmählich aufgeregt. Was Lomax auch im Schilde führen mochte, es war etwas weit Interessanteres als Regenrinnen zu reparieren. Als die Tachonadel auf neunzig Meilen kletterte, vermißte ich meinen Nova. Er mochte äußerlich nicht viel hergemacht haben, aber dafür schien er erst bei über achtzig Meilen so richtig auf Touren zu kommen. Im Gegensatz zu dem Fiesta, der zwischen zweiundachtzig und achtundachtzig ein interessantes Rütteln in der Lenkung an den Tag legte. Als wir die Spur wechselten, um auf der M62 nach Westen zu fahren, fiel mir der Telefonanruf von Alexis ein, der diese neueste Phase der Operation eingeleitet hatte. Ein Antragsformular für einen Reisepaß.

Um einen gültigen britischen Reisepaß zu erhalten, muß man ein kompliziertes Formular ausfüllen, sich seine Identität auf den Fotos durch ein angesehenes Mitglied der Gemeinde attestieren lassen, das einen seit mindestens zwei Jahren kennt, und alles zur Paßstelle schicken. Dann lehnt man sich zurück und wartet einige Wochen ab, in denen die Räder der Bürokratie sich unendlich langsam drehen. Wenn man es eilig hat, begibt man sich zu einer der fünf Paßstellen auf dem britischen Festland – in London, Liverpool, Newport, Peterborough oder Glasgow. Ich erinnere mich noch sehr gut an die Prozedur. Im Juli buchten Richard und ich einen vierzehntägigen Urlaub, wir wollten in einem Winnebago durch Kalifornien fahren. Zwei Tage vor unserem Abreisetermin erschien er am späten Morgen in meinem Büro, um zu verkünden, daß sein Reisepaß abgelaufen sei. Natürlich war er zu beschäftigt, um sich selbst darum zu kümmern, ob ich nicht möglicherweise...?

Wenn man Schlag neun dort ankommt, lassen sie sich herab, deine Papiere entgegenzunehmen, und teilen dir mit, daß du in vier Stunden wiederkommen sollst. Wenn man spät dran ist, muß man in der Schlange warten und beten, daß man vor Büroschluß noch an die Reihe kommt. Falls Brian Lomax dorthin wollte, dann war er zweifellos entschlossen, nicht den ganzen Tag in der Schlange zu stehen.

Er fuhr geradewegs ins Liverpooler Stadtzentrum und parkte um zehn vor neun seinen Wagen in dem Parkhochhaus in unmittelbarer Nähe zur Paßstelle. Ich blieb in meinem Auto und sah zu, wie er durch die Tür der India Buildings ging. Er konnte natürlich in jedes Büro auf jeder Etage gehen, nicht nur in das auf der fünften, aber ich war mir meiner Sache ziemlich sicher. Nach zwanzig Minuten war er wieder draußen, doch anstatt direkt zu seinem Wagen zu gehen, steuerte er aufs Stadtzentrum zu. Ich fluchte ununterbrochen leise vor mich hin, als ich mich an seine Fersen heftete. Solange er nicht in eine Fußgängerzone einbog, war ja noch alles gut.

Es war gut, und es war auch nicht gut. Etwa anderthalb Kilometer von der Paßstelle entfernt, marschierte Brian Lomax zielstrebig in ein Reisebüro.

23. Kapitel

Ich stürzte zur Tür hinein, kämpfte mit den Tränen und jammerte: »Wohin fährt er mit ihr? Sagen Sie es mir! Ich habe ein Recht zu erfahren, wohin er mit dieser Schlampe fährt!« Dann brach ich in

Tränen aus und sank auf den Stuhl, den Brian Lomax gerade frei gemacht hatte.

»Ich weiß, es ist dumm, aber ich liebe ihn immer noch«, schluchzte ich. »Er ist doch immer noch mein Mann.« Durch die Tränen sah ich, daß die Angestellte des Reisebüros Angst hatte. Ihr Mund ging auf und zu.

»Sagen Sie es mir! Sie sind eine Frau, Sie sollten Verständnis haben«, fügte ich vorwurfsvoll hinzu.

Eine Kollegin schob die jüngere Frau beiseite. »Was ist denn los, Kleines?« fragte sie beschwichtigend.

»Mein M-Mann«, hickste ich. »Er hat eine Freundin, ich weiß es genau. Deshalb bin ich ihm gefolgt. Als er hier reinging, dachte ich, daß er mit ihr wegfährt. Und da bin ich irgendwie durchgedreht. Sie müssen es mir sagen«, fügte ich mit schriller Stimme hinzu. Dann schluckte ich geräuschvoll.

»Sharon«, sagte die ältere der beiden Frauen. »Der Herr, der gerade hier war.«

»Lomax«, sagte ich. »Brian Lomax.«

»Mr. Lomax«, wiederholte die Frau. »Was wollte er, Sharon?«

»Ich dachte, wir sollten nicht über unsere Kunden reden«, murmelte die Jüngere.

»Hast du denn gar kein Herz, Mädchen? Wir Frauen müssen zusammenhalten«, sagte die Ältere. Dann wandte sie sich an mich. »Männer. Sie sind doch alle gleich, hm?« Dem Himmel sei Dank für das berühmte goldene Herz der Liverpooler.

Ich nickte und gab mir den Anschein, als ränge ich um Fassung, während Sharon nervös auf die Tasten ihres Computers einstach. »Hier, Dot«, sagte sie und zeigte auf den Bildschirm.

Die ältere Frau nickte weise und schwang den Bildschirm herum, damit ich selbst sehen konnte. »Was er auch vorhat, mit ihr fährt er jedenfalls nicht weg«, sagte sie. »Schauen Sie. Er hat nur für eine Person gebucht. Florida. Flug, Mietwagen und Quartiergutscheine, inklusive Zuzahlung für eine Einzelperson.« Während sie sprach, prägte ich mir alles ein. Fluglinie, Flugnummer, Preis. Abflug von Manchester am Montag abend. »Er hat bar bezahlt«, fügte Dot hinzu. »Na, das erleben wir heutzutage nur noch selten.«

»Was ist mit den Tickets?« fragte ich. »Ich wette, er läßt sie sich nicht nach Hause schicken.«

»Nein«, sagte Dot. »Da er am Montag schon fliegt, holt er sie am Ticketschalter im Flughafen ab.«

»Selbstsüchtiger Scheißkerl«, stieß ich hervor.

»Da haben Sie sicher recht«, sagte Dot. »Trotzdem, sehen Sie es doch mal von der positiven Seite. Zumindest nimmt er die Ziege nicht mit, oder?«

»Kopf hoch!« rief Dot mir hinterher, als ich aus dem Reisebüro stürzte.

Ich bog um die Ecke und stieg in den Fiesta, an dem wie durch ein Wunder kein Strafzettel wegen Falschparkens klebte. Meine Beine fühlten sich an wie Gelee, und mir zitterten die Hände. Dem Himmel sei Dank für die Solidarität von Frauen, deren Männer ihnen unrecht getan haben.

Also hatte Alexis richtig gelegen, dachte ich, als ich in gemächlicherem Tempo über die M62 zurückfuhr. Brian Lomax wollte das Weite suchen. Und das einzige Mittel, ihn daran zu hindern, war, daß ich herausfand, was genau er getan hatte. Ich beschloß, den Rest des Tages dazu zu nutzen, Martin Cheethams Dateien zu untersuchen. Doch zuvor, dachte ich, hatte ich mir noch das Frühstück verdient, das ich am Morgen ausgelassen hatte. Am Horizont sah ich die Autobahnraststätte von Burtonwood, die aufs Haar der römisch-katholischen Kathedrale von Liverpool glich. Wenn Sie hören, daß die Anwohner das Gotteshaus als den »Betonwigwam« bezeichnen, verstehen Sie vielleicht, weshalb.

Ich fuhr von der Straße ab und bog auf den Parkplatz ein. Und da stand er. Mitten auf dem Parkplatz: Brian Lomax' Sportwagen. Ich parkte meinen Wagen, dann erkundete ich vorsichtig Tankstelle und Restaurant. Im Laden war er nicht und auch nicht in der Videospielhalle. Schließlich entdeckte ich ihn in der Cafeteria vor einer Riesenpfanne mit Essen. Auf Wiedersehen, Frühstück. Seufzend ging ich zu meinem Auto zurück und fuhr auf die Zufahrtsstraße zur Autobahn. Ich hielt an den Zapfsäulen, ging schnell in den Laden und kaufte eine Flasche Mineralwasser und ein Schinken-Käse-Sandwich, was einem richtigen Frühstück so nahe kam, wie es an diesem Tag eben ging. Wieder im Wagen, ließ ich den Motor laufen, während ich mein Sandwich aß und auf Lomax wartete. Ich konnte nicht anders; da die Götter ihn mir wieder auf einem Tablett serviert hatten, mußte ich einfach sehen, was er vorhatte.

Eine Viertelstunde später befanden wir uns auf der Rückfahrt nach Manchester. Inzwischen herrschte dichter Verkehr, doch der Sportwagen war so unverwechselbar, daß man ihn leicht beschatten konnte. Am Stadtrand nahm er die M63 nach Stockport. Er bog am schäbigeren Ende von Cheadle, wo man nicht Bridge oder Golf zu spielen braucht, um ein Haus kaufen zu dürfen, ab und nahm eine Abkürzung zu der Reihenhaussiedlung am Fußballplatz von Stockport County. Ihm durch das enge Netz von schmalen Straßen zu folgen, war ziemlich knifflig, aber zum Glück ging es nicht lange so. Und Lomax verhielt sich, als sei ihm der Gedanke, verfolgt zu werden, nicht im Traum gekommen.

Er hielt vor einem Haus, wo einige Handwerker anscheinend die Fenster entfernten und ein Jugendlicher auf einer Leiter das Moos aus der Dachrinne kratzte. Ein Schild an der Leiter trug das vertraute Renew-Vations-Firmenzeichen, ebenso wie der vergammelte Lieferwagen, der mit zwei Rädern auf dem Bordstein stand. Lomax wechselte ein paar Worte mit den Handwerkern, dann ging er hinein. Zehn Minuten später tauchte er wieder auf, streckte den Daumen in Richtung der Arbeiter hoch und fuhr dann weg.

Wir spulten noch mehrmals dasselbe Ritual ab, in Reddish, dann in Levenshulme. Lauter ältere Reihenhäuser in Straßen, die aussahen, als seien sie eher auf dem aufsteigenden als auf dem absteigenden Ast. Bei dem dritten Haus klickte es bei mir. Das waren einige der jüngsten Käufe in dem RV-Verzeichnis. Ich stand vor den Häusern, die Cheetham und Lomax billig erstanden hatten, um sie zu renovieren und dann teuer weiterzuverkaufen.

Zuletzt hielt er am Rand von Burnage vor einer Doppelhaushälfte aus der Zeit zwischen den Weltkriegen, die geradezu baufällig wirkte. Aus dem Kies wuchsen Grashalme, das Tor hing nur noch an einem Scharnier. Von der Tür und den Fensterrahmen war so viel Farbe abgeblättert, man wunderte sich, daß sie noch nicht ganz aus dem Leim gegangen waren. Zwei Männer arbeiteten am Dach, ersetzten zerbrochene Schieferplatten und richteten den Schornstein. Lomax stieg aus dem Jaguar und rief den Männern etwas zu. Dann holte er einen Overall aus dem Kofferraum, zog ihn über Jeans und Sweatshirt und ging ins Haus. Einige Minuten später hörte ich das schrille Heulen einer Bohrmaschine. Ich entschied, daß ich meine Zeit sinnvoller im Büro mit den Computerdateien nutzen konnte.

Shelley war am Telefon, als ich hereinkam. Nach der Schnelligkeit zu urteilen, mit der der Kaffee auf meinem Schreibtisch erschien, hatte sie bereits von meinem Erfolg mit Teds Wintergärten erfahren. »Gute Neuigkeiten machen schnell die Runde, hm?«

»Ich weiß nicht, wovon du sprichst«, sagte sie hochnäsig. »Hast du schon die Klientenberichte für PharmAce und Ted Barlow geschrieben?«

Ich holte die Kassetten aus meiner Handtasche. »Voilà!« sagte ich und überreichte sie ihr schwungvoll. »Gott bewahre, daß wir Ted warten lassen. Wie geht es ihm übrigens? Freut er sich wie ein Schneekönig?«

»Als wäre es nicht schon schlimm genug, daß ich meine Tage mit einer Frau verbringe, die sich selbst für ein Genie hält, muß ich mir jetzt auch noch von Ted Barlow erzählen lassen, daß du ein Genie bist. Die Bank hat eingewilligt, ihm das Darlehen wieder zu gewähren, und die Finanzierungsabteilung wird auch wieder mit ihm zusammenarbeiten, außerdem hat er eine Anzeige in den EVENING CHRONICLE von Montag setzen lassen wegen eines neuen Vertreters. Gestern abend hat die Polizei die drei Häuser durchsucht und genügend Beweismaterial sichergestellt, um Jack McCafferty und Liz Lawrence zu verhaften. Sie sollen im Laufe des Tages eingesperrt werden, und Ted ist voll und ganz entlastet«, sagte Shelley, nicht imstande, das Funkeln in ihren Augen zu unterdrücken.

»Tolle Neuigkeiten. Sag mal, Shelley, wie kommt's, daß du das alles weißt?«

»Weil es mein Job ist, Telefonanrufe entgegenzunehmen, Kate«, erwiderte sie zuckersüß. »Außerdem habe ich Anrufe von einem gewissen Chefinspektor Prentice erhalten, einer Frau namens Rachel Lieberman, Alexis Lee und vier Anrufe von Richard, er wolle dich nicht stören, aber ob du die Batterie an deinem Mobiltelefon aufgeladen hättest, weil es nämlich nicht antwortet.«

Ich wußte ja, daß es einen Grund dafür geben mußte, daß ich den ganzen Morgen meine Ruhe gehabt hatte. Ich hatte sehr wohl daran gedacht, das Telefon über Nacht aufzuladen. Ich hatte nur vergessen, es heute morgen einzuschalten. Ich kam mir dumm vor, lächelte Shelley jedoch betont freundlich zu. »Ich muß wohl gerade in einem Schwarzen Loch gesteckt haben, als er mich anrufen wollte«, sagte ich.

Shelley sah mich an wie früher meine Mutter, wenn ich Stein und Bein schwor, ich hätte den letzten Keks nicht gegessen. »Wenn du so viele Probleme damit hast, sollten wir es vielleicht lieber zurückgeben«, sagte sie.

Ich zeigte ihr die Zähne. »Ich komme schon zurecht, danke. Wie geht's Ted also, jetzt, seit ihm diese Last von der Seele genommen ist? Kann er sich hundertprozentig der Aufgabe widmen, dir dabei zu helfen, das volle Potential deines Hauses auszuschöpfen?«

»Hab ich dir schon mal gesagt, welch ein Segen es für mich ist, mit dir zusammenzuarbeiten, Kate? Du bist der einzige Mensch aus meinem Bekanntenkreis, der mir bewußt macht, wie reif meine beiden Kinder eigentlich sind.« Sie drehte sich um und ging zur Tür. Ich streckte ihrem sich entfernenden Rücken die Zunge heraus. »Das habe ich gesehen«, sagte sie, ohne den Kopf zu drehen. An der Tür schaute sie sich um. »Spaß beiseite, es ist alles in Ordnung.« Dann war sie verschwunden und überließ mich dem Laptop und meinen Telefonnotizen, die ich lieber erst einmal ignorierte.

Da ich herausgefunden hatte, worum es in dem RV-Verzeichnis ging, und auch einige der betreffenden Immobilien gesehen hatte, brauchte ich nur noch den Inhalt von DUPLICAT zu enträtseln. Auf den ersten Blick machte alles einen völlig harmlosen Eindruck. Es waren Dateien, die sich auf den Erwerb verschiedener Häuser durch mehrere Einzelpersonen und die für sie arrangierten Hypotheken bezogen. Das Material schien von derselben Art zu sein wie die Sachen in dem ungeschützten WORK.C-Verzeichnis. Der einzige Unterschied war, daß es in DUPLICAT jeweils um einen anderen Hypothekengläubiger ging. In den wenigen Fällen, in denen mehr als einmal dieselbe Bausparkasse in Anspruch genommen worden war, hatten Cheethams Klienten verschiedene Zweigstellen gewählt.

Erst als ich mich durch die allerneuesten Dateien gearbeitet hatte, fiel mir schließlich etwas auf. Selbst dann mußte ich noch zweimal hinschauen und es anhand einer anderen Datei überprüfen, um mich zu vergewissern, daß mich nicht nur Langeweile und Müdigkeit narrten. Doch mein erster Eindruck stimmte. Das Objekt in der Datei war ein Einzelhaus in einer exklusiven Siedlung in Whitefield. Ein anderes Paar hatte eine Hypothek auf dasselbe

Haus aufgenommen, und ihre Adresse war keine andere als die baufällige Doppelhaushälfte, an der Brian Lomax arbeitete, als ich die Beschattung abgebrochen hatte.

Ich spürte, wie ein dumpfer Schmerz von meinem Nacken aufstieg. Die Anstrengung, auf meinen Laptop zu starren und zugleich auszuknobeln, was hier lief, setzte mir zu. Ich stand auf und streckte mich, dann ging ich durchs Büro und machte ein paar von den Aufwärmübungen, die ich im Center für Thai-Boxen gelernt hatte. Ich schwöre, daß mein Gehirn durch diese Übungen jedesmal einen Höhenflug macht. Als mein Körper seinen Rhythmus fand, ließ die Spannung in mir nach, und mein Verstand setzte zum freien Fall an.

Dann bildeten die bunt gemischten Einzelinformationen, die bisher ungeordnet in meinem Kopf herumgeschwirrt waren, ein Muster. Sogleich hörte ich auf, wie eine Winnie-der-Puh-Imitation von Michail Baryschnikow durch den Raum zu hüpfen, und ließ mich auf meinen Stuhl fallen. Ich konnte auf dem Laptop den Bildschirm nicht teilen, daher schrieb ich hastig ein halbes Dutzend der Adressen, auf die laut DUPLICAT eine Hypothek aufgenommen worden war, auf einen Zettel, zusammen mit den Namen der Käufer. Dann rief ich die Dateien von WORK.C auf, dem Verzeichnis von Cheethams sauberen Eigentumsübertragungen.

Ich brauchte nicht lange, um festzustellen, daß es zu jeder Datei auf DUPLICAT ein Gegenstück auf WORK.C gab. In jedem Fall war es dasselbe Haus, nicht aber derselbe Käufer und Hypothekengläubiger. Jetzt begriff ich, was Brian Lomax und Martin Cheetham gemacht hatten. Sie hatten die Schwachstellen des Systems für einen Betrug genutzt, der sich praktisch endlos fortsetzen ließ und ihnen einen stattlichen Profit einbrachte. Die beiden verübten das klassische Verbrechen ohne Opfer. Irgend jemand war jedoch zu gierig geworden, und diese Gier hatte zu Martin Cheethams Tod geführt.

Ich schaute auf meine Uhr. Es war gerade vier. Ich hatte immer noch keinen Beweis, daß Brian Lomax ein aktiver Mittäter war und nicht nur ein Instrument, das Martin Cheetham und möglicherweise Nell Lomax zu ihren eigenen Zwecken benutzt hatten. Andererseits war ich überzeugt, daß das, was an Cheethams sorgfältig ausgeklügeltem Plan schiefgelaufen war, geradewegs zu Lomax zurückverfolgt werden konnte. An seiner Körpersprache war so etwas, an seinem stolzierenden Gang. Brian Lomax war ebensowenig ein Opfertyp wie Warren Beatty. Und ich mußte ihn überführen, ehe am Montag abend ein gewisser Jumbojet in den Sonnenuntergang abhob.

Ich schloß den Laptop und brachte ihn in Bills Büro. Er starrte gerade auf einen DIN-A4-Block und kaute am Ende eines Bleistifts. »Ungünstiger Zeitpunkt?« fragte ich.

»Ich versuche ein speicherresidentes Programm zu schreiben, das automatisch datenaktivierte Programme aufspürt, die im Speicher des Computers versteckt sind«, sagte er. Er seufzte tief auf und ließ den Bleistift fallen. Statt dessen kaute er an seinem Bart. Ich bin ja oft versucht, seine Mutter anzurufen und sie zu fragen, welche Erfahrung als Säugling ihn so oral geprägt hat.

»Virusschutz?« fragte ich.

»Ja. Ich wollte schon seit dem Yom-Kippur-Debakel daran arbeiten, bin aber erst jetzt dazu gekommen.« Er verzog das Gesicht. Bill ärgerte sich immer noch über den Computervirus, der Anfang Oktober einem unserer Klienten zugesetzt hatte. Der Virus war darauf programmiert, sich am jüdischen Versöhnungstag zu aktivieren. Unser Klient, eine Buchprüferfirma namens Goldberg and Senior, hatte es sehr persönlich genommen, als alle seine Unterlagen in absolutes Kauderwelsch verwandelt wurden. Es war auch kein Trost für sie, als Bill ihnen erklärte, daß es sich um ein einmaliges Vorkommnis handelte, das sich in anderen Jahren nicht wiederholen würde, anders als der wirklich gemeine Freitag-der-Dreizehnte- und der Michelangelo-Virus, die immer wieder aktiv werden, bis sie endgültig unschädlich gemacht sind.

»Ich lege den Laptop in den Safe. Darauf sind die Daten von Martin Cheethams Festplatte gespeichert, und meiner Meinung nach sind sie der einzig verbliebene Beweis für das, was er und Brian Lomax auf dem Kerbholz haben«, sagte ich.

»Dann hast du es also geknackt?« Bill sah gespannt aus und hörte auf zu kauen.

»Ich denke schon. Das Problem ist nur, es wird schwer zu beweisen sein, daß Lomax aktiv an dem kriminellen Aspekt der Sache beteiligt war. Deshalb habe ich mir ein kleines Experiment ausgedacht, um es auf die eine oder andere Art aufzuklären.« Ich durchquerte das Büro und verschob den Rahmen des Drucks von Eschers BELVEDERE. Der mit einer Sprungfeder versehene Riegel öffnete sich selbsttätig, das Bild schwang an seinen Scharnieren zur Seite und gab den Bürosafe frei.

»Willst du mich nicht einweihen?« fragte Bill, als ich die Kombination eintippte. Die Tür sprang mit einem Klicken auf, und ich räumte einen Platz auf dem unteren Regal für den Laptop frei.

»Das würde ich sehr gern, aber momentan habe ich keine Zeit. Ich muß vor sechs in Buxton sein, wenn es klappen soll. Außerdem ist das keine Geschichte, die man sich am späten Freitag nachmittag zu Gemüte führen will. Gegen die Verwicklungen ist Yom Kippur so harmlos wie Space Invaders.« Ich schloß den Safe, dann sperrte ich den Wandschrank auf, der unsere Elint-Ausrüstung enthält.

»Ich möchte nicht, daß du mich für einen Macho hältst, aber du tust doch nichts Riskantes, oder?« fragte Bill beunruhigt.

»Das hatte ich nicht vor, nein. Nur eine kleine Abhöraktion in der Hoffnung, etwas Belastendes aufzuschnappen.« Ich wählte einen Richtsender mit Magnetfuß aus und fügte den Schirm hinzu, der anzeigt, in welcher Entfernung zum Empfänger der Sender sich befindet. Außerdem versorgte ich mich mit zwei winzigen Funkmikros mit integrierter Batterie, jeweils von der Größe des oberen Glieds meines Daumens, und dem dazugehörigen Empfänger. Der Kassettenrecorder befand sich noch in dem Fiesta, also wäre ich in der Lage, alles aufzunehmen, was ich mithörte. Ich schraubte die Mikros jeweils in ein Füllergehäuse aus Plastik, die außerdem ein U-förmiges Stück Draht enthielten, das als Antenne diente.

Bill seufzte. »Solange du nur aufpaßt. Wir wollen ja keine Neuauflage der Vorstellung von Freitag abend letzter Woche.« Von jedem anderen hätte das gönnerhaft geklungen. Aber ich spürte die Besorgnis, die sich hinter Bills Worten verbarg.

»Ich weiß, die Firma kann es sich nicht leisten, daß die Versicherungsprämien weiter steigen«, sagte ich. »Sieh mal, nichts deutet darauf hin, daß man es noch mal versuchen will. Vielleicht war es wirklich ein normaler Unfall. Du weißt schon, jemand war besoffen oder müde. Es sind schon merkwürdigere Dinge vorgekommen.«

»Vielleicht«, bestätigte Bill zögernd. »Wie dem auch sei, paß auf dich auf. Ich habe nicht die Zeit, einen Ersatz auszubilden.« Er grinste.

»Versprochen. Nur eine kleine Abhöraktion, weiter nichts.« Ich wollte ihn nicht aufregen. Das war auch der Grund, weshalb ich ihm lieber nicht erzählte, daß ich auszog, einen Mörder zu überführen.

24. Kapitel

ENCHANTMENTS tat's nicht. Mich entzücken, meine ich. Das Sortiment an teuren Klamotten hatte so etwas, das förmlich »Weibchen« schrie. Dort würde ich nur einkaufen, wenn ich bewußt etwas suchte, das mich aussehen ließ wie eine Mittelklasse-Tussi. Stil Babydoll. Offenbar das, was die hiesigen Kundinnen wollten, denn der Stil der bemüht eleganten Nell Lomax war es nicht. Heute fiel ihr welliges braunes Haar auf die Schultern eines klassischen Jaegerkostüms mit Bluse. Sie sah aus wie die Reklame für eines dieser sehr würzigen Parfüms, die wir Karrierefrauen angeblich so mögen.

Ich war an dem Laden vorbeigeschlendert, um zu sehen, ob sie da war, dann hatte ich die moderne Einkaufspassage aus Glas und Beton – die Boutique war zwischen eine Metzgerei und ein Schuhgeschäft gezwängt – kurz durch den Hinterausgang verlassen. Ein schneller Rundgang über den Parkplatz offenbarte, daß dort nur ein einziges weißes Golf-Kabrio stand. Unter dem Vorwand, meinen Schnürsenkel neu zubinden zu müssen, klemmte ich den Richtsender über einem Rad an die Karosserie. Auf diese Weise konnte ich Nell im Auge behalten, ohne mich direkt an ihre Fersen zu heften.

Nell saß auf einem hohen Hocker hinter dem Tresen und las in ELLE. Sie schaute auf, als ich hereinkam, dachte jedoch zweifellos, daß eine Frau, die sich außer Haus in Jogginghose, Sweatshirt und Skijacke blicken ließ, keine Beachtung verdiente. Ich hatte mein Haar zu einem Pferdeschwanz zusammengebunden, und seit meine Blutergüsse abheilten, benutzte ich Kosmetika wieder wie gewohnt nur sparsam, deshalb war es nicht weiter verwunderlich, daß sie in mir nicht die schick angezogene, stark geschminkte Privatdetektivin wiedererkannte, der sie vor ein paar Tagen Auge in Auge gegenübergestanden hatte. Außerdem war seitdem zuviel passiert, als daß sie sich an mein Gesicht erinnerte.

211

Während sie weiterlas, ging ich die Ständer mit der überteuerten Ware durch und überlegte, wer von den Menschen, die ich respektierte, diese Klamotten tragen könnte. Ich fand tatsächlich einen Rock, der meiner Mutter vermutlich gefallen würde, allerdings hätte sie wohl nur ein Drittel des Preises dafür bezahlen wollen, und ich muß sagen, ich hätte sie gut verstanden. Ich arbeitete mich weiter durch das Geschäft vor und behielt Nell dabei im Auge.

Schließlich näherte ich mich seitlich dem Tresen, so daß ich mich in Griffweite zu ihrem Mantel befand, der über einem Stuhl hing, und zu ihrer Handtasche, die auf dem Boden zu ihren Füßen stand. »Wir müssen uns unterhalten, Ms. Lomax«, sagte ich, ließ mich auf den Stuhl mit dem Mantel fallen und warf meine Tasche neben die ihre auf den Boden.

Sie sah erschrocken aus, ganz wie geplant. »Tut mir leid, ich glaube nicht, daß ich...?« sagte sie.

»Wir sind einander nicht vorgestellt worden«, sagte ich, beugte mich vor und öffnete meine Tasche. Ich holte eine Visitenkarte heraus und reichte sie ihr. Während sie sich die Karte mit gerunzelter Stirn ansah, tat ich so, als wollte ich meine Tasche schließen, und ließ eines der Funkmikros in ihre Handtasche gleiten.

»Ich habe immer noch keine Ahnung, wer Sie sind, Miss Brannigan«, sagte sie beunruhigt. Sie war keine gute Schauspielerin; ich sah das nervöse Zucken ihrer Augenlider, als sie log.

»Wir sind uns in der Kanzlei von Martin Cheetham begegnet. An seinem Todestag«, sagte ich, dann lehnte ich mich zurück und legte lässig den Arm auf die Rückenlehne des Stuhls. Es gelang mir, das zweite Funkmikro in eine der tiefen Taschen ihres Burberry gleiten zu lassen, ohne den Blick von ihrem Gesicht abzuwenden.

»Ich weiß nicht, wovon Sie reden«, erwiderte sie mit einem nervösen Kopfschütteln.

Ich seufzte und fuhr mir mit der Hand übers Haar. »Ms. Lomax, wir können es auf die harte Tour machen oder auf die weiche. Martin Cheetham war Ihr Freund. Er machte Geschäfte mit Ihrem Bruder. Sehr zweifelhafte Geschäfte zum Teil. Sie waren beide bei ihm zu Hause an dem Nachmittag, als er starb, aber Sie hielten es wohl nicht für angebracht, das mit der Polizei zu erörtern. Ich weiß Bescheid über den doppelten Landverkauf, ich weiß Bescheid über den Hypothekenschwindel, und ich weiß Bescheid, wie das Geld gewaschen wurde. Außerdem weiß ich, warum Martin Cheetham sterben mußte.«

Nell Lomax' elegante Fassade bröckelte, übrig blieb eine verängstigte Frau mit unstetem Blick. »Sie reden dummes Zeug«, stammelte sie. »Ich habe keine Ahnung, was das alles soll. Wie können Sie es wagen – kommen hier herein und reden so über Martin und meinen Bruder.« Ihr Versuch, mich herauszufordern, überzeugte nicht einmal sie selbst, von mir ganz zu schweigen.

»Oh, Sie wissen sehr gut, was das soll, Nell«, sagte ich. »Was Sie nicht wissen ist, daß Ihr entzückender Bruder vorhat, aus England zu verschwinden und Sie im Stich zu lassen.«

»Sie sind wahnsinnig«, sagte sie. »Ich werde die Polizei rufen.«

»Nur zu. Ich erzähle der Polizei gern, was ich weiß, und übergebe ihnen die Beweise. Sie befinden sich übrigens an einem sehr sicheren Ort, deshalb hat es keinen Zweck, mich beseitigen zu wollen, so wie Sie Martin Cheetham beseitigt haben«, fügte ich hinzu.

»Sie sollten besser gehen«, sagte sie und wich instinktiv vor mir zurück.

»Ich bin hier, um Ihnen folgendes zu sagen. Ihr Bruder und Ihr Liebhaber haben meine Klientin um fünftausend Pfund geprellt. Dasselbe haben sie in demselben Schwindel mit weiteren elf Leuten gemacht. Ich will diese sechzigtausend zurückhaben, bevor er am Montag das Land verläßt, andernfalls wartet die Polizei am Flughafen auf ihn.« Ich zeigte auf meine Karte, die sie immer noch umklammert hielt. »Sie haben ja meine Telefonnummer. Sagen Sie ihm, sobald er das Geld zusammen hat, soll er mich anrufen, und wir vereinbaren dann eine Übergabe.«

Ich nahm meine Tasche und stand auf. »Es ist mein voller Ernst, Nell. Sie sind ebenfalls in die Sache verwickelt, vergessen Sie das nicht. Das sollte Anreiz genug sein, Ihren Bruder davon zu überzeugen, daß er meine Klienten entschädigt.« Energisch durchquerte ich den Laden. An der Tür spielte ich mit dem Gedanken, mit einem Tritt einen der Kleiderständer umzuwerfen, entschied jedoch, daß die Strategie zurückhaltender Drohung vermutlich wirksamer war, als es zu übertreiben. Ich marschierte hinaus und schaute nicht zurück.

Ich setzte darauf, daß Nell den Laden schloß und ihren Bruder Brian suchen ging. Da es kurz nach halb sechs war, konnte es gut sein, daß sie direkt nach Hause fuhr, deshalb begab ich mich wieder in meine billige, bunte Pension. Die Wirtin platzte fast vor Neugier bei meiner Rückkehr, vor allem als sie die elektronische Ausrüstung bemerkte. Ich schloß fest die Tür hinter mir und richtete mich am Fenster ein, der Richtempfänger lag neben mir auf einem niedrigen Kaffeetisch. Ich steckte mir einen Kopfhörer des Mikroempfängers ins Ohr und wartete. Bisher tat sich nichts. Entweder war Nell zu weit weg, als daß ich irgend etwas empfangen konnte, oder sie hatte die Wanzen gefunden und in der Toilette hinuntergespült. Das glaubte ich allerdings kaum. In dem Zustand, in dem sie sich befand, als ich den Laden verlassen hatte, hätte sie es wohl nicht einmal bemerkt, wenn die Wanzen aus der Tasche gehüpft wären und sie gebissen hätten.

Dann begann es auf dem Schirm zu blinken. Die Wanze selbst hat einen Radius von etwa fünf Meilen, und sie überträgt zum Empfänger. Der Schirm zeigt die Richtung der Wanze zum Empfänger an, unten auf dem Schirm befindet sich ein Display, das die Distanz zwischen Wanze und Empfänger in Metern angibt. Zuerst kletterten die Zahlen immer weiter nach oben, was mich ganz nervös machte. Hatte ich falsch getippt? Fuhr sie zu irgendeiner Baustelle, wo ihr Bruder Überstunden machte? Ich war drauf und dran, in Panik zu geraten, als die Richtung sich änderte und die Zahlen kräftig heruntergingen. Als 157 angezeigt wurde, sah ich schon, wie der weiße Golf den Hügel zum Haus hochraste. Dann erwachte der Kopfhörer zum Leben, und ich hörte das Motorengeräusch.

Sie fuhr wie eine Frau, die sich nicht mehr in der Gewalt hat. Es war ein Wunder, daß ihre vordere Stoßstange nicht am Torpfosten hängenblieb, als sie in die Einfahrt schoß. Jedenfalls hörte ich ein scharfes Ratschen. Sie hielt sich nicht damit auf, den Wagen in die Garage zu fahren, sie ließ ihn einfach auf dem Asphalt vor dem Haus stehen. Ich sah und hörte, wie sie aus dem Wagen sprang, die Tür zuschlug und die Haustür aufschloß.

»Brian«, rief sie. Ich hörte ihre Schritte, das Rascheln ihrer Kleider und ihr stoßweises Atmen, als sie durch das Haus hastete und dabei seinen Namen rief. Aber sie bekam keine Antwort. Dann klang es, als habe sie ihren Mantel ausgezogen und irgendwo hingeworfen.

Ich hörte das elektronische Piepsen eines Telefons, als sie eine Nummer eingab, dann schwach das charakteristische Läuten eines Mobiltelefons. Es meldete sich jemand, doch selbst ich konnte die Störungen in der Leitung hören. »Brian?« sagte sie. »Bist du das? Brian, ich muß mit dir reden. Brian, es geht um diese Brannigan. Hallo? Hallo? Die Leitung bricht zusammen, Brian!« Es hörte sich an, als sei Nell völlig durchgedreht.

»Brian? Wo bist du?« schrie sie. Es gab eine Pause, und ich bekam nichts von dem mit, was über das Telefon zu hören war. »Du kommst besser schleunigst her, Brian. Es gibt echte Schwierigkeiten.«

Es funktionierte. Ich wartete geduldig, während Nell sich einen Drink eingoß. Zum Glück gehörte sie zu den Frauen, die wie durch eine Nabelschnur mit ihren Handtaschen verbunden sind. Ich hörte das unverkennbare Klicken eines Feuerzeugs. Als Lomax schließlich in die Einfahrt bog, war sie bei ihrer dritten Zigarette angelangt. Scheinbar unerschüttert durch den panischen Telefonanruf seiner Schwester, fuhr er den Sportwagen gelassen in die Garage und schlenderte gemächlich zur Hinterseite des Hauses.

Im nächsten Augenblick rief Nell: »Brian?«

»Was zum Teufel ist los mit dir?« hörte ich. Zunächst war die Stimme gedämpft, dann wurde sie klarer, als er näher kam.

Ein Stuhl schrammte über einen harten Fußboden und Nell sagte: »Diese Brannigan. Die Privatdetektivin, die bei Martin herumgeschnüffelt hat. Heute nachmittag ist sie ins Geschäft gekommen. Brian, sie sagt, sie weiß über alles Bescheid!« Es war, als lauschte man einem Hörspiel im Radio, und ich versuchte, mir das passende Bild dazu auszumalen. Ich überprüfte, ob das Band lief, dann konzentrierte ich mich auf das, was ich hörte.

»Und du bist auf diese Scheiße reingefallen? Himmel, Nell, ich hab dir doch gesagt, uns kann niemand etwas anhängen. Wir stehen jetzt mit weißer Weste da. Was hat sie denn überhaupt gesagt? Das kann doch bloß ein Bluff gewesen sein.« Er klang eher verärgert als nervös.

»Sie hat gesagt, sie weiß Bescheid über die Landverkäufe und den Hypothekenschwindel und wie wir die alten Häuser benutzt hätten, um das Geld zu waschen«, berichtete Nell überraschend wahrheitsgetreu.

»Mein Gott, das ist ja wirklich Scheiße. Sie muß sich das alles zusammengereimt haben. Aber selbst wenn sie richtig geraten hat, es gibt kein einziges Fitzelchen an Beweisen.« Wieder schrammte ein Stuhl über den Fußboden, und ein anderes Feuerzeug klickte.

»Sie hat behauptet, sie habe Beweise«, sagte Nell.

»Die kann sie nicht haben. Ich habe nach Martin alles beseitigt. Jeden Papierfetzen, jede Computerdiskette. Es gibt keine Beweise. Um Himmels willen, Nell, reiß dich zusammen.«

»Und was ist, wenn sie doch Beweise hat? Was ist, wenn es etwas gibt, wovon du keine Ahnung hast? Ich sage dir, Brian, sie weiß es. Und sie weiß auch, daß Martins Tod kein Unfall war.«

»Jetzt fängst du wirklich an zu spinnen«, fuhr Lomax sie an. »Hör zu, die Cops denken, es war ein Unfall. Die gerichtliche Untersuchung wird ergeben, daß es ein Unfall war. Du und ich sind die einzigen, die wissen, was passiert ist. Woher zum Teufel sollte diese Privatdetektivin irgendwas wissen? Sie war nicht dabei, oder? Oder habe ich sie übersehen? War sie etwa da und hat uns geholfen, deinen heißgeliebten Freund über das Geländer zu stoßen? Ist mir das irgendwie entgangen? Also, es ist schlicht unmöglich, daß sie irgend etwas über dieses feige kleine Arschloch weiß.«

»Sprich nicht so über ihn«, sagte Nell.

»Na, das war er doch. Sagte, er wollte nichts mit Gewalt zu tun haben«, ahmte Lomax mit weinerlicher Stimme nach. »Sagte, er werde zur Polizei gehen, wenn ich das neugierige Miststück nicht in Ruhe ließe. Als ob es nicht seine Schuld gewesen wäre, daß man überhaupt etwas gegen sie unternehmen mußte. Wenn ich den Scheißjob gleich anfangs richtig erledigt hätte, dann hätten wir jetzt keinen Scheißstunk mit dieser Ziege von Brannigan. Sie läge am Grund des verdammten Ship Canal, wo sie verflixt noch mal hingehört.«

Gegen meinen Willen fröstelte ich. Es kann einem schon speiübel werden, wenn man jemanden, der einen umbringen wollte, darüber klagen hört, daß er keinen Erfolg hatte. In etwa so, als ob man seinen eigenen Nachruf liest.

»Aber du hast ihn nicht richtig erledigt, oder? Und jetzt trumpft sie auf, sie wüßte Bescheid. Und sie will sechzigtausend von dir, oder sie geht zu den Cops«, sagte Nell. Ihre Stimme war zittrig, als ob sie sich zwang, sich ihrem Bruder gegenüber zu behaupten.

216

»Sechzig Riesen? Sie versucht uns zu erpressen?« Lomax' Stimme klang ungläubig.

»Nicht erpressen. Sie sagt, du hast ihrer Klientin fünftausend abgenommen, und weitere elf Personen sitzen im selben Boot. Sie will ihr Geld zurückhaben.«

»Sie will ihr Geld zurückhaben«, wiederholte Lomax und prustete fast los.

»Und sie will es haben, bevor du am Montag abend ins Flugzeug steigst. Was ist das für ein Flugzeug, Brian?« Nells Stimme versagte. Selbst aus dieser Distanz spürte ich die Spannung zwischen den beiden.

»Ich hab's dir doch schon gesagt, sie handelt mit Scheiße. Sie versucht bloß, einen Keil zwischen uns zu treiben, damit du zusammenbrichst und ihr all das erzählst, was sie nicht weiß, wovon du aber glauben sollst, daß sie es weiß«, sagte er. Er hatte ebensowenig Aussicht, den Oscar zu gewinnen, wie seine Schwester.

»Du willst mich sitzenlassen, oder?« fragte Nell. »Du willst dich mit dem ganzen Geld aus dem Staub machen, und ich soll mit dem Schlamassel allein fertigwerden.«

»Es gibt keinen Schlamassel, das sage ich dir immer wieder. Und ich mache mich auch nicht aus dem Staub«, schrie Lomax.

In mein rechtes Ohr drangen heftige Geräusche. Es hörte sich an, als schramme ein Stuhl zurück, ein Gerangel, dann ein Schlag. »Ach nein?« kreischte Nell fast. »Warum hast du dann einen verdammten Reisepaß in deiner Tasche?«

»Gib das zurück«, brüllte er.

»Du hast also gedacht, du könntest dich einfach verziehen und mich allein lassen? Du bist ein Schwein, Brian! Du hast gesagt, wir stehen das gemeinsam durch. Ich habe mir immerzu Sorgen gemacht, als du und Martin eure albernen Spielchen gespielt habt. Ich war sogar so blöd, auf dich zu hören, als du sagtest, Martin sei ein zu großes Risiko geworden. Und jetzt denkst du, du kannst mich einfach abschreiben und mit dem Geld abhauen, das mir zusteht?« Sie schrie jetzt hysterisch.

»Halt verdammt noch mal die Klappe«, explodierte Lomax. Ich hörte noch einen Schlag. »Du dummes Miststück. Du wolltest immer nur das Geld. Martin hat dich keinen Dreck gekümmert. Du warst bereit, dich dumm und dämlich zu bumsen, um ihn zum Stillhalten zu bewegen, solange nur das Geld weiter reinkam. Also versschon mich mit dem Zeug.«

Plötzlich herrschte Stille. Dann sagte Nell Lomax leise: »Aber das würde niemand glauben, nicht wahr? Dafür wird man mir sehr wohl glauben, wenn ich zusammenbreche und der Polizei erzähle, ich hätte entdeckt, daß mein Bruder meinen Verlobten umgebracht hat und jetzt mit all dem Geld, das sie unterschlagen haben, das Land verlassen will.«

»Dazu hättest du gar nicht den Mumm«, sagte Lomax verächtlich.

»Und ob«, sagte Nell bitter. »Du läßt mich nicht ohne einen Schilling sitzen, während du von meinem Geld in Saus und Braus lebst.«

Ein Krachen ertönte. »Du bist etwas zu weit gegangen, kleine Schwester«, zischte Lomax.

Die Kampfgeräusche wurden lauter. Plötzlich bekam ich Angst. Ich riß den Kopfhörer raus, sprang auf und rannte los. Ich hetzte die Treppe hinunter, zur Tür hinaus und über die Straße, zwang meine steifen Muskeln, mich vorwärtszutragen, die Einfahrt entlang, seitlich um das Haus herum. Das Blut pochte mir in den Ohren, Lomax' Stimme hallte in meinem Kopf wider.

Als ich um die Ecke des Hauses bog, erblickte ich einen Wintergarten. Dahinter sah ich die Küche. Mit einem Blick nahm ich die Szene in mich auf. Nell, wie sie vornüber auf dem Küchentisch lag und mit den Händen panisch und nutzlos nach hinten griff. Lomax, der ebenfalls vorgebeugt stand und dessen Körper den ihren verdeckte, der mit seinem größeren Gewicht auf ihr lastete und die Hände um ihren Hals gelegt hatte.

Ich probierte die Türklinke, doch die Tür war verschlossen. Schnell schätzte ich den schwächsten Punkt des Türrahmens ab. Dann stellte ich mich in Position und vollführte einen Tritt, hinter dem mein volles Gewicht lag. Die Wucht des Schlags spaltete den Rahmen und hatte nebenbei die Wirkung, daß Brian Lomax innehielt. Ich holte tief Luft, versuchte den Schmerz abzublocken, der meinen ganzen Körper erschüttert hatte, und sammelte all meine Kraft in meinem Fuß. Der zweite Tritt riß die Tür aus dem Rahmen, und sie flog nach innen auf.

Der Schwung beförderte mich in den Wintergarten hinein. Lomax hatte Nell losgelassen und kam auf mich zu. Er war größer, schwerer, stärker und in besserer Form. Ich wußte, ich hatte nur eine Chance. Ich fand mein Gleichgewicht und vollführte eine Drehung, so daß ich seitlich zu ihm stand. Mit dem einen Fuß täuschte ich an, dann, als er sich auf mich stürzte, schwang ich den anderen Fuß blitzschnell in kurzem Bogen herum. Das Knacken, als sein Oberschenkelknochen brach, war ekelerregend laut. Wie ein gefällter Baum ging er zu Boden. Sein Schmerzensschrei ließ mir die Haare zu Berge stehen.

»Auf der Barton Bridge in der Luft zu hängen war auch nicht besonders lustig«, sagte ich, während ich über ihn hinwegstieg und zu Nell ging. »Sie haben es sich selbst zuzuschreiben. Sie sind zu gierig geworden. Sie brauchten Martin Cheetham nicht zu töten.«

»Was geht Sie das an? Er war eine Null. Ich hätte Sie umbringen sollen, als ich noch die Gelegenheit dazu hatte«, hörte ich ihn sagen, als ich mich über den zusammengesackten Körper seiner Schwester beugte.

Ich fühlte an ihrem Hals nach dem Puls. Unter meinen Fingern pochte es schwach. Behutsam hob ich sie an und ließ sie auf den Fußboden gleiten. Ich lockerte ihre Bluse, dann legte ich das Ohr an ihren Mund. Ihr Atem war schwach und unregelmäßig, aber er war noch da. »Sie werden sicher mit Freuden hören, daß sie noch lebt«, sagte ich.

»Miststück«, sagte er.

Ich stand auf und ging zum Telefon. Allmählich wurde ich zittrig, meine Muskeln protestierten gegen ein solch schweres Training nach einer Woche Untätigkeit. Ich nahm den Hörer und wählte 999. »Notrufvermittlung. Welchen Dienst wünschen Sie?« Die Worte waren Musik in meinen Ohren. Ich schaute auf das heillose Durcheinander ringsum, das ich mitangerichtet hatte. Diese Küche würde in diesem Monat mit Sicherheit nicht mehr in HOMES AND GARDENS kommen.

»Geben Sie mir am besten die Polizei«, sagte ich. »Und schicken Sie sicherheitshalber gleich zwei Krankenwagen mit.«

25. Kapitel

Ich hielt in einer Nebenstraße in Bolton. »Was wollen wir eigentlich hier, Brannigan?« fragte Richard.

Ich stieg aus dem Wagen, und er kam mir nach. »Ich dachte, nach diesem Chinesen in Buxton hätten wir uns etwas ganz Besonderes verdient«, sagte ich, bog um die Ecke und zog die eine Hälfte der Doppeltür auf. Richard folgte mir eine Treppe hinunter in ein Marmorfoyer mit einem Brunnen, der mit Koi-Karpfen bestückt war. »Hier gibt es einen kaiserlichen Festschmaus mit zehn Gängen«, berichtete ich ihm, als wir ins eigentliche Restaurant gingen.

Sein Gesicht hellte sich auf. Seine Augen funkelten sogar. Ich bezweifle, daß es mir gelungen wäre, eine vergleichbar starke Reaktion bei ihm auszulösen, wenn ich auf einen der Tische gesprungen wäre und einen Strip hingelegt hätte. Ich nannte dem Ober meinen Namen, und wir folgten ihm brav zu einem Tisch, der durch hohe lackierte Wandschirme von dem Hauptteil des Eßbereichs abgetrennt war. Wie verlangt stand neben dem Tisch ein Eiskühler mit chinesischem Bier und einer Flasche Mineralwasser für mich.

»In Augenblicken wie diesem hätte ich Lust, dir ein Angebot zu machen, das du unmöglich ausschlagen könntest«, sagte Richard, als der Ober ein Bier öffnete.

»Auf ›verheiratet‹ stehe ich nicht«, rief ich ihm in Erinnerung. »›Verheiratet‹ ist etwas für Milchtassen, Masochisten und Mütter. Was ich alles nicht bin.«

»Noch nicht«, sagte er.

Ich machte ein finsteres Gesicht. »Willst du dieses Essen zu dir nehmen oder am Körper tragen?«

Richard hob die Hände. »Entschuldige!«

Das *Dim Sum* kam, und wir beide legten die erforderliche ehrfurchtsvolle Schweigeminute ein. Fünf Sekunden später gingen wir zum Angriff über.

Mit einem Bissen *Char Siu Bau* im Mund sagte Richard: »Und jetzt setz mich mal ausführlich ins Bild. Ich weiß ja nur, daß man dich neuerdings freitagabends am ehesten im Gespräch mit den Bullen antrifft.«

Der arme Kerl hatte mich endlich kurz nach zehn über mein Mo-

biltelefon erreicht. Ich saß in einem Vernehmungsraum im Polizeirevier von Buxton und ging die ganze Geschichte mit dem örtlichen
Inspektor und Della Prentice durch. Ich hatte darum gebeten, sie
wegen der Betrugssache zu verständigen. Ausnahmsweise einmal
war ich dankbar, daß mir jemand bei einer polizeilichen Befragung
zur Seite stand. Keiner von ihnen hatte es sonderlich lustig gefunden, als ich unterbrach, um mich am Telefon zu melden.

In den frühen Morgenstunden war ich endlich nach Hause gekommen, klebte den »Bitte nicht stören, bei Zuwiderhandlung Ka-
stration«-Zettel an meine Schlafzimmertür und schlief bis zum
Nachmittag. Bis dahin war Richard natürlich bei seinem Fußballspiel. Manchmal ist es so oder so, als ob man verheiratet wäre.

»Um die lange Geschichte abzukürzen«, sagte ich, »als ich sämtliche Computerdateien zusammennahm, begriff ich. Erinnere dich,
Martin Cheetham war Experte für den Kauf und Verkauf von Häusern. Wenn er die Käufer einer Immobilie vertrat, unterließ er es
einfach, alle Unterlagen an das Grundbuchamt weiterzugeben.«

»Schatz, du könntest ebensogut chinesisch sprechen«, sagte Richard. »Fangen wir lieber ganz von vorn an. Hypothekenschwindel
für Anfänger.«

Ich seufzte. »So bekommt man zwei Hypotheken auf ein Objekt:
Mr. und Mrs. X kaufen sich ein Haus. Sie gehen zu Martin Cheetham, Anwalt. Die Hypothek wird vereinbart. Dann sollte Cheetham eigentlich die Unterlagen ans Grundbuchamt schicken, das
einen sogenannten Hypothekentitel ausstellt, der anzeigt, daß eine
Hypothekschuld auf der Immobilie liegt und wer mit der Hypothek
belastet ist.

Aber Cheetham ließ jedesmal einige Wochen verstreichen, bis er
die Dokumente an das Grundbuchamt schickte. Dann bewarb er
sich bei einem anderen Darlehensgeber um eine Tilgungshypothek,
als ob die Immobilie niemals von Mr. und Mrs. X gekauft worden
wäre. Laut Nell, die gar nicht mehr aufhörte zu reden, als sie sich
erst erholt hatte, erschien sie zusammen mit Cheetham zu den Hy-
pothekverhandlungen und gab sich als seine Frau aus. Solange der
erste Belastungstitel nicht ausgestellt ist, gibt es in solchen Fällen
noch keinerlei offizielle Eintragung, das heißt, wenn der Darlehensgeber Erkundigungen beim Grundbuchamt einzog, gab es kein Problem, und die Hypothek wurde genehmigt. Soweit alles klar?«

Richard nickte. »Ich glaube schon.«

Ich verputzte zwei Krabbenwontons und einige winzige Frühlingsrollen, bevor noch das ganze *Dim Sum* in Richards Magen verschwand. Eine mißtrauischere Natur als ich könnte sich fragen, weshalb ich stets dann die Feinheiten meiner Fälle zu erklären scheine, wenn Essen auf dem Tisch steht.

»Der zweite Schwung Unterlagen ging nirgends hin«, sagte ich. »Sie lagen in einem Safe in Cheethams Büro. Die Bausparkasse hätte mindestens ein Jahr gebraucht, um auch nur zu bemerken, daß sie nicht den entsprechenden Belastungstitel erhalten hatte, oder um gar etwas zu unternehmen. Cheetham und Lomax hatten unterdessen einen Scheck, sagen wir, über 100 000 Pfund bekommen, da die Bausparkasse das Geld zugunsten des zweiten, fiktiven Käufers an Cheetham auszahlte. Solange die Hypothekenraten jeden Monat überwiesen wurden, gab es keinerlei Problem. Niemand durchschaute es vor Ablauf von mindestens einem Jahr. Multipliziert das mit zehn, und eine ganz und gar kreditunwürdige Person hat eine Million zusammen.«

»Scheiße«, flüsterte Richard.

»Nun kannst du es auf einen kurzfristigen Betrug anlegen und mit dem Geld das Weite suchen, in welchem Fall du die Polizei auf den Fersen hast. Oder du kannst tun, was Cheetham und Lomax bis vor wenigen Monaten äußerst erfolgreich praktiziert haben. Mit dem erhaltenen Geld kauften sie heruntergekommene Immobilien auf. Lomax schickte dann seine Bauarbeiter hin und ließ das Haus herrichten, und anschließend verkauften sie es mit einem beträchtlichen Gewinn, wodurch sie gleichzeitig das Geld wuschen. Sie hätten endlos so weitermachen können, wenn der Markt für Häuser nicht eingebrochen wäre, denn die erschwindelten Hypotheken hatten sie binnen eines Jahres nach Aufnahme zurückgezahlt.«

»Du meinst, bevor der Gläubiger bemerkte, daß er den Belastungstitel für das Darlehen nicht bekommen hatte, zahlte Cheetham das ganze Geld zurück?« fragte Richard.

»Genau. Und in der Zwischenzeit hatten er und Lomax mit dem Kapital an die fünfzig Prozent Gewinn erwirtschaftet. Ein Verbrechen ohne Opfer. Den Gläubigern entsteht kein Verlust; sie wissen nicht einmal, daß eine krumme Sache gedreht wurde.«

Richard lachte. »Das ist ja brillant! Hey, und sie haben sogar selbst den Anwaltskram erledigt, das heißt, sie brauchten nicht mal diese astronomischen Gebühren zu blechen. Und wie ist dann alles aufgeflogen?«

»Der Markt brach ein. Die Häuser ließen sich nicht mehr so leicht absetzen. Sie saßen auf Häusern fest, die sie nicht verkaufen konnten. Darum versuchten sie es mit diesem unsauberen Landverkauf, in den Alexis und Chris verwickelt waren. Sie brauchten unbedingt Geld. Also überredete Lomax Cheetham dazu, ein Dutzend neuer Hypotheken aufzunehmen, damit sie flüssig blieben. Er hatte nicht die Absicht, diese Hypotheken jemals zurückzuzahlen. Laut Nell ging er davon aus, daß sie so eine Million an Kapital zusammenbekommen könnten. Sie alle drei könnten das Land verlassen und zum Beispiel nach Spanien gehen. Wenn sich der Markt dann wieder erholte, könnten sie die restlichen Häuser loswerden und daraus ebenfalls Kapital schlagen. Wir reden hier übrigens von siebenundzwanzig Häusern, mit einem Durchschnittswert von siebenunddreißigtausend Pfund. Was eine weitere glatte Million ergibt.«

»Scheiße«, sagte Richard wieder. »Das ist viel Geld, Brannigan. Warum hast du dein Jurastudium eigentlich nicht beendet?«

Ich überging seine Frage und konzentrierte mich auf die wohlriechende, knusprige Ente, die gerade gebracht worden war. Ich häufte geschnetzelte Ente und Frühlingszwiebeln auf einen Pfannkuchen in reichlich Pflaumensoße. Manche Dinge sind zu wichtig, um sich davon ablenken zu lassen.

»Und warum haben sie Cheetham umgebracht? Es schien doch alles gut zu laufen. Wieso den Typ loswerden, der als einziger wußte, wie man den Betrug aufziehen muß?«

Ich spielte mit meinem Essen herum. »Das war meine Schuld«, sagte Nell.«

»Wie will sie das denn plausibel machen? Hört sich nicht so an, als hätte sie Logik studiert«, sagte Richard.

»Cheetham geriet in Panik, als ich anfing, bei ihm herumzuschnüffeln«, erklärte ich. »Als er dann in Frauenkleidern bei DKL ESTATES auftrat und ich dort erschien, war er überzeugt, daß ich ihrem Hauptschwindel auf die Spur gekommen war. Deshalb sagte er Lomax, er solle mich erschrecken. Scheinbar meinte er es auch nur so. Lomax oder einer seiner Arbeiter sollte mich in einer dunklen Seitenstraße bedrohen. Statt dessen muß Lomax draußen vor

223

DKL auf mich gewartet haben, mir zu Teds Fabrik gefolgt sein, und auf dem Heimweg ließ er sich dann dazu hinreißen, mich von der Barton Bridge abzudrängen. Er muß völlig ausgeflippt sein, als ich gleich am nächsten Tag auf seinem eigenen Terrain aufkreuzte. Vor allem, da er gerade mit Cheetham zusammen war.«

»Und wozu der Mord an Cheetham? Wieso führten sie nicht einfach zu Ende, was sie mit dir vorhatten?« fragte er.

»Vielen Dank, Richard. Du mußt nicht gleich ganz so begeistert klingen. Der Grund, warum ich noch hier sitze ist, daß sie nicht wußten, wieviel ich wußte oder wie viele Leute wußten, was ich wußte. Doch die beiden Lomax dachten sich, daß Cheetham das schwache Glied in der Kette war, das unter Druck nachgeben würde. Sie dachten auch, daß sie, wenn er erst aus dem Weg wäre, die Beweise vernichten und sich voll entlasten könnten. Also arrangierte Nell ein Treffen mit Cheetham für ihre üblichen Spielchen. Als sie ihn gefesselt hatte, kam Brian dazu. Die beiden hängten ihn ans Geländer, damit es nach einem perversen Sexspiel aussah, das auf schlimme Weise schiefgelaufen war.«

»Und ich habe meine Ex-Frau schon für ein Miststück gehalten. Himmel. Was muß das für eine Frau sein, die ihrem Liebhaber so etwas antut?«

»Eine, die Geld vermutlich mehr liebt als ihn«, sagte ich. »Sie dachten, sie hätten sämtliche Beweise vernichtet. Aber keiner von den beiden kannte sich mit Computern aus. Sie dachten, sämtliche Daten befänden sich auf den Disketten.«

»Und bekommt Alexis denn nun ihr Geld zurück?«

»Sie wird Brian Lomax wahrscheinlich verklagen müssen. Aber zumindest weiß sie, wo er sich auf absehbare Zeit aufhalten wird. Sie wird keinerlei Probleme haben, die nötigen Unterlagen einzureichen. Ihr Geld ist sicher angelegt, in Häusern.«

Val McDermid bei Ariadne

Die Reportage
Ariadne Krimi 1013 · ISBN 3-88619-513-9

Lindsay »Flash« Gordon, Zeitungsreporterin und lesbische linke Feministin, hat sich breitschlagen lassen, eine lobende Reportage über die Benefizveranstaltung eines elitären privaten Mädcheninternats zu schreiben! Zwar trifft sie dort eine äußerst faszinierende Frau, doch die Lust zum Flirten vergeht ihr, als ein Mord geschieht ...

Das Nest
Ariadne Krimi 1021 · ISBN 3-88619-521-X

Ein Widerstands-Nest gegen die Stationierung amerikanischer Raketen haben die Frauen vom Frauenfriedenscamp gebaut, sehr zum Missfallen der braven Bürger ... Lindsay Gordon im tödlichen Strudel von Kleinstadtchauvinismus, Rüstungspolitik und Geheimdienstmauschelei ...

Der Fall
Ariadne Krimi 1033 · ISBN 3-88619-533-3

Lindsay »Flash« Gordon wagt sich trotz ihrer Schwierigkeiten mit den englischen Behörden nach Hause zurück, nur um festzustellen, dass eine Freundin wegen Mordes verurteilt wurde und Lindsays Liebste Cordelia sich einer albernen Jet-Set-Anwältin zugewandt hat ...

Der Aufsteiger
Ariadne Krimi 1059 · ISBN 3-88619-559-7

Lindsay Gordon nimmt an einer großen Tagung der Mediengewerkschaften teil und gerät prompt in ein Chaos aus üblen Verleumdungen, frischen Feindschaften und bösen Erinnerungen. Schon bald sieht sich die Reporterin inmitten der KollegInnen mit dem Tod konfrontiert ...

Das Kuckucksei
Ariadne Krimi 1095 · ISBN 3-88619-595-3

In Manchesters Rockmusik- und Nachtclubszene findet sich Privatdetektivin Kate Brannigan bestens zurecht. Aber wer kennt sich schon mit Fertilisationsforschung aus? Und dann lässt sich Brannigan von ihrer besten Freundin überreden, das Gesetz zu brechen ...

»Brannigan ist mittlerweile die interessanteste Detektivin.« *The Times*